For Serenissima

献给永远逝去的塞莱尼西玛共和国

倒吊者
威尼斯之石
THE STONES OF VENICE

恒殊 ◎ 著

新世界出版社
NEW WORLD PRESS

永恒的黑色浪漫

蔡 骏

　　第一次知道恒殊，是在许多年前看到一篇她的欧洲游记，尽述从意大利到法国的旅途，果然是熟谙欧洲文学艺术史的才女。那时我对奇幻文学毫无概念，偶尔流连吸血鬼同人网站，却不知道那里的大部分内容都与恒殊有关。后来才渐渐熟悉了奇幻界的朋友，也了解到华文吸血鬼同人创作的状况，恒殊早已被誉为东方的吸血鬼女王，她正矢志创作一部糅合了吸血鬼、塔罗、欧洲历史的长篇巨制——《二十二长老书》（本书即为该长篇系列的一部）。

　　吸血鬼传说古以有之，真正奠定吸血鬼文学地位的，是1897出版的布拉姆·斯托克的《Dracula》，使德古拉伯爵名闻天下，并被多次改编为电影，如大家熟知的《吸血惊情四百年》。至今，安妮·莱斯的吸血鬼系列仍风靡全球，比如改编自她作品的电影《夜访吸血鬼》，她描写吸血鬼们的个人感情与其永恒的悲哀，超越了早期吸血鬼小说的简单结构。

　　古代吸血鬼传说，是对传统宗教体系的挑战，所以银幕上的牧师举着十字架去消灭吸血鬼。如果说宗教代表理性主义，那么吸血鬼则代表浪漫主义。非人非鬼非神的吸血鬼，是游离于基督教的异端邪说，他们永远生存在黑暗之中，忍受着长生不老的痛苦，又不断诱惑着少男少女们。也许古今中外的每个女孩，都渴望遇到一个极其英俊、不食人间烟火的吸血鬼，这种反传统的叛逆精神，恰恰激发了自由主义与现代主义。哥特小说属于浪漫主义文学，评论家们称之为"黑色浪漫主义"，而吸血鬼就是黑色中的黑色，浪漫中的浪漫！

威尼斯，这座亚德里亚海上的城市是无数人心中的梦幻，曾经在中世纪创造了辉煌的塞莱尼西玛共和国，向东方派遣了马可·波罗，并勾起哥伦布探索世界的欲望，在陷入近代的沉沦后重又成为物质消费的旅游胜地一然而当年那个梦幻已不复存在，充满理想与热血时代在坟墓中沉睡，只有古老的吸血鬼们在暗夜里陪伴着它。

"当那个约定的日子到来，威尼斯之石将会开启改变世界命运的道路。在崩毁的浮华陈腐水城之下，一个全新的翡翠之都将会从碧蓝的亚得里亚海水中冉冉升起……"

威尼斯拉开狂欢节的帷幕，面具、华服、舞会、美酒欢歌、纸醉金迷，这一切浮华绚烂的色彩掩盖了威尼斯最浓重的黑暗。罗马教廷的驱魔人和血族亦敌亦友的复杂关系，国王女密使和叛国嫌疑人之子似有似无的情愫，各方势力都在一位神秘阴谋家铺设的迷宫中迷惘徘徊。正如作者恒殊所言，本文将"献给永远逝去的塞莱尼西玛共和国"。

这是《二十二长老书》史诗系列的序幕，也将是中国类型文学史上一个新时代的开始。

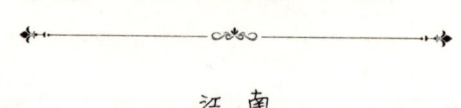

以永生为名的美

江 南

恒殊长大了。

我是冒着得罪她的危险说这句话的,因为她委实已经不是个小女孩了,但是因为我认识她太久,所以她在我心里总是一个小女孩的模样。直到我拿到这部《威尼斯之石》。

全系列名为《二十二长老书》,《威尼斯之石》是其中的一部,这是一部真正的吸血鬼小说,奢艳得如同古棺揭开时映入眼帘的灿烂华衣。

我第一次认识这部作品还是在我做《幻想1+1》那本杂志时,我们刊载了全系列的第一部《十字弓》。当时我曾想恒殊是写不完这部作品的,因为她小时候并非一个特别勤奋和高速的作者,又因为这本书的世界观架构太庞大。隐藏在那些典雅而繁复的姓氏背后,这个系列从开篇就在构造一部仿佛真实世界的吸血鬼历史,并且要让它和真实历史扯上千丝万缕的联系,并且以绘制油画般的耐心描绘中世纪的欧洲大地。

该要多少心血才能构建这样一部作品呢?真让人有点惊悚。所以我猜测她写不完。

几年过去了,我居然看到了《威尼斯之石》。

如果你对吸血鬼的了解只是《暮光之城》并且不太希望多知道一些，那我建议你放下这本书，寻找一部更加青春和时尚的小说。如果你是个性子急、喜欢动漫节奏的读者，我觉得你可能得等这部作品被改编再去了解它了。如果你对于哥特式的美学和哲学充满敬畏，我是指敬而远之的敬畏，那这本书大概不会适合你。

它适合那些有着传统些的阅读习惯、喜欢享受修辞的美感、在繁忙之后还有余力去想象庞大世界、了解欧洲历史美术和哲学的读者，如果你恰巧又曾在威尼斯的街头走过，和我一样对于那些被艺术之光照耀了百年的古城充满憧憬，那么这本书会很适合你，值得你一遍又一遍地读。

它并非只是一个故事，而是一个作者的积累，一个作者的爱。一般人很难知道恒殊有多么着迷于吸血鬼这种文化，在欧洲生活了多少年，以及从国内的理科转去国外读艺术的巨大勇气。要想写一部真正的吸血鬼小说，作者所需了解的绝不仅仅是"吸血鬼怕光和银制品"、"木锥打穿心脏会死"、"男的帅气女的妖娆"这些肤浅的概念。几年之前恒殊在后海的一个饭店里跟我讲吸血鬼，她的讲述带着浓厚的学院气，并不狂热，淡定深远，她讲这种文化的起源，为什么几百年来有人着迷于传播这样的故事，"吸血鬼"这一虚构的族群身上有着什么样的气质让他们区别于简单的"魔鬼"概念，以及他们的美。

——以永生为名的美！

我想她是否在英国的山里走过，听过风吹树叶的声音，在威尼斯的喷泉前对着狮子的雕像沉默过很久，在那些墙壁斑驳的教堂下听管风琴的声音，用她在欧洲的那些年去体会一直沉淀到泥土深处的美，一滴滴地过滤出来，化为至浓的精粹，融入这本书里。

她希望这种美绝对、纯粹、不沾染任何杂质，甚至是极端的、苛刻的、繁复的。她描绘的那些艺术家般的吸血鬼，就这样自黑暗中走来，栩栩如生。

请在一个安静的下午翻开这本书，仿佛翻开几个世纪，回到1401年的秋天。

威尼斯之石

THE STONE OF VENICE

恒殊／著

Chapter 01 Departure 第一章节 启程 019

Chapter 02 Coming to Venice 第二章节 来到威尼斯 033

Chapter 03 Boldrin Family 第三章节 波德林家族 051

Chapter 04 Giacomo's Secret 第四章节 迦科莫的秘密 067

Chapter 05 The Banquet 第五章节 夜宴 081

Chapter 06 Serena 第六章节 塞莱娜 093

Chapter 07 The Covenant 第七章节 契约 111

Chapter 08 Mardi Gras 第八章节 狂欢夜 127

Chapter 09 Mardi Gras: Evolution 第九章节 狂欢夜变奏 141

Chapter 10 The Betrayer 第十章节 背叛者 157

Chapter 11 Revenge & Oracle 第十一章节 复仇与神谕 171

Chapter 12 The Man Who Was Buried 第十二章节 被埋葬的人 185

威尼斯之石
THE STONE OF VENICE
恒殊 ◎ 著

目录 CONTENTS

自序

艺术家是一切美丽事物的创造者。

发现美,并用象征的手法把美表现出来,是艺术家的目的。

作家、导演、舞者和设计师,都是艺术家;乞丐、神父、流浪儿和无产者,也可以成为艺术家。

人的生活是艺术家的题材,但不是全部。人们创造艺术。

艺术家创造生活。

浪漫主义结束了,工业社会制造了垃圾。如何在钢筋水泥的现代城市森林中保留最初的艺术信仰,这是一个问题。

吸血鬼是最后的浪漫主义。

他本身就是艺术的表象。他踏着浪漫主义的废墟翩然而至,永生不死。

艺术家在吸血鬼身上看到了历史、梦想与至高无上的美。

艺术家追求吸血鬼。没有一个吸血鬼不热爱艺术。

艺术家对吸血鬼的热爱,是纳西瑟斯面对自己在湖水中的倒影时所表现出的迷恋。

吸血鬼对艺术的热爱,是湖水面对倒映在纳西瑟斯眼中的自己时所表现出的迷恋。

吸血鬼与艺术对等。

吸血鬼没有影像,镜子也没有影像。

吸血鬼就是一面镜子。艺术也是一面镜子——它们反映的是照镜者,从不是生活。

生活是无味的。而艺术的创造力是永恒的。

向唯美主义致敬。向奥斯卡·王尔德致敬。

所谓艺术,就是一个人如何表达他自己;而所有其他人的做法都算不得是真正的艺术。

给我一面镜子,让我可以赞美我自己。

我不想变成吸血鬼。因为我从不愿放弃亲吻镜子的乐趣。

恒殊

这是一个关于倒吊者的故事。

倒吊者是塔罗牌中的第十二张牌。牌面上一名男子双手反绑,倒吊在T字形的树干上。

它没有"恋人"牌的甜蜜,没有"星星"牌的希望,也没有"愚者"牌的奋斗精神。基本上,"倒吊者"的关键字就是等待与牺牲。

所以,你下面将看到的不会是一个美好浪漫的故事。

冷漠、遗弃、放弃、牺牲、奉献、转变、重生,这些就是"倒吊者"的涵义。

是的,重生。

用你敏锐超然的眼睛,重新审视周遭这个波澜万千的世界。

因为,你的死亡只不过是另一个开始。

本书主要人物（按出场顺序）

朱塞佩·阿莫特
（Giuseppe Amorth）

年轻的梵蒂冈驱魔人。

安德莱亚
（Andrea Francis）

血族圣杯骑士。

塞莱娜
（Serena Maffeo Polo）

来自罗马萨伏依王朝的女间谍。

迦科莫·波德林
（Giacomo Boldrin）

富甲一方的威尼斯瓷器商波德林独子。

其他人物

阿格纳斯·维特斯巴赫
（Agnes Wittelsbach）

神圣罗马帝国王子，血族第十二长老吊人。

诺威·巴斯托尼
（Nove di Bastoni）

威尼斯市长秘书，握幕后实权。

塞吉奥和马森·波德林
（Sergio & Massion Boldrin）

瓷器商波德林兄弟，威尼斯首富。

喜鹊
（Gazza Ladra）

威尼斯的小混混，同时为迦科莫和巴斯托尼工作。

塞巴斯蒂安的形象，乃是艺术中最美的象征。

——托马斯·曼《魂断威尼斯》

1401年秋
意大利布雷西亚

那个男孩名叫阿格纳斯。当暮色开始降临的时候,他与他的军队来到了湖畔。

这是意大利半岛上最大的湖泊,当地人称呼它为加尔达湖,或者贝纳可湖,但是男孩并不知道。他看到的只是脚下碧蓝色的水波,还有水波里隐隐映出的远处阿尔卑斯山顶的雪。

前方就是一片密林,熟透了的橙子沉甸甸地挂满墨绿色的枝头,远远望去一片金黄闪烁,让他误以为那就是阳光,以为太阳还高高地悬在头顶上,就好像今天早上他们斗志昂扬地开进这片不属于他们的土地的时候一样。可是事实上,太阳早就已经下山了。

他的后背又湿又黏,冰冷的汗水浸透了早已磨破的天鹅绒衬垫,渗过铠甲的缝隙一点一点滴下来,滴在愈加冰冷的暮色里,让他不禁打了个哆嗦。

一阵风吹过灰色的云团,模糊了远处白雪覆盖的山顶,同样掩盖起蔚蓝色的湖面。狂风扬起了地面上的沙土,空气污浊不堪,落叶在肮脏的水洼里打着旋儿。

父亲的军队已经看不到了。

阿格纳斯眯起眼睛,看着前方四散的烟尘,轻轻地叹了一口气。

——如果,我是说如果,突然得知父亲被推选为德意志、乃至整个神圣罗马帝国的王,你会怎么想?

阿格纳斯感觉悲哀。

他还记得父亲在成为帕拉丁选侯之前，全家人一起在美茵河泛舟的光景。那个时候应该也是像现在这样的秋日，他只有八岁，和母亲还有姐姐们坐在一起，在岸边观看两位兄长和父亲比赛划船。

全家人的脸上都洋溢着欢笑。一种现在想起来、几乎不敢相信自己曾经拥有的欢笑。

这个时代在阿格纳斯的记忆里十分短暂。短得就好像是茫茫黑夜里的一丁点儿微光，就好像是夏夜芦苇丛中微弱的萤火，稍瞬即逝。

他不记得兄长和父亲划船比赛的结果，他只记得在那天夜里，自己因为着凉而发了烧。父亲抛下身边所有的事务，整夜守在他床边，亲手剥开他们那天出游采摘的新鲜橙子，一瓣瓣地喂给他吃。

金黄色的、熟透了的橙子，含在齿间轻轻咬开，那甜蜜的汁水便瞬间浸润了口腔。

他记得那个秋夜窗外微弱的蝉鸣，树枝被风刮打到木头窗棂上的声音，还有室内温暖的烛火在一明一暗地闪烁。父亲坐在床边的身影被烛火投上墙壁，边缘模模糊糊的，那么温柔。

阿格纳斯闭上了眼睛。

父亲成为选帝侯之后，和家人在一起的时间逐渐减少。两个哥哥成为了父亲的左膀右臂，先后进入议会，尽力拉拢德意志南部的支持，同时用尽各种手段排除异党。而几个可怜的姐姐，则全部成为政治婚姻的牺牲品，年纪轻轻就嫁给了她们素未谋面的陌生人，从出嫁那天开始就再未回过家中。

后来母亲也因病去世了。

公元一四零零年八月二十一日，帕拉丁选侯、维特斯巴赫家族的鲁佩特以压倒性票数当选为德意志国王。次年一月，他在科隆加冕。

这一年，阿格纳斯——鲁佩特最小的儿子，刚满二十一岁。和大多数贵族子弟一样，他在严苛的教育下被培养成为一名骑士，进入军营。

一夜之间，他从一名普通的士官变成神圣罗马帝国尊贵的王子，但紧接着发生的事情不啻为一场梦魇。

在德意志南部的支持与怂恿下，鲁佩特率日耳曼大军远征意大利半岛。他希望凭借自己战胜米兰公国的荣耀——如果可能的话——在周围争取更多的支持者。

当时米兰公国的统治者是吉安·加莱阿佐·维斯康提。这位穷兵黩武的领主在得到米兰之后，迅速派兵占据了附近的维罗那、维琴察和帕维亚。他花了十万弗罗林给自己买到"米兰公爵"的贵族头衔，他的愿望是实现意大利整个北部的统一。当时的意大利只是一个地理名词，还不是完整统一的国家，各个邦国相互仇视，领土分崩离析。于是米兰公爵的统一大业理所当然地得到了普通民众的支持——尽管他们的领主并不买账——米兰公爵势不可挡的铁蹄两次成功踏入博洛尼亚的土地，甚至佛罗伦萨。

出战前阿格纳斯并不赞同父亲的决定。显而易见，米兰公爵拥有一支作战经验十足的强大雇佣军，而父亲的军队仓促出兵准备未足，这一战双方还未交锋胜负已见分晓。但是鲁莽好战的鲁佩特已经被周围不着边际的阿谀奉承冲昏了头脑，就在加冕礼刚刚过后的那年秋天，这位新国王率领一支庞大的日耳曼大军，迫不及待地翻越阿尔卑斯山来到了辽阔的伦巴底平原。

他们没能到达米兰。因为收了大笔金钱的米兰雇佣军早在布雷西亚之前就截住了这支历经长途跋涉后筋疲力尽的日耳曼队伍。

碧蓝色的加尔达湖畔，呐喊声与马蹄扬起漫天的烟尘，白色的巨蟒旗帜在骄阳下猎猎飞舞。那是属于米兰公爵维斯康提家族的徽记。旗帜上，凶猛的巨蟒正在吞噬一个小人——头顶眩目的阳光模糊了小人的脸，阿格纳斯一阵眩晕，身子一歪从马上跌了下来。

目所及处闪过一星温润的金黄，那是一只熟透了掉落到草地上的橙子。一阵恍惚，阿格纳斯仿佛回到了童年，回到了那个清凉舒爽的秋夜，父亲的影子被晃动的烛火打在对面的墙壁上，亲切而温柔。他挣扎着向前伸出手臂。

疾风卷起肮脏的烟尘，像绷紧的弓弦，像一把剑，劈开了光，劈散了头顶镶着金边的云团，厚重湿黏的空气在身侧叠卷。在他的手指将将碰到橙子的那个刹那，一只强硬的黑色马蹄突如其来从天而降，刚巧落在面前那只小小的金黄色果实上，发出迅速而湿滑的"噗"的一响。

战马长嘶。

随后，周围所有的喧嚣与人声逐渐淡去。

[史书记载]

公元一四零一年秋，神圣罗马帝国军队在征伐米兰途中陷落布雷西亚。由于军费紧缺，鲁佩特国王仓促之下撇下军队独自逃生。

在他身后，无数日耳曼士兵成为了米兰公爵的俘虏。

稍晚些时候
米兰 公爵宫

画师正全神贯注地在墙壁上作画。刚刚兴建的豪华官邸需要大量壁画，画师带领学徒们站在脚手架上日夜不停地工作，已经忙碌了好几个月。他是威尼斯人，在当地是位小有名气的画家，这一次被圣路卡工会里的一些人推荐来到米兰，为米兰公爵工作。

画师是个很严谨的人，作画的时候总是竭尽全力一丝不苟，为了艺术不顾一切。一片衣褶，一抹阴影，每一笔都要拿捏得恰到好处，决不能出现丝毫错误。他正在画的一幅画名为"圣塞巴斯蒂安的殉难"。塞巴斯蒂安是公元三世纪时候的古罗马士兵，因为坚持自己对耶稣基督的信仰而被当时崇信希腊诸神的古罗马国王乱箭射死，之后被梵蒂冈追封为圣徒。就像当时众多描述"受胎告知"的画作一样，殉教者的主题在文艺复兴时期俯仰皆是，同样是统治者和艺术家们十分喜爱的题材。

但是画师在这幅画上遇到了麻烦。画作理应表达塞巴斯蒂安的痛苦，同时展现他对基督的虔诚与献祭——他的表情应该是一种隐忍的圣洁，是一种超越肉体、精神层面上的痛苦与挣扎。画师想象得出，但是他画不出来。第三次用刮刀刮掉了整片颜料，画师踉跄着爬下脚手架，在墙角捂着脸坐了下来。他十分懊恼。

为了画好圣塞巴斯蒂安，他已经去了很多地方。

在城内的市集，画师手拿速写簿，密切注视着来来往往的行人——那个纯洁美丽的少女犹如圣母，而那个满脸市侩的肉铺老板就是背叛者犹大的化身——而塞巴斯蒂安呢？

他甚至尝试让自己的学徒在画室里摆出样子。但是掌握体态很容易，关键是塞巴斯蒂安的表情，他殉难时候的神态，他濒死前眼中那份坚持与哀痛——毕竟谁也装不出来。如果真能有一个古罗马士兵给我做模特——等等！当他这样想着，一个大胆的念头突然从天而降，如同惊雷迅速击中了他的大脑。罗马的……士兵？画师全身战栗，他立即高声下令：

"快，快去公爵大人的囚牢，给我找个最年轻、身材最完美的日耳曼人！"

画师为自己的主意兴奋不已。他根本等不及侍卫回来，自己直接跑下了地牢。那里囚禁着不少米兰公爵刚从战场上俘获的日耳曼士兵。不同于意大利人常见的深色头发和因充足阳光晒就的小麦色皮肤，年轻的战俘们个个金发碧眼、皮肤雪白，对画师而言，他们就好像突然从天上降临人间的一群天使。

按照画师的意思，狱卒在俘虏中挑选着——这个太瘦弱了，那个又太多肌肉；这个太高，那个又太矮；这个身材合适了，年纪偏大；那个长像又过于俊美，缺乏男子气概；狱卒已经挑花了眼，但是身后的画师仍然阴沉着脸，一直都没有点头。

突然，一对碧蓝的眼睛在人群中闪了一下，那种清澈空灵的蓝色，就好像阳光下加尔达湖波光粼粼的水面。

画师不可置信地睁大了眼睛。他拨开狱卒，自己垫起脚尖朝牢狱里望过去。

那是一个年轻的士兵，铠甲和武器已经被卸除，全身藏在一些破碎的天鹅绒布片里。他斜倚着墙角，头颅骄傲地高高扬起，蓝色的瞳孔睁得很大，仿佛在看什么，又好像什么都没有看。他的脸色异常苍白，透明的皮肤散发着一种潮湿的微光，似乎在害病，可能还在发着烧。他薄薄的嘴唇绷得死死的，即使身体衰弱无能为力，但心灵深处却似乎迸发着光和热，它的力量足以使整个骄傲的民族在他的感召下投身到十字架前。

阿格纳斯·维特斯巴赫一开始并没有意识到画师在注意他。他沉浸在自己的世界里，牙关紧咬，忍受着身上疾病和伤痕带来的痛楚。他仰着头，金色的阳光透过高墙上简陋的窄窗照在他的脸上。他是美丽的。那种美丽，是悬吊于命运女神十指之间的自我克制，是痛苦之中的风雅，是一种发自内心深处的信仰与坚持。那是一种无可抑制的宗教之美，如同被缚十字架上的耶稣基督。男孩仿佛被来自天国的圣光所包围，全身闪现着神性的光辉。

几个狱卒顺着画师的目光看过去。他们争先恐后地拨开人群，要把墙角那个茫然失神的男孩拽出来。

他们费了一些工夫。因为几个俘虏一直挡在面前，威胁似地挥舞着手中的镣铐，怎么也赶不走。有些人眼中露出了藏不住的惊恐，他们拼命拦阻着，叫嚣着，不让敌人碰那个男孩。但是画师一声令下，更多的狱卒涌进了这间小小的囚牢，他们用长枪和棍棒拦住了戴着镣铐的囚犯，在短暂的交锋过后，几个囚犯被打昏，人群后面的阿格纳斯终于被狱卒拖了出来。

有那么一瞬间，俘虏们突然停止了喧嚣，无数的眼睛聚焦到男孩身上，聚焦到狱卒和画师身上——他们到底要做什么？为什么单单把他抓走？难道他们已经知道……？

然后，非常突然地，战俘们如潮水般向前涌来，近乎疯狂地从狱卒手中夺回了男孩。就好像一堵由愤怒天使凝聚而成的墙，牢牢阻隔在狱卒与男孩之间。

战俘们犹如暴乱一般的反抗激怒了狱卒，他们的权威受到了挑战。

囚室之外，大批的狱卒在同伴的招呼声中涌了进来。手无寸铁的战俘们眼中闪烁着恐惧与不安，他们不知道将会发生什么，但是他们所受的教育和命令告诉他们，即使牺牲性命也要保护好他们尊贵的主人。

大规模的冲突终于爆发了。狱卒们手握粗大的木棒重重挥打在俘虏们身上,虚弱的守护者们一个接一个地倒下,很快,男孩身边已经没有一个能够保护他的人。他仿佛身处撒旦的弃尸坑,脚下堆满了被鲜血污染的洁白天使的尸体。飞溅的鲜血和暴虐的快感刺激着狱卒的神经,他们怪笑着持着木棒和长枪一步步逼近,最终取得了无耻的胜利。

在整个过程中阿格纳斯都很沉默。他紧咬嘴唇一言不发,眼睛仍然茫然地注视天空,甚至根本就没有去看狱卒一眼。当那个得意非凡的威尼斯画师终于把他带走的时候,郁热湿闷的地牢如同火山喷发,其他囚室的战俘们突然爆出愤怒的叫喊,有哀号、恸哭,还有如同末日来临一般失去一切所有的绝望。他们从所有栏杆的空隙中争相伸出苍白的手臂,想要把男孩拉回身边。但一切都是徒劳,在他们绝望的嘶喊声中,异族的恶魔将他们守护的金发天使永远地带走了。

再一次地,男孩封住了自己的耳朵,同时闭上了眼睛。这位年轻的神圣罗马帝国王子,他冷漠坚忍的脸上再也看不出一丝一毫的表情。

画师手下的学徒们把男孩身上磨破的衣服扯掉,仅仅在腰间围着布。他们把他绑在树上,忍受日晒风吹,并且断绝了一切食物,只喂食一点清水维持他的生命。很快,男孩的身体衰弱下去,饱满的双颊深深凹陷,嘴唇干裂,皮肤也显现出一种更加病态的苍白。当他的体力达到极限,画师命令学徒们用皮鞭和棍棒殴打他。

男孩一声不吭。开始的时候,他碧蓝色的眼睛里充满了血丝,充满了仇恨,但是几天之后,他连仇恨的力气都没有了。眼前的一切景物都变得模糊,他分不清白天与黑夜,分不清眼前的人影,他向往常一样闭上了疲倦的眼睛。

剧痛!毒蛇一样的长鞭带起了一阵疾风,抽打在男孩赤裸的胸膛上。然后又是一下。皮开肉绽。"睁开眼睛!"他听到一个强硬冷酷的声音,那个把自己从囚牢里提出来的威尼斯画师。一桶冰水从头到脚浇下,秋风吹得全身上下彻骨冰凉。阿格纳斯挣扎着张开双眼,却看到了更加可怕的一幕,他倒情愿自己永远不要睁开眼睛。

他看到,画师用一把小刀划开自己胸膛上正在结痂的伤口,鲜血迸出,画师正在用一只杯子收集那些血液——他到底要做什么?!

画师小心翼翼地把浓稠殷红的血液滴入由彩矿石、蛋黄和动物胶混合而成的蛋彩颜料中,他以男孩的鲜血作为溶剂调色。

夜深了,当画师和学徒们相继离开画室,周围都没有一个人的时候,"阿格纳斯,"一个声音突然在男孩的头脑里响起。这里没有人知道他是谁,当然更没有人知道他的名字。男孩睁开眼睛,但是周围没有一个人。只有头顶树叶的沙沙声,惨淡的月光下,清凉的秋风撩拨着他仍在流血的伤口。难道自己在昏迷之际出现了幻听?

"阿格纳斯。"那个声音再次出现,这次清晰得如同有人在耳边低语。但是周围并没有人。声音仿佛来自头脑深处,在那里与自己对话。

"神圣罗马帝国的王子,阿格纳斯,可怜的孩子,"那个声音低沉温和,带着某种抚慰的力量。男孩一阵恍惚,仿佛听到了祭坛上的圣音,神正俯身看着自己,他的目光怜爱而温暖。男孩在心中默念耶稣基督的圣名,宽慰的泪水从蓝色的眼睛里流出来。

"我不是他,"带着些许自嘲的笑意,那个声音说,"我只不过是个饱守苦难的灵魂,就和现在的你一样。"

男孩有点惊慌,"难道你是个鬼魂?"他在心里问。

"从某种意义上也可以这么说,"声音轻叹,"毕竟我的生命在很久以前就已经燃尽了。"

男孩不相信自己的耳朵,"那我也死了么?"他试探着问。

"不,没有,暂时没有。"对方发出低沉的呜咽声,似乎在笑,又好像在哭。

"……我是在做梦么？"静默良久，男孩无奈地笑了一下，"一个鬼魂竟然会在这里和我说话。"

"在梦中可有如此真实的痛觉？"声音问。男孩愣住了，他垂头望向自己被凌虐得皮开肉绽的身体，在那一瞬，大脑深处无比清晰地感受到从那里每一个细胞传来的痛楚，几乎把他的神经撕碎。男孩呻吟了一声。

"……他们到底要做什么……他们怎么能这样对待一个人！"心中由痛苦点燃的怒火猛烈地膨胀燃烧，男孩咬牙，"他们怎么可以这样残忍！！"

"人，就是这样……你是他们的阶下囚，他们对你做出任何残忍的事情都不能算作残忍，因为他们有这个权利，"那个声音理解地叹息，"你好好想想，阿格纳斯，从古至今有哪个战俘会被敌人当作人来对待？"

"成王败寇，我无话可说。但至少我应该光荣地死在战场上！……现在的我，连结束自己生命的权利和力量都没有，我甚至不能以死来捍卫神圣罗马帝国的尊严，捍卫自己作为一个人的尊严！"

男孩虚弱地闭上了眼睛。不知道为什么，此刻他脑中闪现的其实并非战场，而是多年前全家人聚在一起欢笑的画面。他清晰记得那时候父亲抚摸着他的头发，对他慈爱微笑的脸孔。可是……阿格纳斯轻轻地摇了摇头，苦笑，妄图把这些无谓的画面从大脑中驱逐出去。

"……你恨他么？"声音幽幽开口，男孩悚然一惊。

恨么？恨那个不听取任何意见一味穷兵黩武好大喜功的父亲，恨那个为了自己的利益竟然狠心把亲生儿子抛弃在战场上的父亲。

阿格纳斯咬紧嘴唇，在心底默念：

"我这一小队人马相对于整场战役，是父亲所能想到的最小牺牲。因为他是神圣罗马帝国的王，他就必须……"

"这只是你的想法，阿格纳斯。你了解自己的父亲。"

那个声音突然截断了他的话。男孩猛然抬头。

微风轻轻地吹，远处草丛里传出些微的虫鸣，四下里一片寂静。男孩恍惚，到底这声音是他刚刚用耳朵听到的，还是自己心底一直拒绝相信的真实？

"贵族的世袭爵位只有长子才可以继承，而你，并不是长子。你没有哥哥们的政治才能，甚至连一个强健的身体都没有。这一切你都清楚。"

"……你到底想说什么？"

"我只是想说……"声音轻叹，语气中没有怜悯，更没有半点讥讽，"你现在的痛苦我感同身受，殿下。"

随着时间的流逝，愈加稀薄的月光洒在空无一人的院子里。不知不觉间，什么地方隐隐传来小鸟的啾鸣，天色慢慢变浅。再过一会儿，东方露出了鱼肚白，天快亮了。

头脑中的那个声音突然消失，周遭一片寂静。男孩眯起眼睛，目视东方一轮喷薄而出的红日，灿亮的金光洒在了他的脸上，清爽的晨风吹干了他眼角的泪水。

这一天，画师来到公爵宫的时候带了一柄战场上用的长弓。

秋日正午的阳光劈头盖脸火辣辣地甩下来，晒得身上的伤口如同裹了辣椒一般疼痛，但是男孩紧紧闭住了嘴。阳光透过薄薄的眼皮刺激着他的眼睛，身体内少得可怜的水分迅速蒸发，男孩几乎要昏厥过去了。

但是他看到了画师手中的长弓，看到了那些学徒们脸上奇异诡谲的残忍。终于要开始了么？他看到了那捆未装入箭头的木质箭杆，上面微钝的尖头明晃晃地合成一簇——画作还未完成，他们还不能让他死。男孩的心沉了下去。

没有装入箭尖的长箭架在了弓上。弓弦拉满，刺目的阳光照亮了上面金属的护手。带着破空之声，长箭穿透了金黄色的阳光，浅浅刺入了男孩的大腿。那里的肌肉痉挛起来，稍顷，有细细的血流从箭柄穿入的位置慢慢淌落，挂在那里纤细而鲜艳的一条,在白皙皮肤的衬托下极其醒目。男孩咬住嘴唇,没有发出一丝声音。然后又是一箭,再一箭。

箭射得很慢。每一箭的箭头都是很钝的木质,而且避开了要害。鲜血再一次染红了白皙的肌肤,因冷汗浸透的金发湿漉漉地贴在脸上,粘上了血。比阳光更加晶亮的血珠绽放在风中,像石榴的子一般明艳殷红的血珠。

男孩一声未吭。他很想让自己晕过去,但是下一波更加强烈的阵痛一次又一次残忍地将他从地狱中唤醒。他把自己的嘴唇咬得鲜血淋漓,指甲都嵌进了肉里。但是他默默忍受着凌虐,整个过程中一丝哀嚎都未曾发出。他的身体张开,尽力向后仰,修长的脖子拉出了绝美的弧度。湿漉的头发如黄金一般,在阳光下闪烁着灿亮的光,他白皙的身体如同月长石一样皎洁无暇。他在心中默念上帝的圣名,蓝色的眼睛里烟雾缭绕,持续着有如殉道者一般的凄美神情,就如同十字架上的耶稣基督,他插满长箭的身体散发出一种令人窒息的美感。

画师满意极了。每一条肌肉因忍受痛苦的抽搐,每一条脉管迸破时血液的悲鸣,他细细观察男孩脸上一丝一毫的表情,体会对方那种遭受折磨的真实感受。他让学徒接下男孩的鲜血调色,他眯起眼睛欣赏自己造就的这个插满长箭的圣徒。

连日的凌虐并没有折损这个年轻日耳曼战俘的美貌,他的双颊凹陷下去,眼睛里湖水一般碧蓝的光华淡去了,呈现一种脆弱迷离的灰色调,使得他看起来更像一尊了无生气的大理石雕塑。他的身体是一种圣洁的白,蒸发的水汽犹如神祇的圣光包裹着他残破的四肢。男孩的皮肤细滑紧致,每一条肌肉都生在恰当的地方,不多,也不少;他的比例完美得就像画室里用石膏打出的模子。

"仁慈的主,求你带我走,带我远离痛苦……飞越米兰城,飞越阿尔卑斯的雪山,飞越莱茵河,让我的灵魂返回故乡……"

一声淡淡的叹息突然从头脑深处响起,"阿格纳斯,你为何如此愚蠢,"是前夜里的那个声音。

"……你什么意思？"男孩警觉起来，仿佛某种未知的力量正在心底一点一滴地积聚，慢慢动摇着他从小到大根深蒂固的信仰。

"你已经求了他这么多天，如果他真有你所期望的力量，早应该听到你的祈祷——如果他听到却不来救你，你何必还要继续信奉他？"

男孩没有说话。插在身上的箭矢因为愤怒而微微地晃动着，有更多的血液从伤口中流下来。

那个声音叹了口气说道："你让我想起了一个人。很多年前的事情了，一个年轻的士兵，也和你现在一样，被无数长箭残忍地射入身体。一个基督徒，他们借此逼迫他放弃对上帝的信念，可是他到死都没有屈服——我很钦佩他。但是，阿格纳斯，我要你好好想想，他是为了坚持自己的信仰而死，而你现在又是为了什么？"

"你闭嘴！"男孩无助地挣扎，他想如以往那样封住自己的耳朵，可那个声音仍然无处不在，仿佛是从头脑深处传来的回声。

"你是如此美丽，"声音轻柔，在男孩的大脑深处撩拨着他的神经，像夜风清凉的手指，抚慰男孩身上烧灼的阵痛，"你是神圣罗马帝国的王子，你尊贵的鲜血没有洒在战场上，却被一个画家拿来调色；你虔诚的信念没有为你的臣民做出榜样，却在这里作为别人的影子遭受苦难，你觉得这一切值得吗？"

"……不要再说了。"男孩垂下眼睛，他咬紧了嘴唇。汗水从头顶滴下来，流进未愈的伤口，带来锥心刺骨的疼痛。

"你的身体支撑不了多久了。听从你的心，阿格纳斯。"声音消失了。

太阳升起来了，毒辣辣的日光再一次洒满了公爵宫的院子。男孩气若游丝。他抬起失去焦距的眼睛凝望着天空。刺目的光芒射进他的眼睛里，但是他感觉不到疼。

一夜复一夜，声音在头脑中出现，那个低沉温和的语气带来的是抚慰，是同情，但是声音所说出的话却像一柄利剑，直接贯穿了他的灵魂。

——阿格纳斯，你尊贵的鲜血没有洒在战场上，却被一个画家拿来调色；你虔诚的信仰没有为你的臣民做出榜样，却在这里作为别人的影子遭受苦难。
——他是为了坚持自己的信仰而死，而你现在又是为了什么？……

滴答。

鲜血洒落到草尖上，压弯了叶子，然后啪的一声弹开，血液渗入了泥土。插入男孩身体的箭柄在微风里颤动，但是他已经没有多少血可以流了。

"可怜的孩子，"那个声音轻轻地叹息，"看看你所坚持的宗教吧，看看你所坚持的信仰——其实它既不神圣也不纯粹，它从来都只是统治者的手段，仅此而已。"

"你……住口……"男孩虚弱地垂下头，他已经没有了辩白的力气。

"你的坚持到底是为了什么，阿格纳斯？为了成就那个狠心把你抛弃的父亲？为了维护他那个既不神圣、也没有罗马的所谓帝国的荣耀？还是为了让这幅壁画的主人——你的敌人米兰公爵，成为宣传基督教义的千古圣人？"

"不，不是！我……"男孩摇着头，透明的蓝眼睛已经被绝望吞噬，犹如两颗破碎的水晶。他茫然地睁大眼睛瞪视面前看不见的对话者，妄图从黑暗里区分出他的形状。

"……放下你的坚持吧，阿格纳斯。"那声音幽幽轻叹，劝诱的语调安抚而柔和。

公爵宫内殿大墙上的湿壁画"圣塞巴斯蒂安"已经接近完成。混合鲜血的颜料在阳光下呈现一种奇异的碧色光泽，仿佛孔雀尾翎，仿佛妖精翅膀上扑落的鳞粉。画中塞巴斯蒂安仰头凝视天空，水蓝色的眼睛里弥漫着雾气，流出一分哀绝的凄美，殉教者的庄严与虔诚和凌虐下产生的痛苦与隐忍不着痕迹地糅合在一起，用真正的鲜血混合朱砂矿石描绘出的血丝从白皙如雪花石膏的身体上拉出来，如同鸽血石上密布的细纹。

壁画超乎寻常的出色，画师放下画笔，长长舒了一口气。他退后一步，飘飘然欣赏着自己刚刚完成的伟大杰作，他几乎可以看到公爵大人赞许的目光了。

画作已经完成，模特便了无用处。画师瞟了一眼院子里垂死的男孩，朝一边的侍卫作了个手势。早已等待在那里的侍卫取过一杆银色的长枪，准确无误地刺入了男孩的胸膛。

心脏破碎的声音。像脆弱的玻璃制品不小心摔在了地上，发出清脆的声响。心中突然凉凉的有水流过，是莱茵的河水，是阿尔卑斯消融的雪山。恍惚中，一直绞缠在自己心底的父亲的影像逐渐淡去，男孩忘记了多年以前那个舒爽的秋日，忘记了橙子的味道，忘记了自己，也忘记了这片土地上所有的疆界与战争。此刻，周遭所有的纷杂已经被头脑深处那个清晰的声音所覆盖：

"我，阿格纳斯·维特斯巴赫，在此放弃国家、人民、信仰、生命，我放弃一切。"那不是先前那个人的声音，那是他自己的声音。

男孩低低念诵如下的誓言：

"以鲜血为盟，以第十二张大阿尔克纳为誓，

从此年、此日、此刻始，我投身于汝之王座；

遵从汝之意旨，以我身之献祭，

于那年、那日、那刻开启那座沉入海底的翡翠之宫。"

侍卫把刺入男孩心脏的长枪拔了出来。男孩张了张嘴想发出一声悲鸣，但是他嘶哑的嗓子已经不能凑成任何可以分辨的音节。男孩的鲜血流尽，他死了。画师让学徒们把男孩的尸身用席子卷起来扔进了公爵宫后面的山谷。

无数的乌鸦飞了下来，黑色的羽毛覆盖了天地。

天色暗下来了。画师满意地看着他的画作，然后带领学徒们离开了大殿。院子里空空荡荡，所有的工匠都离开了。只有头顶如水月华撒下冷冽而孤寂的银光，透过高高的窗棂在墙壁间爬升，照映着四壁高墙，照映着墙壁上的圣塞巴斯蒂安。

壁画刚刚画好，颜料混在潮湿的泥灰壁上还没有干透。一股奇异诡谲的碧色在壁画上流动，湿冷静止的画作便似乎有了生命，每笔线条、每片衣褶都动荡了起来，仿佛斑驳的水纹，一圈圈地浮漾开去。

月华如练。

当光的手指轻轻抚上画像苍白的脸颊，就如同生命之手的碰触，那对碧蓝如加尔达湖水的眼睛突然眨动了一下，男孩微微抿起了微张的唇瓣。

——圣塞巴斯蒂安，你是如此美丽。

公元一四零二年九月三日，米兰公爵吉安·加莱阿佐·维斯康提突染恶疾而亡。他一手建立的北意大利联盟分崩离析，国土全部被他合法、以及非法的继承人瓜分殆尽。

几日之后，一具漆黑的棺柩被秘密运出米兰城。车队一反常态地只在夜里赶路，形色匆匆地穿过了前米兰公爵的领土维罗那和维琴察，来到了当时意大利半岛上最强大最富有的威尼斯共和国。

棺柩就在这里消失了。有好事者说车队随后去了佛罗伦萨，也有说去了罗马的——这种说法在之后的几百年中都没有被证实,人们肯定的只有一点——由于米兰公爵莫名其妙地暴病身亡,建筑工匠和画家们失去了主顾,没有人支付报酬,公爵宫的建造工程就此搁浅。

富丽堂皇的装饰品被盗匪和马匹践踏,精致的雕塑被毁坏,空荡荡的大殿成为了牧羊人的歇息地,院子里放养着羊群。

就连那些精美绝伦的壁画也未能幸免。似乎被人整片揭下去一样,墙上的灰泥坑坑洼洼,完全无法辨别原先艳丽的色彩,更看不出有过任何准确的线条。整座建筑陷入了死一般的寂静,唯有被惊扰的灰鸽不时呼啦啦地拍打着翅膀,从钟楼破碎的高窗间飞进飞出。

按:文中所记是文艺复兴时期发生在米兰城的真实故事。只不过那是个普通战俘,不是王子。阿格纳斯(Agnes)一般翻译成"艾格尼丝",历史上是德意志国王鲁佩特的女儿,不是儿子。这位公主很短命,22岁(1401年)刚嫁人就死了。

献给永远逝去的塞莱尼西玛共和国
For Serenissima

威尼斯之石
THE STONE OF VENICE

恒殊 著

Chapter.1

启　程

Departure

四百年后·1879年初春
罗 马

朱塞佩经常会做一个有关天使的梦。

他梦见自己在黑暗里奔跑。周围有时候是一片阴冷空寂的旷野，有时候是纵横交错狭窄得几乎无法通过的小巷。朱塞佩一直在奔跑，就如同有人在前面牵引着他一样奔跑。但其实前面并没有人。在整个梦境里他都看不到一个人。

在朱塞佩年纪还小的时候，他常常会因为梦境中的孤独和恐惧在中夜惊醒，然后久久无法入睡。后来他把这个梦告诉了他的老师西蒙内神父。

西蒙内神父对他说，黑暗代表了一个人内心深处的罪恶。人们怀着罪恶降生于世，穷其一生向主赎还自己的罪。而神职人员的使命就是为虔诚的信者铺开通往天国的道路。只有坚定你自身的信仰，你才会在黑暗之中看到出口，找到那条通往光明的路，指引你的信徒。

自那以后很多年过去了，朱塞佩仍然独自在黑暗里奔跑。但是他已经不再恐惧。因为在每一次梦境的终点，他都可以看到一个白衣的天使在对他微笑。

那个微笑比基督的存在还要真实，天使的羽毛比鸽子的翅膀还要柔软。尽管年轻的朱塞佩在修院里没有任何亲人，但他始终坚信有天使在守护着他。

朱塞佩·阿莫特，罗马人，现年二十一岁。黑发深目体格修长，为人忠诚聪敏，是罗马天主教修院多年以来最为优秀的修生。在西蒙内神父的引荐下，朱塞佩还没有从修院毕业，就已经加入梵蒂冈"正义暨和平委员会"，宣誓成为了一名见习驱魔人。

但是他仍然在黑暗中奔跑，反复做着那个有关天使的梦。

直到有一天，他突然接到任务，跟随西蒙内神父穿越整个罗马城，去歼灭一群他过去只听说过、却从未亲眼见过的危险生物——

吸血鬼。

远远望去，金色的圣沃尔托小礼拜堂中点燃了无数蜡烛，映得大殿上空一片火红的通明，却不是火光。怒喊和呼号直冲黑沉沉的云霄，一群黑衣的圣职驱魔人提起纯银打造的长剑，向对面的敌人冲杀过去。

长剑挥处，鲜血像花朵一样在夜空中娇艳绽放，愈浓的红色颗粒飘浮在空气里，模糊了视线。

朱塞佩呆立在那里，瞠目结舌地注视着眼前的景象，一呆之下竟忘记了闪躲。身侧，一个偷袭者已然悄悄迈近，一剑劈下！金属交击的刺耳共鸣穿透了湿黏得仿佛滴出血来的空气，朱塞佩骇然回身。敌人的长剑被压在斜刺里插入的另一柄长剑之下，那个样貌宽厚的中年神父正在用斥责的眼神瞪视着他，"朱塞佩，当心！"

朱塞佩年轻的脸上露出了愧疚。他反手一剑杀退身后的敌人，匆忙间对那个人微点了下头，"谢谢您，西蒙内老师。"

更多的敌人冲了上来。一群不需教化、无法改变、唯一一途只有杀戮的敌人。吸血鬼。他们力大无比，他们不知疲倦，他们不畏疼痛。尽管在这座罗马近郊的小礼拜堂成功拦截，但驱魔人们只杀得手也软了，吸血鬼一方仍没有减退的趋势。教士们逐渐力不从心。

朱塞佩胆颤心惊地紧紧跟随在西蒙内神父身侧。这还是他第一次跟随老师执行任务。他倒不是怕死，他只是担心，这样的杀戮何时才能到头。西蒙内神父一直在护着自己，身上已经被划出了好几道血口。而初次迎敌的自己更是伤痕遍体，对面的吸血鬼们嗅到血腥气，眼中迸射出妖艳的血红色光芒，反攻得更加激烈。梵蒂冈一方已有无数教士被咬伤，这样下去，他们恐怕要全军覆没。朱塞佩心中一寒——更糟糕的是，他的眼睛扫过大殿中央祭坛前的那个人——这批吸血鬼的首领，他一直抱着臂好整以暇地站在那里，根本就没有出过手。

必须要杀掉他，才有可能胜出，才有可能逃离这里，朱塞佩想，他的眼睛透过人群盯着祭坛前的人。正巧那个人也在看着他的方向。那双深色的眼睛像有魔力的磁石，在两人视线相对的一瞬间，牢牢把朱塞佩吸了进去，直到肩膀上突然传来的痛楚把他惊醒。西蒙内一剑手刃敌人，"朱塞佩！"他怒斥。

朱塞佩倒抽了口凉气。还好肩膀只是皮肉伤，没有伤及筋骨。他咬牙挥剑。眼前的敌人在纯银的剑尖上化为飞灰，烟尘缭绕在蜡烛的火焰里，仿佛拢起一个虚假的幻境。

在朦胧的幻象中，朱塞佩再次穿越人群看到了那个祭坛前的年轻人。

匆匆扫视一眼，他看到，那人的嘴唇微张，然后向上弯起形成弧度。他在笑？！穿越鲜血，穿越人群，穿越驱魔人的尸身和吸血鬼魂飞魄散的烟尘，那个人勾起了弯弯的嘴角，对年轻的朱塞佩展开了一个迷人的笑容。

蜡烛的光芒变得柔和，耳畔的喊杀声逐渐淡去。四周的景物发生了改变，身前所有人都化成了飘忽的影子，变得虚假，变得不再重要。只有相隔十米之外的那个微笑是真实的，它在一片灰白之中被赋予了颜色，被赋予了意义。

"朱塞佩，你到底在做什么！"西蒙内神父忍无可忍的声音。他架开了敌人刺向朱塞佩的第四柄长剑。

朱塞佩猛然惊醒，冷汗从头顶落下来。是自己一直在做着有关天使的梦，在梦境中不愿苏醒，以至于现在发生的一切都如同梦幻般虚假——是这样的么？

一切都那么不真实。

朱塞佩心神一凛，回身一阵猛砍，杀掉了两个偷袭者，背靠背站在西蒙内身侧。

接下来发生的事情他已经不太记得,只是不停地杀戮,不停地流血,梵蒂冈派来的驱魔人已经折损了大半,而敌人的数量有增无减。朱塞佩挥手抹去从头上落下来的血,他一声怒吼再次向敌人扑了过去。

"朱塞佩!"西蒙内拉住了他的胳膊,他挥动长剑一阵攻击,把吸血鬼们拦在几步开外,"快跑!"

"什么?"朱塞佩愣愣地看着他的老师,"您说什么?"

"逃出去。"西蒙内神父紧紧皱起眉头,往殿门的方向又杀了几步,鲜血飞上了半空,几个敌人烟消云散。

"您让我自己逃出去?"朱塞佩不敢相信自己的耳朵,他握紧手中长剑,想再次冲入殿内,却被西蒙内一把拦了回来。

"这是老师的命令!"西蒙内神父吼了一声,他反手挥剑,架住了三个偷袭者手中的兵器。刺耳的金属交击声音响彻夜空。"你想让我们都死在这里?!"

越过人群,朱塞佩望向祭坛前的那个人影。只有杀掉他才有可能获胜,才可以救老师,才可以再次夺回那本《黑暗圣经》!他一直以来的愿望,就是像西蒙内一样成为梵蒂冈一名荣耀的驱魔神父——他不能扔下老师和同侪,他不能逃!朱塞佩握紧手中长剑,他没有再看西蒙内一眼,突然向着十米之外的祭坛猛冲过去。

——这到底是不是一个梦?如果是,那么我为什么没有看到一直在守护我的天使;如果不是,却又怎么可能。

这么多的尸体,这么多的血。

"朱塞佩!"身后传来西蒙内愤怒绝望的叫喊声,但是他已经顾不了那么多了。不管是真是幻,他都要扑上去杀掉敌人的首领,他要一剑刺穿祭坛前的那个年轻人。

朱塞佩年轻气盛,他恃剑自傲,他无所畏惧。他红了眼睛,在敌人中杀出一条血路。无数吸血鬼在他纯银的剑尖下化为飞灰。奇异的烟尘腾起在空气里，朱塞佩气息一窒，不得不放缓了速度，开始猛烈地咳嗽。眼前灰白的人影在这烟雾里逐渐变得模糊，一种不祥的预感突然降临了他的心。

还有五米，他与祭坛的位置只有五米了。在缭绕的烟雾里他看到年轻人的脸，褐色微卷的长发垂落双肩，薄薄的嘴角向上勾起，似乎带着超然尘世的嘲讽，却又仿佛悲天悯人一般的无奈。他站在祭坛前，背后是金色雕花的大十字架——是错觉么？在恍惚间，在蜡烛明亮的火焰里，朱塞佩看到那个人全身散发着圣洁的光辉。

年轻的神子走下了祭坛，走下了十字架。他的面容是如此美丽，他的笑容是如此温暖，他的姿态是如此神圣，他的步履是如此优雅。朱塞佩不由自主停止了攻击，他愣愣地看着祭坛上那个散发着金光的影子。他的信仰，他的神祇。

"朱塞佩！"一声决绝的怒吼扯破了头脑中静寂的天空，西蒙内浑身浴血，挥剑砍向少年身前身后无数预备偷袭的敌人，"不要被妖术迷了心智！坚信你心中的天主！"

心中的天主。心中的耶稣基督。

祭坛前年轻的神子在对他微笑，这是我的身体，这是我的血。神子牺牲自我以救天下众生。

不，不对！这一切是假的，都是假的！朱塞佩闭上眼睛挥剑猛砍。周遭一片灰白的人影，鲜血愈积愈多，整座小礼拜堂大殿沐浴在一片惨淡的血色里。一切景物都是模糊的，都是看不清楚的，唯有祭坛中央年轻的神子，他温柔的脸孔漾起金色的圣光——他的头发是深褐色，卷曲的发丝映在蜡烛的火焰里是金色，皮肤雪白，他深深凹陷的眼睛是栗色，他勾起的嘴唇是鲜艳的粉红，他的衣服是黛绿，他肩上的斗篷是青灰。大殿里所有静止与活动着的一切都被这缭绕的雾气洗得褪了色，变成了乏味的黑白，而只有他鲜艳如教堂大玫瑰窗上嵌刻的彩色玻璃，只有他是有颜色的。

管风琴在大殿上空鸣响，唱诗的少年在身后展开了雪白的羽翼。

祭坛上巨大的黄金十字架发出灼人的光华，所有的刀光血影已在这圣光中逐渐淡去。光线太强了，朱塞佩眯起眼睛。

"朱塞佩·阿莫特。"他听到一个声音。他努力朝着声音的方向望过去。

金碧辉煌的圣彼得宫中，教皇高高地坐在他一向处理事务的宝座上，周围依次站立着诸位身穿严正法衣的红衣大主教。

朱塞佩独自站在台阶之下。不只一次了，每当他站在这里的时候就不由自主地感觉到自身的渺小。他惴惴不安手足无措，眼睛瞪得大大的，向四周求助似地看过去，掠过一个又一个主教或者神父严肃的脸，直到最终看到一个熟悉的面孔。西蒙内神父走上一步，手中捧起一顶神父所戴的四角帽，对他温和地微笑。

"恭喜你毕业，朱塞佩·阿莫特。从现在开始，你将正式成为梵蒂冈一名荣耀的驱魔人。老师为你骄傲。"

朱塞佩谦卑地弓下身体，低头让西蒙内神父把帽子为他换上。抬起头看到老师亲切欣慰的脸，一股浓浓的感激之情在朱塞佩的心头奔涌。一直以来，西蒙内神父是他的良师，也是挚友。朱塞佩从小生活在修院里，是西蒙内神父教导他成为一位驱魔人，也是西蒙内神父一直在关怀和照顾他的生活起居——现在，这个急躁顽劣的小男孩终于长大。

穿过典礼堂明灭的烛火，朱塞佩目视远方。在扫过正前方那只巨大的黄金雕花十字架的时候，他的心底没来由地咯噔一下。似乎在哪里见到过那只十字架——并不是圣彼得宫，那只十字架根本就不属于圣彼得宫！一股深刻的惊恐瞬间袭上了朱塞佩的大脑，他惊慌失措地巡视四周，却只看到典礼上人们平静与满足的微笑，而这种微笑加深了他内心深处的恐惧。他想去找西蒙内神父，像小时候那样躲到他的怀里，述说着自己那个不停在黑暗中奔跑的梦魇。他渴望西蒙内神父用宽厚的大手拍着他的头哄他入睡，一次又一次地告诉他要"坚信心中的天主"。

但是他找不到西蒙内神父。

他无助的目光投向大殿里每个角落，只看到众人模糊而欢快的脸，那些红色或者黑色的法衣在流淌，蜡烛的火焰明明灭灭。空气里泛上一股淡淡的潮湿微腥和什么东西烧焦了的味道。哪里都没有西蒙内神父。

朱塞佩抬头望着祭坛正中的大十字架，他想跪下来虔诚地祈祷。

但是他显然太慌张了，当他跪下去的时候，他惊恐地发现自己竟连一句祷文都不记得。他手足无措地抬眼望向十字架上的神子。他天真地希望神子能够宽恕自己的罪过。

年轻的神子在对他微笑。

那么熟悉。

曾经在哪里见过的微笑。

朱塞佩心神一荡，再抬头时，十字架轰然倒塌。

而青灰色衣袍的神子仍旧波澜不惊地伫立于祭坛之前。

耳畔传来风声，一股力量猛地把朱塞佩推到一边。身后，一个高大的身影代替他冲了上去。五米，四米……三米！敌人已近在咫尺。西蒙内神父仗剑直冲，他见朱塞佩已经完全被敌人迷惑，一时间什么也顾不得，咬牙冲向祭坛，完全不顾身侧敌人的偷袭。他的眼中只有祭坛前那个抱着臂的青灰色身影，那个胆敢立于黄金十字架前的渎神者！

就是这个人，率领这批吸血鬼秘密潜入梵蒂冈教廷，把驱魔人们从血族手中刚刚抢来的一本《黑暗圣经》重新夺了回去。那是血族的圣典，里面不但记载了无数重要的预言，而且据说书籍本身就带有魔力。教廷正要销毁，却被血族派来的人先一步夺走——这简直就是梵蒂冈的奇耻大辱！

01 启程 DEPARTURE

西蒙内神父的剑刺了出去。纯银的剑尖几乎擦到了对方的衣襟！但是，就在他因即将得手而稍稍放松警戒的那个千分之一秒，那柄长剑突然莫名其妙地转了方向。剑柄握在对方的手中，西蒙内大吃一惊，他想躲，但是强大的冲劲一如无可更改的宿命，他扑了上去，扑在了自己的剑尖上，纯银长剑穿过胸膛，然后噗地一声从身后突出来。

一切都发生得极快。当朱塞佩在那股力量之下艰难地稳住身体，刚一转头就看到了西蒙内神父被长剑贯穿的凄烈画面。鲜血喷出很远，有一些溅到了朱塞佩的脸上。

圣彼得宫的幻境消失了。根本就没有什么毕业大典，也没有高贵的教宗和红衣大主教们的观礼。只有年轻的朱塞佩，第一次跟随老师执行任务的朱塞佩，独自面对吸血鬼滴血的獠牙，还有一地教士黑色衣袍的尸身。

"老师——！"朱塞佩惊呆了，他声嘶力竭地大喊，但是几步之外的西蒙内已经再也听不到他的声音。下一刻，这个战功赫赫的梵蒂冈一级驱魔人像一座大山那样倒了下去，惨痛而决烈。

泪水模糊了朱塞佩的双眼，里面迸射出决绝的恨意，"不想死的就给我滚开！"朱塞佩怒吼，他死死盯着祭坛前那个散发着金光的影子，他挥剑砍向身周活动着的一切。铲平一切障碍，湮灭一切生灵，他冲向祭坛。

大殿上站立的教士已经寥寥无几，西蒙内神父被杀之后，他们更是彻底失去了斗志。吸血鬼一方也同样死伤惨重，只有剩下的几个还在挣扎，躲避着纯银的剑尖。朱塞佩长剑过处，所有敌人化为飞灰。大小阵仗打过无数，但没有人见过如此勇猛的少年。他根本已经把生死置之度外，每一剑都是杀敌，每一剑都是自杀。

血流成河。朱塞佩身上的伤口多得几乎把他扯碎，他全身沐浴在红色的血光里。嗓子已经喑哑得不似人声，他仿佛从地狱里爬出来索命的厉鬼，要把世间一切毁灭殆尽。

  大殿上所有的驱魔人都倒下了，遍地都是黑色衣袍的尸体。所有的吸血鬼都化成了灰尘的粉末，沸沸扬扬洒落在蜡烛的火焰里。烛光把朱塞佩浴血的脸映得忽明忽暗，他用充血的眼睛狠狠瞪视着祭坛前年轻的神子。

  他全身散发着金色的光芒，他勾起的嘴角挂着微笑。

  老师被杀的一幕在眼前不断重复，西蒙内神父被长剑从前胸贯穿至后背，剑柄握在那个人的手里。朱塞佩大脑中嗡的一声，消失了所有的思考能力，一片空白里只有一件事无比鲜明——血海深仇。他要杀掉眼前的人给老师报仇。管他什么吸血鬼，什么神父——血债血还！谁杀了老师谁就要偿命！！遇祖弑祖，遇神弑神，哪怕他是耶稣基督本人——我朱塞佩也要食其肉，饮其血！！重伤之下的少年丧失了理智，他大吼一声提剑冲了上去。

  天旋地转。所有蜡烛的火焰猛烈地摇摆起来，鲜血模糊了视线。十字架，黄金的十字架再次崩塌，天花板陷落了，彩色玻璃的碎片割开了头顶支离破碎的天空，无数闪烁的星星轰然洒落，像一场突如其来的大雨，像飓风！风沙迷了朱塞佩的眼睛，还有两步！一步！！……小礼拜堂倒塌了，砖瓦和石头劈头盖脸地砸了下来，空气里飘浮着无数带着血腥味道的烟尘——那个人在哪里？！

  珰啷一声，长剑掉在了地上。朱塞佩眼前一黑，终于力竭倒地。

  是我对主的不敬惹下了大祸——这是朱塞佩心中仅存的意识。恍惚中，眼前最后停留的画面，他感觉头顶上方传来温暖柔和的圣光，高踞十字架上的神子带着悲天悯人的目光凝视着自己。

  "……做我的圣杯五，朱塞佩。"

  他睁开了眼睛。

  金色的阳光透过窗棂洒在他年轻的脸上。朱塞佩用手遮住眼睛。阳光从指缝中漏下来，光柱里金色灰尘的颗粒在跳舞。

启程 DEPARTURE

朱塞佩哆嗦了一下。他抹去眼角溢出的泪水，但是身下的床单已经被湿黏黏的冷汗浸透。

一年以来，持续不断的梦魇折磨着他。从几何时，他的梦境里不再有天使。

他已经以优异的成绩从修院毕业。但是他的毕业典礼上并没有西蒙内老师。老师已经在一年前，在那座金色的圣沃尔托小礼拜堂中被杀死了，被残忍邪恶的吸血鬼杀死了。他再也不会回来。

他永远也不会看到朱塞佩戴上四角帽成为神父的样子。

只要朱塞佩闭上眼睛，西蒙内神父被杀的一幕就会在梦境里反复出现。一切都原封不动地回到了一年前那座血光飞溅的小礼拜堂，是西蒙内神父代替他冲上去，死在了祭台中央那个吸血鬼的剑下。他曾经不止一次地想，如果不是因为自己的鲁莽，或许西蒙内神父就不会死。

但事实的残酷已经摆在眼前，教廷派出的驱魔人在那次任务中全军覆没。除了朱塞佩之外，他们一个都没有回来。

他记得自己至少在那场恶战中受了伤。但是当他苏醒的时候，全身上下根本就找不出一道伤口。所有的血都是别人的，所有级位比他高的驱魔人、执事和神父都死了，连他最为尊敬和崇拜的老师西蒙内神父也死了。

而朱塞佩自己，毫发无伤。

朱塞佩怒吼、哭泣、咆哮，他奔出小礼拜堂，绕着圈子挥舞着他的剑，在愤怒和痛苦中哭喊，疯狂地诅咒着世间一切。泪水模糊了他的双眼，哽咽几乎使他窒息。

万物一片死寂。每个人都死了，死了。大殿上和院子里全是教士黑色衣袍的尸体。

那个祭坛中央的年轻人，那个站在黄金雕花大十字架前的渎神者，就在自己眼前杀掉了西蒙内神父，夺回了那本血族的《黑暗圣经》——无论他是什么人，朱塞佩要找他出来。他要为自己的老师报仇，他绝对不会放过他！

敲门声。

一个小修士站在门外，"朱塞佩，贝尔托内教枢要见你。"

"教枢？"朱塞佩愣了一下，他连神父都不是，怎么会突然蒙恩得到一位红衣主教的召见？

何况这位贝尔托内教枢还是梵蒂冈赫赫有名的'驱魔枢机'，只手掌管'正义暨和平委员会'下属的全部驱魔人，也是西蒙内神父生前的顶头上司。

朱塞佩顾不上多想，他胡乱抹了把脸，赶紧换上黑色长袍——虽然他已经从修院毕业，但是还未成为神父，所以头上仍旧佩戴修生所用的黑色三角'比莱笃木'，急急出了门。

'正义暨和平委员会'宽敞的办公厅里，贝尔托内教枢端坐在桌子后面。他年纪四十上下，额头很宽，头顶微秃，眼睛乌黑深邃，仿佛能洞透一切。他上下打量着眼前惴惴不安的黑发少年。

"朱塞佩·阿莫特？"

"是。"朱塞佩答应一声，他不敢直视贝尔托内的眼睛。

"西蒙内神父活着的时候，曾和我多次提起你，"贝尔托内开门见山地提起了朱塞佩的老师，朱塞佩心底咯噔一下，小礼拜堂的那一幕在眼前重现。他似乎知道对方要说什么了。

但是对方并没有说下去。贝尔托内教枢顿了一下，仿佛看透人心的眼光直直落在了朱塞佩的脸上，"你在修院的成绩如何？"

朱塞佩愣了愣，随即谦恭地答道，"哲学修两年，神学修四年，均为一等。"

贝尔托内点了点头，"西蒙内神父时常对我说起，你是他见过的最优秀的修生。"

"老师他……"朱塞佩哽咽起来，他拼命忍住了眼泪。

Chapter 01 启程 DEPARTURE

"按照圣轶,你只需做满一年执事,然后可直接晋升为神父。但是若想成为二级以上的驱魔人,你需要为教廷立功。"

一种隐隐不祥的预感突然从大脑深处闪现了出来,"您是说……?"

贝尔托内摇了摇头。"能使西蒙内神父殉职的事情,我不会荒唐到派你去做。何况,"他紧紧锁起两道如浆过一般粗重笔直的浓眉,"意大利统一之后,教廷的势力已经越来越小,我不能再折损人手。一年前的惨剧绝对不可以再次发生!"

"那教枢的意思是?"朱塞佩抬起了头。

"我要你去威尼斯。狂欢节刚刚开幕。"

朱塞佩瞪大了眼睛,他不敢相信自己刚刚听到的话——教廷的势力日渐下滑,西蒙内神父大仇未报,吸血鬼们仍在罗马猖狂——在这个紧要的关头,贝尔托内教枢竟然让他去威尼斯参加什么狂欢节——到底是他疯了,还是贝尔托内疯了?

但是教枢的神色依然凝重。"上次的任务我们全军覆没,这多少由于我判断失误,"贝尔托内叹了一声,"敌人若不是血族长老,必定是宝剑、权杖、圣杯、钱币四大家族中的领导者,你能活下来也算侥幸——说明你运气很好,这点非常重要。"

"教枢,我……"

贝尔托内摆手制止了他,"我知道你想说什么,"他说,"我不怪你,你当时还只是个见习驱魔人,而且没有毕业——是西蒙内执意要带你前往,这点我开始还和他有过争执。结果他死了,你却活了下来——可见冥冥中自有天意。我看过你的报告,最近的几次任务都完成得非常出色,我相信西蒙内的眼光,也欣赏你的能力。"

朱塞佩默默地听着,脸上不动声色,心底却越来越惊——教枢到底要他去做什么？

"二级以上驱魔人需要具备独自除魔的能力，"贝尔托内深深凝视着对面年轻人的眼睛，"朱塞佩，如果你志在于此，我就把任务交给你——否则，现在便退出这间大厅！"

朱塞佩上前一步，右手在胸前划十字，他坦然直面贝尔托内热切的目光，"朱塞佩但凭手中长剑效力天主与教宗，矢志不渝。"

贝尔托内教枢严肃的脸上终于露出了微笑。

他拿过桌子上的一只黑色四角帽，走到了朱塞佩身前。"但是，作为一个神父则要聆听主的教诲，时刻不忘慈悲之心。"他把手上高级神职人员所戴的四角帽换下了朱塞佩头顶修生所戴的三角帽。

翌日，梵蒂冈三级驱魔人朱塞佩·阿莫特晋升六品助祭——这是比司祭神父只低一品的高位神职。

仪式完毕当日，朱塞佩独自启程前往威尼斯。

他不知道，那里将有另一场腥风血雨在等待他。

就在朱塞佩举行晋升仪式的同时，罗马城南约二百公里，一个穿着黑色兜帽斗篷的年轻女子正行色匆匆地穿过那不勒斯火车站。她手中没拿什么行李，看似只是随意经过站台，却在蒸汽火车鸣响汽笛的一瞬间突然改变主意，跳上了一趟开往罗马的北上列车。

车门在女子身后紧闭，差一点就夹了她的衣角。列车员在站台上跳着脚大骂，但是火车已经缓缓驶离了站台。

女子上车之后，接连换了几节车厢，最后在车尾找了个靠窗的位置坐下。她仍旧没摘下兜帽。帽子里透出几绺暗赭色的长发，颜色很深，微有些零乱地打着卷；下面看不到眼睛，但是那张微微撅起的嘴唇轮廓十分迷人，下巴尖而小巧，光滑细致的皮肤在昏暗的光线下散发着淡淡的橄榄色光泽。

车厢里很空，只有零零散散的几个旅客靠着墙昏睡。到达罗马之后，时间已经是深夜，蒸汽火车发出一声响笛，冒着白烟呼哧呼哧地停在了站台上。稍顷，躁动的引擎声停止了，一切全部安静下来。

女子没有下车，透过被烟灰熏得昏黄的玻璃窗紧紧盯着外面的站台，不停地看着时间。过了一会儿，头顶的站牌啪啪地开始翻页，字母跳动，从"罗马"赫然换到了"威尼斯"。

这趟开往威尼斯的夜班火车在罗马站台停了很久。一些来自那不勒斯的旅客依次下了车，拖着笨重的行李经过死气沉沉的站台，然后消失。午夜的站台再次空旷，零零散散的几个旅客上车之后，检票员也没有动弹，斜靠在车厢里歪戴着帽子，似乎已经睡得熟了。

一个面貌平庸的男人就夹在这些人中间上了车，他的动作看上去像个青年人，但是脸上已经出现了皱纹，当他把手伸出来的时候，却又有一双焦黄发皱的老年人的手。这个人来到刚刚的女子面前，停了一会儿。车厢顶灯的光芒洒在他头顶上，他的头发呈现一种病态的灰白色。男人穿着土黄色发旧的呢子大衣，边缘都已经脱线磨损了，但是很整洁，他的胡子也刮得很干净。

车厢里的乘客睡得东倒西歪，有几个人勉强睁开眼睛瞟了一眼，随后低沉地骂了一句什么，转过头继续他们的睡眠。没有什么人看到了乘客的脸，就算看到了，他们也会立刻把他忘却。来人长了一张没有丝毫特色的平凡无奇的脸孔，神态略显呆滞，只有两只玻璃一样的眼珠清澈凌厉，直直盯在面前女子的脸上。

但是女子起身亲热地拥抱了来人，看上去就好像是一对站台上随处可见的送别亲属。他们互相用耳语交谈，声音细不可辨。之后来人搂着女子的肩膀走到了车厢门口，关上了门。身后的车顶灯黑了下去，所有的乘客都睡熟了。黑暗中，一个一直靠在窗边熟睡的戴三角帽的男孩，忽然睁开了眼睛。

"你确定……人在威尼斯？"面貌平庸的男人皱了眉，死死盯着面前女子的脸。

"那不勒斯的囚犯没有公开招供，但是我有我的办法。"女子仰起头轻轻一笑，灯光打在她的脸上。她很年轻，有一对细长的榛子色眼睛，笑起来的时候表情十分妩媚。

"……也好。"男人突然放松了一直绷紧的神经，从大衣口袋中掏出一张字条塞在对方手中，"到那边之后联系这个人，他会给你提供所有必要的协助。"

女子瞟了一眼纸上的那个名字，她的眉毛跳了一下。

"不用怀疑，他是我们的人。"男人肯定地紧紧按住对方的手，把手掌之中的那张字条捂得热了。

"塞莱娜，你应该知道，现今威尼斯的主人是谁。不要让国王失望，"男人加了一句，眼中迸射的光芒刺痛了面前女子微带质疑的脸，然后很快的，他又恢复了一张平板乏味的面孔。

"祝你好运，我的小白鸽。"男人最后拥抱了一下女孩，然后走下火车。

塞莱娜摸黑独自走入车厢。

蒸汽火车刚刚打响了汽笛，准备重新迈着沉重的步伐在黑夜里北上。几个懒散的乘客调整了睡姿继续自己的美梦，车厢顶灯刚才被熄灭了之后，似乎已经耗尽了生命，再也亮不起来，只在那里苟延残喘着发出嘶嘶的声响，间或一明一灭地闪烁。

塞莱娜找到自己的座位坐了下去。

斜对面，一个刚才没有见过的男人正往货架上放着自己的行李。他个子很高，似乎比一般的人都要高大，长着一头意大利人常见的浓密黑色卷发。一身剪裁合体的黑色长皮风衣几乎拖地，更衬托出他身材的伟岸。当他放好行李转过脸来的时候，塞莱娜惊讶地发现来人其实非常年轻。但是他脸上却完全没有青年人的稚嫩与放纵，反而一直保持着警醒和献祭般的自我克制。而且，塞莱娜敏锐地觉察到，就算在他转身放行李的时候，眼角的余光也从没离开过窗边一个毫不起眼的戴三角帽的男孩。

觉察到塞莱娜的目光，男子稍有些尴尬地收回了视线，在两人四目相接的一刹那，男子微微张了口，似乎想说什么，却终于没有说。他低垂眼帘，像一尊塑像那样一动不动地坐了下去，眉头微皱，似乎有无限心事。

火车开动了。

穿过凌晨灰蒙蒙的寒雾，老旧的蒸汽火车颤巍巍地行进翁布里亚的山野。塞莱娜眯起眼睛，透过面前蒙尘的玻璃窗，凝视着外面看不见的风景。尽管不时有一股股不知从哪里吹进来的冷风，玻璃上还是覆了一层厚厚的白色呵气，把车厢内的乘客都拢得模糊了起来。

外面是漆黑的夜。

塞莱娜出生的那一年，撒丁王国还在这片土地上与奥地利作战。她一出生就成了孤儿，被撒丁的军队带去了佛罗伦萨，然后是罗马。塞莱娜就在那里长大。她没有和战争中遗留下来的其他孤儿们一样被送去专门为他们开办的学校或者教会，这个威尼斯女孩体内流淌着亚德里亚的水质，人们给了她"塞莱娜"这个美丽的名字。她是昔日繁华似锦的塞莱尼西玛共和国的女儿，她是威尼斯的女儿。

塞莱娜十二岁的时候，年轻的意大利借普法战争之利收复了罗马。她和另外几个特别甄选出来的孩子一起被秘密送往宫廷。在那里，他们以超强的负荷完成了学业和一切必需的特殊技能，而后，他们被分派往世界各地。意大利政权新设立的情报部门需要大批人才，塞莱娜只是他们之中微乎其微的一个。

诺威·巴斯托尼。塞莱娜的脑子里突然闪过这个名字。那个写在她的同僚刚刚递给她的字条上的名字。她在威尼斯可以信任和依赖的人。

威尼斯，一个如幻境一般存在的地域和岛屿，塞莱娜从未踏足的故土。

法国大革命之后，拿破仑的舰队开进大运河，曾经繁华一时的威尼斯共和国解体了。拿破仑随后把威尼斯割给奥地利。那是威尼斯历史上最黑暗的一段时期，战争不断，威尼斯人背负着亡国的命运苟延残存。

1861年意大利王国成立，推举撒丁王国的维克多·埃马努埃莱为第一届意大利国王。五年之后普奥战争爆发，意大利加入普鲁士一方对奥作战。最后由于奥地利被普鲁士战败，根据维也纳条约，威尼斯归还意大利，结束了主权沦丧的日子。

诺威·巴斯托尼是威尼斯现任市长阿里基里的秘书，由罗马王廷直接指派，在间接中管理着威尼斯主岛和整个威尼托地区。

塞莱娜心忖，这个身居高位的幕后实权者——自己真的能够信任他么？

三个月之前，当政不满一年的第二任意大利国王翁贝托遇刺。虽然国王侥幸脱险，但这起惊天动地的暗杀事件已经在整个亚平宁半岛掀起了轩然大波。新政权刚刚成立，时局动荡，战火不断，被推选出来当政的萨伏依王朝一脉是凝结新意大利的核心。根据塞莱娜几次出行南部的调查，翁贝托国王在巡视那不勒斯途中遇刺，但是暗杀者却来自北方的威尼斯。

能够在当地拥有如此威望、势力与财富，并且拥有私人武装力量的家族并不太多。但他们此举的真正目的究竟是什么？与他们自身又有何好处？塞莱娜蹙起了尖尖的眉。此次行程本在意料之外，她有太多的事情需要重新考虑和部署。

火车驶过费拉拉的时候天色已近发亮。老旧的蒸汽火车在铁轨上一节节地拖沓，汽笛发出像断了气一般濒临死亡的尖叫，惊醒了熟睡中的旅客。

再往前，过了波河就是威尼托大省。塞莱娜轻轻地舒了口气。从打开的车厢门那边送来一团团因水汽而胀大的烟灰，雾还没有散，车窗外一片白蒙蒙的，风中带着一股潮润的味道。

威尼斯，就要到了。

列车的终点站是梅斯特尔，威尼托省最靠近亚德里亚海的那片陆地。那个时候的威尼斯还没有像现在这样有铁路桥把主岛和陆地连接，所有去往威尼斯的旅客都是乘船。但是，像威尼斯这种地方，人们总会感觉所有从陆路搭火车去威尼斯就好比从后门跨入宫殿似的，只有像古人一样虔诚地花时间乘船穿过大海，看着威尼斯的海岸线如同召唤一般从视线所及之处慢慢浮出，才能窥见这个城市难以想象的瑰丽全貌。

蒸汽火车喷出了最后一声汽笛，最终如释重负地瘫倒在梅斯特尔狭长的站台前。雪白的雾气里，车厢门猛地拉开，拎着大包小包的乘客被一股脑从车厢里

吐出来,然后争先恐后地去港口乘搭渡轮。

走上舷梯,塞莱娜站在洗过尚未干透的甲板上,眺望着远处依稀可见的海岸线。隐约可以看到一些教堂的圆顶,还有高耸的钟楼。但是在还未完全退却的晨雾中看不真切。

从罗马上车的那个身材高大的黑衣男子紧跟在塞莱娜身后上了船。当塞莱娜转过头看他的时候,对方的眼睛如往常一般不自然地滑开了视线。塞莱娜皱了下眉,眼角的余光却忽然觉察到,在自己身后不足一米的某个角落里,委缩着同一车厢里那个戴三角帽的男孩。

男孩十分瘦小,一顶边缘破损的泛着油光的脏帽子把他整个脸都遮住了,看不到相貌。他的帽沿上插着两根黑色的短羽毛。男孩似乎对这一切无知无觉,双手插在兜里,如在车厢上一般靠在船舷上假寐。塞莱娜转头又看了一眼黑衣男子,对方已经避开了视线,但仍是不离不弃地跟在自己身后。

塞莱娜在心底冷笑了一下。但是她仍然心存疑惑,因为男子的跟踪行为实在过于明显,这不是一个受过训练的间谍所应该有的表现。

同一车厢里的三个人,就以这种奇怪的方式一路来到了威尼斯。

引擎停止了。岸边停靠的无数贡多拉凤尾船如同刚刚涌下火车的乘客那样争先恐后地划过来,上岸的舷梯也已经搭好了。

乘客们经过长途跋涉终于抵达了目的地,人们迫不及待地拎着大包小包走下狭窄的舷梯,也不管是否撞到了其他人。抱怨、咒骂,还有刚刚被唤醒的孩子的哭声和年轻人兴奋的高声谈笑汇聚在甲板上,一时间码头一片混乱。

就在这一片混乱与喧嚣声中,塞莱娜扶住绳梯走下甲板,有人突然从身侧撞了她一下。她一脚踩空,好不容易才稳住平衡,刚刚转过身,另一个黑影突然从身后一跃而过,吓了她一跳。

"抱歉。"一个低沉的声音清晰地从模糊的晨雾里送过来,高大的身影随即消失。

近在咫尺的背后,一声意料之内的惊呼这才悠悠响起。

"抓贼啊,贼——!"

塞莱娜神色一凛,本能的反应让她立即望向人群中的某个地方,果然,那个毫不起眼的戴帽子男孩消失了。

甲板和码头上布满了乘客和等待的贡多拉船夫,望过去黑压压一片,加上白茫茫的晨雾还朦朦胧胧地悬在半空,哪里还看得到小偷的影子。人群里发出同情的喟叹,还夹杂着几声幸灾乐祸的讪笑,很快,声音被船夫与乘客们乱哄哄的讨价还价掩盖过去,码头上喧闹一往如昔,人们刚刚迎来崭新的一天,似乎什么也没有发生过。

受害者是一个穿着华丽的女子,绣花锦缎长裙及地,颈子上围着厚厚的羊毛披肩。她的年纪明显已经不再年轻,脸上搽了厚厚的粉,神情一片慌乱。她六神无主地呆立原地,嘴唇哆嗦着,看到塞莱娜转过身体,女人的眼睛里露出了求救的信号。

塞莱娜皱了皱眉,她不想多管闲事,但就在她将将准备离开的时候,那个低沉的声音重新从耳后响起。

"这是您的钱袋,夫人。"

去而复返的黑衣男子站在那里,奔跑之后的脸色微微有些发红,他的手里拿着一只橄榄绿色的织锦钱袋。

"天啊!"失窃的女人脸上露出了不可置信的神情,她一下子扑上来抱住了男子的手。

"幸好及时抓住了小偷,"对方脸上终于露出了和他年龄相符的单纯笑容,他有些不好意思地将钱袋递到女人手中。不知道有意还是无意,他用眼角的余光瞟了一眼塞莱娜。虽然成功追回了钱袋，但是他的样子看起来困惑而不解。似乎在质疑为什么小偷的对象竟然不是塞莱娜一般。

天色越来越亮，金色的阳光在这个时候突然跳出海平面驱散了模糊的晨雾，海面上明亮的波光映得塞莱娜心头一片清明。

——小偷的目标为什么不是我？塞莱娜同样在问自己。那个戴帽子的男孩和她乘坐同一节车厢从那不勒斯一路来到威尼斯，而自己之所以会吸引这个神秘黑衣男子的注意，完全是因为对方发现那个男孩对自己意图不轨。

塞莱娜抬起脸端详那个男子，不经意却对上了对方的眼睛。

漆黑，带着一丝困惑和十足的热忱与虔诚。

男子立即移开了视线。

"先生，请问您要在威尼斯待多久？"那个穿着华丽的女人突然抓住了黑衣男子的手，"改天……请问我是否有机会对您表达我的谢意？"

女人眨了眨眼睛，嘴角突然浮上一丝挑逗的微笑，这个暗示任何男人都应该明白。

但是面前的年轻人只是愣了一下。随后，他礼貌而稍带笨拙地移开了手臂。

"我……只是路过。不会待很久。这点小事不足挂齿，失陪了。"男子匆忙行了一礼，然后立即逃也似地掉头走开。

即便在仓惶逃开的瞬间，他的眼睛仍然不自觉地瞟过了塞莱娜。他的嘴唇动了一下，似乎想说什么，却终于没有说。他迈开步子，高大的身影很快就淹没在了码头嘈杂的人群里。

塞莱娜微愕。她站在原地，听着身侧的老女人发出惋惜的啧啧叹息，然后突然迈步。身边等待雇船的其他乘客吓了一跳，再回过头来的时候，女孩已经消失了影踪。

塞莱娜的跟踪技巧比黑衣男子好得太多了。清晨的街道上并没有多少行人，她保持着一定距离不即不离地跟着目标,在湿滑的青石板街道上竟然没有发出任何多余的声响。

黑衣男子看上去完全没有发现女孩的存在。他似乎并不太认路,手拿地图,提着一只沉重的行李箱在街道上循着门牌默默走路。十分钟后他放弃了地图,埋着头继续走,只间或抬起眼睛看看太阳辨别方向。

又过了十分钟。男子走到一个卖匹萨饼的摊子那里和摊主说了什么。

"刚才那个人对你说了什么?"待男子走后,塞莱娜停在了同样的地方。她掏出几个小钱塞到摊主手中。

"您是说那个修士?他在找圣马丁教堂。"

修士?塞莱娜愣住了。而且,如果她没有记错的话,他们在十分钟之前刚刚经过了圣马丁教堂两扇硕大的青铜雕花大门。

但是男子仍然在朝反方向行走。

半个小时之后。

回到原地。圣马丁教堂的大门前,塞莱娜亲眼看到男子脱下了身上扣紧的黑色风衣,露出了一身纯黑的毛呢修士袍和项口雪白的罗马领。

这位高大勇猛、血气方刚的路痴先生,竟然真的是一位修士!

塞莱娜失笑。她看着男子走进教堂,就没有再出来。她四下观望,看到左近一家私人旅店,蒙着白色纱帘的玻璃窗里仍然挂着空房的牌子。她当下推开门走了进去。

待一切安顿好之后,塞莱娜重新回到了圣马丁教堂。没费多大力气就打探出,这位新来的修士名叫朱塞佩·阿莫特,作为梵蒂冈的使者,为威尼斯十四个教区带来了教皇的手谕。

"阿莫特执事刚刚去了圣马可广场,"院子里做打扫的修士说,"您要我带个口信给他么?"

"不用了,谢谢你。"塞莱娜转过身走了几步,突然想起什么似的回头莞尔一笑,"你确定他带了地图么?"

修士一愣,随即理解地笑了起来,"在威尼斯,您是不会需要地图的。"

"哦?"

"因为这里从来就没有过一张准确的地图。"修士带点无奈地摊了摊手,"这么说来似乎不太合适,但地图这种东西只是用来哄骗外乡旅客的。我们威尼斯人从来不用地图。"

"那你们又如何知道这里所有的路?这里只怕是有成百上千座桥吧?"

"看来您是把桥看作是一种障碍了?大概您是认为它们像这样横在水面上,就好像把路和路隔开了似的。但威尼斯人可没有把桥看作是障碍。对我们来说,桥是一种过渡。桥是威尼斯的一环,路也一样。就像海水、潮汐、波浪,这里所有的事物都有自己的律动,就好像我们万能的主所传出的脉搏与呼吸一样。当你熟悉了这种律动,也就知道了所有的道路和方向。" 修士露出了一副莫测高深的笑容,"您要学会倾听这种律动。"

他对塞莱娜点了点头,然后继续埋头清扫着一尘不染的院子,就好像那些刚刚洗刷过的青石地板上有什么东西需要打扫一样。

塞莱娜走出教堂大门,几步之外便是一座石拱桥,桥下蜿蜒流过的是大运河的支流。

您要学会倾听这种律动。脑中突然浮现出方才修士的话,塞莱娜一笑,像是不屑,又似乎自嘲。

"小姐,雇船么?"倚在桥边眼尖的船夫看到塞莱娜站在教堂门口发呆,遥遥喊了一句。

"圣马可广场。"塞莱娜叹了口气,走向水边。

船夫扶着塞莱娜的手臂帮助她登船。威尼斯的贡多拉,这是一种从吟咏民谣的时代起就一直传下来的稀有交通工具，船身漆成棺木一样的黑色，使人想到灵柩，想到死亡——就好像威尼斯这个古老浮华的城市给人的感觉一样。在船桨划破水面溅溅作声的深夜里，或许会有人在悄悄干着些冒险的勾当。但是现在却是阳光明媚的正午。

塞莱娜懒懒地坐在漆得乌黑的扶手椅上——连坐垫都是油亮的黑色皮面，和暖的海风吹拂在她的脸上，四周是绿如翡翠的海面，金色的阳光如同有生命一般，在水面上跳跃不停。

船夫跳上摇曳的船尾，摇桨，贡多拉一路顺着海风驶向圣马可广场。远处，暂时没有乘客的船夫们还在一起吵吵嚷嚷，声音粗重含糊不清，做着辨不清含义的手势。但这座水城确是异乎寻常的寂静，似是把他们的声音，加上码头的喧闹，火车的鸣笛，还有汽船的引擎声音吸收、游离，并且散播到海浪里去了。

贡多拉驶入了运河纵横交错的水巷中。周围越来越静。除了船桨拍打水面的汩汩声和波浪击敲船头的重浊声外，什么也听不见。在船身轻微的颠簸中，塞莱娜感觉尘世的烦嚣渐渐淡去，火车上的那个男孩、甚至那个修士也不再重要了。水面愈加碧绿，就如同水底衬了一块大翡翠似的，在小船优雅地划过石拱桥下时，和暖的阳光在布满青苔的拱顶上闪烁出细碎斑驳的水纹。

"……这是以前吹制玻璃的老厂子，房子空了，人都搬到穆拉诺岛上去了……"船夫用喃喃的调子有一搭无一搭地向塞莱娜解说，声音低沉含糊，似是已经溶进了波浪里，化在了石拱桥顶的水纹中，也没有指望乘客听懂他究竟在说些什么。

四周很静。

连夜奔波，塞莱娜未曾休息过。她在柔软的坐垫里忽然觉得倦怠，而小船的摇曳，遥远的波涛，还有船夫喃喃的调子都缓缓汇合成了一曲催她入眠的午后摇篮曲。

来到威尼斯
Coming to Venice

在昏昏欲睡中,耳中突然清晰传来了船夫的解说。

船夫说,他们刚刚经过了马可·波罗的故居。

塞莱娜突然醒了。

潮湿的海风扑面而来。塞莱娜深深吸了一口气,她的心也从未如现今这样畅通。每个毛孔都张开了,每条神经都苏醒过来了。带着咸味的水汽浸润了鼻腔——这就是威尼斯的味道,塞莱娜故乡的味道。她扭头凝视着那座越来越远的宫邸,似乎不是自己划离它,而是房子自己浮在水面上漂走了似的。因为连年上涨的海水,房子已经废弃不用,一些腐朽的木头残桩漂浮在水道上,等着人来收拾,却始终漂浮在那里,侵蚀风化,长满水草和青苔。

"太贵了,"船夫摇摇头说,"修整这么一桩房子的钱,已经可以在梅斯特尔买下十处房产了。"

"这就是为什么本岛居民不断向内陆迁移?"塞莱娜突然开口。

船夫似乎吓了一跳,他睁大了眼睛凝视女孩,看样子似乎很久都没有人对他的解说发生兴趣了。

"拿破仑来到这里的时候,毁了一百七十六座教堂,"顿了一下之后,船夫斟酌着字眼,"当然了,这是我爷爷的爷爷告诉我的。还有大约八十座宫殿。他们夺走了我们一万多件绘画和艺术品送到巴黎,丰富所谓的'拿破仑博物馆'馆藏。小姐如果到过巴黎——我是没去过啦,不过像您这样高贵美丽的小姐总有一天会有机会去的——一定会被带到那个所谓的'拿破仑博物馆'参观,据说它今天较为人知的另一个名字是卢浮宫。"

塞莱娜轻轻一笑,"我还在罗马的时候就听说,所有的威尼斯人都是艺术家,果不其然。"

"什么艺术家啦,"船夫咕哝一句,低下头费力地摇桨,恢复了他原本低沉得辨不出音节的语调,"我只是个威尼斯人而已。"

水面逐渐变宽，贡多拉摇离狭窄的小巷，慢慢来到了开阔的海面。金色的阳光洒在亚德里亚海上，照映着一千年来拍打着威尼斯之石的海浪，浪花白得耀眼，海鸟在碧绿的海面上飞翔。

塞莱娜眯起眼睛，眺望着远处高耸在圣马可广场上的十五世纪钟楼。贡多拉在海风中摇摆着慢慢驶近小广场，左边是华美精致的圣马可图书馆，右边是奇诡壮丽的公爵宫。渐渐地，花岗岩石柱上圣托达罗和翼狮的塑像已经清晰可辨，公爵宫顶端拜占庭风格的白色城垛也在碧蓝色的天空下慢慢闪现了轮廓。

威尼斯，逝去的塞莱尼西玛共和国。塞莱娜轻叹。

船身猛烈地晃动起来，船夫跳上岸，把粗麻拧成的绳索栓在岸边的木桩上。塞莱娜拉了一下头顶的兜帽，付了船钱，对船夫道了谢，走上了岸边木板搭就的栈桥。前面就是小广场。悠扬的鸽哨声响起，头顶上空突然呼啦啦掠过一片鸽群，水一样清澈的阳光洒落灰鸽舒展的翅膀，映出一片淡彩虹颜色的光。

公元九世纪，威尼斯人把圣马可的遗体据为己有，选择这个软弱的人作为城市的守护神。他们在巴达里奥小运河上筑起了有着拜占庭式圆顶的大教堂来光荣圣马可的遗骸，二百年后，威尼斯人填盖了巴达里奥小运河，以圣马可教堂为基础修建了一座广场——圣马可广场，威尼斯的心脏。这座被拿破仑誉为拥有世界上最美丽回廊的广场由周围十四座翼狮看守，几百年来威尼斯所有的政治权威、宗教象征、文化机构、还有亚德里亚海的美景在这里汇聚，所有的游行、列队、仪式和庆典都在这里举行。

威尼斯是狂欢节的同义词。因为没有一个城市，在这个传统节日里能够比威尼斯创作出更多、更好和更长久的花样。它的面具，它的舞蹈，它的游戏，它的肆意妄为——狂欢节消逝了一切社会阶层差别，穷人与富人相等，平民与贵族一样，连法律也被颠倒了过来。

圣经上说，魔鬼把耶稣困在旷野，四十天没有任何食物，耶稣仍没有被魔鬼

来到威尼斯 Coming to Venice

所诱惑。为了纪念耶稣的荒野禁食，信徒们把每年复活节前的四十天作为自己斋戒及忏悔的日子，称为四旬斋。在此四十天内人们不能饮酒娱乐，所以在斋期开始前的一周，人们举办宴会和各种舞会，尽情狂欢，后来这种习惯逐渐演变成一种宗教节日，也就是著名的狂欢节。威尼斯狂欢节在每年二月举行，于十天后的"肥美星期二"结束——顾名思义，那天也是狂欢节的高潮。然后就是圣灰星期三，以及开始四十天的斋戒。

在狂欢节这段时间里，圣马可广场成为了水城最大的舞台，无数高台和架子在正中的空地上被搭建起来，上面挂着戏剧演出的帷幕。自发组织的民间演出遍及广场，引发无数路人围观，欢声笑语淹没了圣马可大教堂。

"……你的丈夫是整个威尼斯最幸运的男人，可他却不知道。"

戏剧演员年轻的声音引发了台下众人的一大片哄笑，塞莱娜不由自主地停下脚步。

那是一座搭建得相对正式的舞台，两侧挂着深红色的帷幕。从拉起的背景上面可以直接看到远处砖红色钟楼露出青灰色三角的塔尖，上面金色的天使塑像反射隐隐西斜的日光，散发出耀眼不可逼视的光芒。在那光芒的映射中塞莱娜有些恍惚，但是很快，她把眼睛重又转回到了舞台上。

"幸运的是他此刻不在威尼斯，卡萨诺瓦先生。"台上的女子穿着十七世纪的长裙，佩戴面具。她念诵台词的语调夸张而陶醉。

"亲爱的，没有人比我更加爱你。你使我梦想成真。"扮演卡萨诺瓦的男子同样戴着面具，金色的假发散落一边。他身上只穿着白色复古的宽袖蕾丝衬衫和长裤，露出性感年轻的胸膛，他深情凝视着对面的女子。

"卡萨诺瓦，告诉我我是你的唯一！"女子扑入对方的怀抱。

"你是我的唯一，"男子深情地宣誓，然后把头扭开面向观众，"我对每个人都这么说。"

台下爆出一阵更强烈的哄笑——威尼斯的卡萨诺瓦,这位十七世纪的意大利著名冒险家,他一生中数不尽的风流韵事就像狂欢节本身一样悠久迷人,有关他的演出在威尼斯一向大受欢迎。

在男子望向台下的时候,塞莱娜对上了男子的眼睛,不知道有意还是无意,她觉得那只面具后面的右眼对着自己眨了一下。

这时台上又走上来一个人,似乎是要故意衬托卡萨诺瓦的年轻潇洒,这是个颤巍巍的老人,顶着灰色的假发,戴一只老丑的面具。他拄着拐杖远远地叫,"亲爱的,我回来了!"

在观众的哄笑声中,"卡萨诺瓦"急忙抓起衣服冲向后台,先前的女子迎着老人走了上来。

"送冰的人来过了吗?"老者颤巍巍地问,他抓住自己年轻妻子的手,一点不虞有它。

"来过了,"女子娇媚地笑答,然后面向观众,"而且他明天还会来呢!"

观众哈哈大笑。在一片震耳欲聋的掌声中,女子摘下面具,拉着后来老者的手鞠躬谢幕,但是之前卡萨诺瓦的扮演者却并没有出来。

太阳已经落山,一片柔紫色的霞光笼罩了圣马可广场。谢幕之后,演出者开始收拾幕布和舞台上的道具。聚集的人群逐渐散去。塞莱娜刚想迈步,一个人突然从身后叫住了她。

那是一个陌生的年轻人。年纪与自己相仿,满头金棕色的小卷在他的动作下跳跃着,望向自己的时候,他的眼睛里满是笑意。

"请再等片刻,"男孩说。

面对这个不请自来的搭讪者,塞莱娜本想一走了之,但是男孩的态度十分友好,他的笑容温和而亲切。所以她不禁停了下来。"为什么?"

"一会儿你就知道了,"男孩神秘地笑了一下。他拉过塞莱娜坐在回廊前面

来到威尼斯
Coming to Venice

的石阶上，对面是卷着厚重奶油色帷幕的三层拱廊，灰白色的建筑挺立在宝石蓝的夜空下，愈发显得庄严而圣洁。

塞莱娜满腹疑惑。她确定自己从来没有见过这个人，而对方竟然也连姓名也不问，就这么拉着自己坐在台阶上，如同一位相交多年的好友。

"你……"静坐片刻，塞莱娜终于忍不住开口，但是男孩把手指放到唇边，做了一个"嘘"的动作。他抬起眼看了看天色，然后非常突然地，他把塞莱娜从石阶上拉了起来。"看！"他说。

在男孩手指挥出的一瞬间，仿佛魔法一般，面前白色回廊的灯火忽然被点燃。一点点橘黄色温暖的亮光，从三面围绕的白色回廊二层开始，一个窗口接一个窗口的亮起。然后是所有三层的窗口。在灰白色精致拱廊的包裹中，橘黄色灯火一个接一个闪烁在深蓝紫色夜空的背景下，神秘、蛊惑，像一个孕育千年的梦，一个消弭了时空的海市蜃楼，黯淡了天际间所有的星光，把威尼斯过去所有的华美绚烂，塞莱尼西玛共和国全部的历史、全部的荣耀融化其中。

"这就是世上最美丽的回廊，"男孩微笑，"无论你是谁，欢迎来到威尼斯。"

"你知道我是……？"塞莱娜睁大了眼睛，她看不出自己有任何外乡人的特质，更何况她的上一辈原本就是威尼斯人。

"因为我认识这里所有的人，"男孩嘴边挂起了顽皮的微笑，耳边细小的发卷在微风里摆动，"特别是像您这样的美人，若是有幸见过一次，就绝不会忘。"他的话语多少带有调笑的意味，但是说话的语气却诚挚得过分。

塞莱娜盯着男孩的眼睛。他的右眼眨了一下。

"你是……"

男孩退后一步，夸张地一躬到地，对塞莱娜行了古老的吻手礼。在愈加深沉的夜幕下，他背负模糊的圣马可钟楼和回廊上点点明媚的灯火，抬起了一张极富魅力的年轻的脸，"在下是威尼斯的卡萨诺瓦，这是卡萨诺瓦的威尼斯。"

刚才塞莱娜一直没有注意，现在她终于看到了男孩白色织锦外衣下未曾换下的戏服。面前的搭讪者就是刚刚在舞台上扮演卡萨诺瓦的那个年轻人。

"我能有幸请小姐喝一杯么？"他期待地望着塞莱娜的眼睛。

但是女孩微笑着摇了摇头。

"咖啡？或者中国茶？"男孩的眼睛在对方明显的拒绝中失去了光泽，他的眼皮耷拉下来，露出一副可怜的小狗眼神。

"对不起。"塞莱娜淡淡一笑。显然对方的邀约她并不感兴趣。

男孩露出极度失望的表情，但是威尼斯男人独有的骄傲让他不肯死心。"那么你要去哪里？我送你。"

"不必了，"塞莱娜赶紧说，然后突然顿了一下，"圣波罗区离这里远么？"

"不远，就在里亚尔托桥附近。"男孩随口回答。

"1612号在运河左岸还是右岸？"

"圣波罗区1612号？你是要去见我们的'影子市长'巴斯托尼先生？"

塞莱娜立刻警觉起来，她紧紧盯着男孩。

"我说过了，威尼斯没有我不认识的人，"男孩开心起来，他再次露出了得意的笑容。

塞莱娜在暗中舒了口气，她的眼睛亮了一下。她微笑着伸出了手，"塞莱娜，从罗马来，"她看着对面的男孩，"我可以知道你的名字吗？威尼斯的卡萨诺瓦先生？"

"我叫迦科莫。迦科莫·波德林。"男孩微笑着说。

献给永远逝去的塞莱尼西玛共和国
For Serenissima

威尼斯之石
THE STONE OF VENICE

恒殊 © 著

Chapter.3

波德林家族

Boldrin Family

欧洲市场最金贵的艺术品是什么?是中国的瓷器。

品质最好的中国瓷器从哪里来?从威尼斯。

威尼斯最大的瓷器商是谁?是波德林兄弟塞吉奥和马森。

威尼斯的波德林家族,因其富有所带来只手遮天的权势,就相当于文艺复兴时期佛罗伦萨的美第奇。

早先欧洲与东方的贸易主要是通过地中海,被阿拉伯、威尼斯和拜占庭所控制。阿拉伯商人和威尼斯之间早有默契,他们放在威尼斯的财产很安全。为了打击贸易对手,威尼斯把十字军运到了拜占庭,在1203年把君士坦丁堡洗劫一空。通过垄断地中海贸易,十四世纪时威尼斯已经成为了海上最富有最强大的共和国。

当第一批中国瓷器登陆欧洲市场,即刻就被视为宝物,卖出了比金子还要贵重的天价。上至王公贵族,下至平民百姓,对中国瓷器的喜爱如痴如醉,人们为拥有一件中国瓷器感到骄傲和荣幸。是威尼斯人最先开始仿造中国青花瓷器,制造出了一种被称为"阿拉伯蓝"的软质瓷,但是低温烧制的胎色釉质毕竟无法与中国的瓷器相媲美。无论之后各国的手工艺人们如何研究仿造,王公贵族们还是喜爱真正产自中国的瓷品。

和威尼斯的众多商人一样,波德林家族靠贸易起家。但是他们不像其他商人稳妥地小规模进口丝绸和茶叶,或者和英国或者葡萄牙人转口贸易,而是选择了一般人不敢轻易染指的中国瓷器。波德林家族拥有自己的海船和港口,直接从中国进口这些昂贵而易碎的"白色金子"。当其他出海的船只因为恶劣的天气、触礁或者破损而沉没,波德林家族的货船却极少出过意外。仿佛有神灵庇佑一般,四百年来,波德林家族建立了一条通往东方的稳固海上瓷路,在欧亚之间进行着庞大的瓷器贸易。

波德林家族祖上在意大利文艺复兴时期曾经出过好几位小有名气的画家。虽然波德林瓷器并未垄断整个欧洲市场,但是由于他们与生俱来的绘画气质与艺术眼光,他们销出的瓷器水准远远高于其他瓷器商人,购买者趋之若鹜。到了这一代,塞吉奥和马森兄弟已经是整个威尼斯最富有的人。虽然无官无爵,他们在威尼斯的权势却是如日中天。

——传说中,他们手中拥有的财富可以使整个威尼斯沉没。

塞莱娜当然听说过威尼斯著名的波德林家族。

只是她委实没有想到,波德林家的少爷竟然会热衷于在狂欢节圣马可广场的平民舞台上演出拙劣的舞台剧。

"在威尼斯,人人都在演戏,"像是看破了塞莱娜的疑惑,迦科莫·波德林微笑,"每人都在扮演着一个角色。"

"所以你的角色就是卡萨诺瓦喽?"

男孩不好意思地笑起来,他带点尴尬地搔了搔那头金棕色的小卷发,"因为我真的和那个迦科莫·卡萨诺瓦同名嘛!"

塞莱娜也笑起来。她笑的时候,细长的眼角妩媚地弯下去,精巧的小鼻子微皱,脸上露出两个圆圆的酒窝。青铜路灯模糊的光晕笼在她的头顶上,映得一头暗赭色的卷发散发出了一种梦幻般的淡金色的光。她的笑容犹如天使一样纯净无暇。

光影黯了一下，正前方有个熟悉的高大身影一闪而过。塞莱娜的心跳漏了一拍。她的嘴角依旧扬起，但是刚刚的微笑已经从脸上消失。

亮灯时分，游人都聚集在圣马可广场上。那个从罗马来的修士一身黑皮风衣，异常显眼地挺立在圣马可广场正中央，仰头凝视着广场上高高的钟楼。看上去似乎在思考着什么。然后他形迹可疑地四下观望了一阵，犹豫良久，最终经过回廊走进了小广场。

"那么很高兴认识你，波德林先生。"塞莱娜匆匆开口，接着便要迈步。

"叫我迦科莫，"男孩说，"……你真的确定不要我送你？"他眼巴巴地看着塞莱娜。

"不必了，我自己能找到，"女孩微笑，"我们以后见。"在她转身快步走过圣马可图书馆的时候，那个男孩却又从背后追了上来。

"我有件事忘了说，"他喘着气，"狂欢节的最后一天，也就是下个星期二，在孔达里尼宫会举办一场盛大的假面舞会。既然你这个时间来到威尼斯，就一定要来参加。"

"好，"塞莱娜随口答应下来，男孩却没有走。

"……你真的一定要来，"男孩看着她的眼睛，"因为舞会是由波德林家族举办的——那天是我二十二岁的生日。"

"我答应你，威尼斯的迦科莫·卡萨诺——不，波德林先生。"塞莱娜最后微笑了一下，然后转身迅速进入回廊，消失在小广场的尽头。

黑衣修士今天并没有穿修士袍。他一身便装，走出小广场向右转，经过费尼切剧院一直往西，跨过阿卡代米亚桥来到运河左岸之后，仍然一路往西。

码头上修士离去前的最后一瞥让塞莱娜始终无法释怀。她完全不认识这个男人，但在那莫名其妙的一瞥间，对方似乎对自己隐瞒了什么。那个小偷——从那不勒斯跟随自己前来威尼斯的戴三角帽的男孩——他是谁？或者，他是谁派来的人？或许修士在抓到他的时候，他说了什么本不该说的话。

塞莱娜无法确定。

她现在唯一的线索来自眼前的黑衣修士，她只能跟紧他。

天色越来越黑。路上的行人渐少，青铜街灯散发出朦胧的光晕，弥漫的水气在黑暗里升腾。仿佛笼上了一层透明的薄纱，像闷热的夏日里路面上散发的那种蒸汽似的，雾气飘过，建筑和树木在这一瞬间变了形，就好像空气被骤然割成了片，连接着不同世界的入口。

气温降低了。塞莱娜的嘴边出现了白色的呵气，但是手心里全都是汗。再走一阵，街道上已经完全没有了行人，连乌黑的河水都是静静的，看不出丝毫微澜。偶尔有漆黑狭窄的贡多拉一条或者两三条，成串地拴在水边，上面覆盖着黑沉沉的防雨布。船舷的碰触是这黑夜里唯一清冽的声响，还有间或十分微弱的水花溅起的声音。

世间唯一比贡多拉还要漆黑的就是棺柩。威尼斯这座古老的水城，在一切繁华与喧嚣的色彩退却之后，剩下的只有腐朽与死亡。就好像从明艳华美的面具后面会爬出可怖的蛆虫一般，黑夜背后的力量令塞莱娜颤抖。方才灯火辉煌的圣马可广场与这里俨然处于世界的两极。在内心深处的某个最柔软的地方，塞莱娜忽然有些怀念起那个刚刚被自己拒绝的男孩。

"迦科莫·波德林。"

就如同一句咒语，在塞莱娜轻轻念诵出这个名字的同时，她终于跟着那个叫朱塞佩的修士拐过水巷中最后一个街口。一股潮润的海风猛地吹透了塞莱娜的斗篷，她不自然地哆嗦了一下，拉紧大衣。不远处海岸线上陡然跳出一轮黄圆的满月，几艘大型海船的逆光剪影成为画面中无可挑剔的前景。

威尼斯港口。

水巷中的梦魇消失了，塞莱娜独立于天地之间，呼吸着湿冷而清爽的海风。街灯黯淡了色彩，在圆月的映照下，天地间一片水色的透明。塞莱娜注意到了漆在那些明轮汽轮上硕大无比的家族徽记。

酒红镶底，金色箭头盘卷着拼出一个名字。不用看也知道那是什么。

在威尼斯拥有私人海船和港口的家族只有一个。早在黑衣修士走入多索杜洛区她就应该想到，对方的目的地只能有一个。

靠海的一座白色建筑内部灯火通明，外形左右对称，正面有着文艺复兴风格的立柱和圆顶。这座海边气派非凡的白色宫邸，就是富甲威尼斯的瓷器商波德林家族多年来海上贸易的中枢。

远远地，塞莱娜看到那个高大的黑色影子消失在了波德林官的大门内。

塞莱娜长长舒了一口气。眼前突然浮现出广场上波德林少爷望向自己时失望惋惜的眼神，她的嘴角露出了一丝微笑。

塞莱娜转身，走入来时的小巷，然后突然停住。青铜街灯把女孩的影子长长拖在这条小巷里，她停在那里，微微皱着眉头，似乎在仔细思考着什么。之后，好像是突然下了什么决定似的，她抬起头辨了辨方向，然后选择了与来时截然不同的另一条路，随即消失在了交错纵横的水巷中。

昏暗的灯光洒进静寂无人的小巷，周围没有任何声音。就在女孩沿路右拐将将离开巷口的那个刹那，一个影子突然出现在灯光里。没有人知道他原本躲在哪里，他就这么凭空出现，如同一阵灰色的烟尘。来人穿戴着威尼斯传统的"巴无塔"式风帽和黑纱，脸上戴着一只白色的面具。

他沿着女孩消失的方向迅速而轻巧地跟过去，就好像女孩刚才对修士所做的一样。

圣波罗区1612号在运河左岸，跨过著名的里亚尔托桥，就在威尼斯老邮局的旁边。这是一座豪华的有着十五世纪哥特风格的宅邸。戴着风帽和黑纱的"巴无塔"躲在巷子里，遥遥看着女孩上前撞响了门环，然后仆人打开了门，女孩消失在大门里。他等待了片刻，确定周围没有任何行人之后，抬腿走出了阴暗的藏匿地。

突然，那扇已经紧闭、带着华丽装饰的木门又被推开，从里面闪身出来了一个人。巴无塔吓了一跳，连忙掉转了方向，假意从门口经过。

他斜眼瞟了一眼来人。

他对巴斯托尼一家从上到下了如指掌，但那却是一张从没见过的脸。包括刚才那个神秘的女孩，她究竟是谁？为什么会跟踪那个高大的黑衣男人来到威尼斯港？巴斯托尼家又怎会在一天之内来了这么多的客人？

虽然只是浅浅的一瞥，但是来人已然觉察到了他的目光。

他把头转过来对上了巴无塔的眼睛。跟踪者的心底再次漏跳了一拍。他气恼自己今天为何如此莽撞。但是对方的眼睛，就在方才的惊鸿一瞥间，那对深色的眼睛蓦然闪现出一种奇异的冷光，仿佛黑夜里劈出的一道刀光，看得他心中没来由地迸发了一阵寒气。

完全走过1612号大宅的时候，追踪者再回了一下头。然后，他愣在了那里。

背后是一片完全的水域。一道窄窄的道路从远处的桥上一直通下来，所有的景物一览无余。但是，刚才擦身而过的那名男子，就在自己短短走出这几步之后，不见了！

一股从未有过的不祥预感降临到追踪者身上，他头皮发麻。头顶的路灯照亮了这条街道，路是直的，没有任何拐角，也没有任何通道。难道刚才那个人掉进了水里——不，就算那样也应该听到声音。但是什么都没有，只有威尼斯纵横交错的水道，在夜幕下一声声拍击着石岸，激起模糊而冰冷的水花，再溅落进黑沉沉的海水里。

追踪者一个人伫立在岸边，他的手心里全是冷汗。面具已经紧紧粘在了脸上，一片潮湿的麻痒。四下里没有一个人，他摘下了风帽和面具，露出因常年遮掩不见阳光的白皙皮肤，他伸手在脸上抹了把汗。

"你是谁的人？"在他稍稍放松神经的瞬间，一个陌生而低沉的声音突然在耳畔响起。他疾转身，却几乎擦到了对方的鼻尖。原来敌人竟然和自己靠得这么近！追踪者大骇，他向后退，却一脚踩空，然后被来人一把拉离了水面。

从来人出现的那个瞬间开始，追踪者就已经完全陷入了对方的钳制。消失了面具和风帽的保护，他全身抖如筛糠，用一张苍白若死的脸战战兢兢地瞪视来人，仿佛对方是什么可怕而面目可憎的怪物。

但是对方的脸长得并不奇怪，甚至可以说是，十分俊美。他的身上有一种可以抚慰人心的静谧，就好像头顶刚刚升起的一轮明月。在这种莫名其妙的抚慰之下，追踪者逐渐安静下来。

"波德林？"看到追踪者手上的风帽和白色面具，男子问。追踪者没有说话，但是也并没有否认。"我听人说，波德林家族要为下周二的狂欢节宴会招选祭酒'甘尼梅德'，是真的么？"

追踪者不由自主地点了下头。

男子笑了一下，他的声音低柔而充满煽动。"那么你告诉我，为什么？"

"为什么？"追踪者不解。

"波德林家什么时候缺过祭酒？除非……在这个宴会之下还有什么别的事。"男子加重了语气，他盯着追踪者。深色的眼睛里似乎有什么东西闪了一下。

"……我，我不知道。"追踪者开始发抖，他避开了对方的眼睛。

男子并没有动怒。他默默注视了追踪者一会儿，然后，他的语气回复了温柔。"那就让我们看看吧，你是不是真的对此一无所知。"

夜风吹拂着亚德里亚的海水，带来潮湿的略带咸味的水气，浪花模糊地拍打海岸的声音，还有远处高楼上小提琴依稀的声调。威尼斯已经进入了梦乡。

追踪者一阵恍惚。从对方的眼睛里散发出了一种蛊惑而温暖的光，氤氲的水气在他身后蒸腾，在路灯下拢起柔黄的光晕。男子如同沐浴圣光的天使，如同沐浴圣光的耶稣基督。

追踪者追随神子而去，他在对方的怀抱里闭上了疲倦的双眼。

同一时刻。圣波罗区1612号，一墙之隔。

诺威·巴斯托尼是一个中等身材的男人，年纪四十出头，蓄着浓密的暗红色胡须和褐色卷发。他双手保养极好，皮肤白皙，左手拇指上戴着一只罕见的翡翠斑指，正托着一支做工考究的木色烟斗。乳白色烟雾袅袅浮升，隐藏在烟雾之后的面容平淡无缺，完全看不出任何喜怒哀乐。

这便是塞莱娜对"影子市长"巴斯托尼的第一印象。所有人都知道，威尼斯现任市长阿里基里是个侥幸从战争中获利的废物，没有任何治理才能，所有的政务和管理都直接由罗马王廷派来的诺威·巴斯托尼负责。巴斯托尼名义上是市长的秘书，实际则是雄踞幕后的真正掌权者。这一切都让塞莱娜想起另一个人——她在罗马的同僚，那个天生便生着一头奇异灰白色头发的男人。

"像只白头翁，"塞莱娜有一次无意中开他的玩笑。

"我的朋友们有时候就叫我'白头翁'，"男人回答，对塞莱娜眨了眨眼睛，布满皱纹的脸上展开了一个宽厚的笑容。

但是不管男人笑得多么和蔼和亲，他的视线永远锐利而冷酷。就好像面前的巴斯托尼，两个人面貌决不相同，却都长了一双玻璃似的、冰冷而凌厉的鸟的眼睛。

塞莱娜上前盈盈一礼。"秘书大人。"

在她躬身、而巴斯托尼上前扶起她的那一刹那，她眼角的余光扫到对方背后窗台上一只高脚玻璃杯,杯子已经空了,遗留下来的几滴液体颜色很深,看不出是什么。而巴斯托尼的眼睛和身上浓重的烟草味道告诉她,这位威尼斯的"影子市长",和自己在罗马的那位同僚一样,并非好酒之人。

看上去巴斯托尼似乎刚刚会过客。

头脑深处的某条神经突然把塞莱娜拉回进门之后的那个刹那。有个年轻人与自己擦身而过。灯下,年轻人垂肩的深色发卷被镶上了一层淡淡的金边,拢得他的面貌在光晕里模糊起来。塞莱娜想不起对方的样子。但一股熟悉的气息陡然升起,缭绕在记忆深处的某个地方,就好像午后贡多拉上船夫的解说,昏昏沉沉地喃喃自话,辨不清语义。

"塞莱娜小姐此次查访那不勒斯可有收获?"巴斯托尼微笑着,打破了塞莱娜的思绪。他做了一个"请"的手势,领女孩来到窗边坐下,如同一位知心故交,举手投足间远非初次见面的生疏。但是在他的笑容里却完全看不出任何情绪的流露。

"暗杀者来自威尼斯。"塞莱娜简明扼要一语中的,眼睛盯在对方的脸上。

"你可有证据?"

"那不勒斯的囚犯已经招供。国王认为威尼斯应该对此负责。"

巴斯托尼若有所思地点点头,"如果证据确凿,这确是我的失职。"他抬起眼睛,"那么塞莱娜小姐此次前来威尼斯的目的便是查访证据了?"

"自然还要靠秘书大人的帮助。"塞莱娜轻轻一笑,原本庄严肃穆的面容如同脆弱的蛋壳一击而破,百媚千娇。

巴斯托尼挑起了一边眉毛,看着烛火中女孩妩媚的脸孔。"那么……塞莱娜小姐有目标了么?"他问。

"不敢说确定了目标,但是……我已心中有数。"塞莱娜同样挑起了眉毛,火光忽明忽暗,在她脸上映出了诡谲的阴影。

"请继续。"巴斯托尼做了一个手势。

"这和意大利的统一有关,"塞莱娜叹了一声,"您应该知道,如今奥匈帝国的皇帝弗朗茨·约瑟夫就是当年奥属伦巴底-威尼西亚地区的国王。我们先是与法国同盟,在法国打败奥地利的时候要回了伦巴底;然后与普鲁士结盟,在普鲁士打退奥地利的时候夺取了威尼西亚;最后普法战争爆发,我们隔岸观火,在法军撤离罗马之际长驱直入,占领罗马迁都成功——我们未动一兵一卒,奥地利输得不甘心。"

"你是说,奥地利人要卷土重来?"带点不可置信的神色,巴斯托尼微微张大了眼睛。

"这倒未必。"塞莱娜皱起眉头,"但是,如果奥地利以威尼斯本身作为筹码,教唆威尼斯独立,重建奥属威尼斯共和国,并任命一个在本地颇有势力的威尼斯人作为首脑,却是一桩不错的买卖——你知道威尼斯人其实并不满意撒丁人的统治。"

巴斯托尼没有说话。从他淡漠的外表上看不出一丝一毫的动静。

过了良久,他才重新开口,"所以……你认为三个月前行刺国王的人是奥地利方面派去的杀手?"

"某个暗地里通敌奥地利的真正威尼斯人。"塞莱娜纠正。她眼珠一转,似乎意有所指。

"这倒是一个很好的假设。"巴斯托尼微微一笑。

"怎么,秘书大人不以为然么?"塞莱娜歪头浅笑,棕色的眼睛里流出一丝少见的少女味道的俏皮。

巴斯托尼赶紧摇了摇头,"塞莱娜小姐聪慧过人,诺威岂敢妄下定夺。"他看着塞莱娜,一向深沉严肃的面孔突然流露出一个值得信赖的释然微笑,"我自当尽地主之谊,全力协助于塞莱娜小姐。"

临近午夜，远处街道上传来模糊的狗吠，海浪一波波轻柔地拍打岸礁。天地间没有任何明显的人声，整个威尼斯都睡熟了。就在这一片静寂之中，楼下不远处突然传来一声不自然的闷响，像是有什么重物突然倒地。塞莱娜神色一凛，没等巴斯托尼拦住她，她已经推开大门率先奔下了楼。

就在1612号门口的青铜街灯下，倒着一个男人。一具尸体，戴着巴无塔式的风帽和黑纱，手里拿着一只没有任何描画的素白面具。他的表情平静安详，看不出任何痛苦，就好像在睡梦中突然被夺去了生命。没有一声哀嚎，也没有任何呼救。塞莱娜蹙起了尖尖的眉。

"这人是谁？"

"不认识，"随即赶来的巴斯托尼沉吟着，"不过看他的装扮，很可能是波德林家的人。"

"难道……这么快就听到风声了？"塞莱娜用细不可辨的声音喃喃自语，她附下身去。巴斯托尼本想制止她，但是女孩已经抢先一步检查了尸体。男人刚死不久，尸身还是软绵绵的，在他颈动脉的位置有两道微乎其微的小伤口。仿佛示威一般，有细细的血液正从那伤口里流出来，挂在脖子上鲜艳的两道，在白皙的皮肤上极其明显。

"难道'吸血鬼'也来参加狂欢节了？"塞莱娜站起身掸了掸手，她冷笑，"威尼斯还真是热闹非凡。"

身后的巴斯托尼无奈地摊了下手，脸上的表情不置可否，似是对这种事情司空见惯。

同一天的稍晚些时候，朱提卡运河之右，多索杜洛区，波德林宫。

在二楼的圆拱形中央大厅内部，两个锦衣华服的男子面对面地坐着，桌子上青花瓷碗里盛的茶水早已经凉了。硕大的大厅里除了这二人之外没有一个人，中央水晶吊灯上的六百支蜡烛只为他们两人点燃。他们就是波德林家族的现任当家——哥哥塞吉奥是个微微发福的中年人，五官端正，肤色白皙，在并不热的大厅里不停地擦着汗；弟弟马森则瘦削精干，一对细长的小眼睛里眼珠转个不停，眼神锋芒毕露。

"这么大的事你为什么不和我商量？"马森瞪视着塞吉奥，眼中迸射出的光芒愈发阴沉。

塞吉奥抹了把额头重又滴下的汗水，他看着自己的弟弟，"我这不是正在和你商量么？"

"这叫商量？你连人都选好了！"马森突然拍桌子跳了起来，"你难道不记得祖上的遗训？！四百年来，从没有一个人这样做过！为了他一个人，你置波德林四百年的基业和大家的性命于不顾，你就敢去冒这个险？！"

"可他是我儿子，也是你的亲侄子啊！"塞吉奥也急得站了起来，动作猛了，撞倒了桌上的瓷碗，黛绿色的茶水立即弄污了精致的蕾丝桌布。但是塞吉奥连看都没看桌子，也没有扶起茶碗，他只是盯着马森，"我们波德林家的男人都逃不过这命中注定的一劫。今年是迦科莫，但是你想想，就他那个吊儿郎当的脾性，他能被选上？你和朱利亚虽然还未有子嗣，但若迦科莫此次未被选中，想想你今后的子孙！到了那个时候，你也会做出和我现在同样的事情！"

"我不是你！"

"马森，我的好弟弟，"塞吉奥走过来握住了对方的手，他的手心里全都是汗。

"还记得么，三十年前大哥走进了那个房间就再也没有出来。是大哥被选中，所以我们两个才能活到现在！谁知道那个房间里发生了什么可怕的事情……"塞吉奥突然哽咽起来，他用那条抹汗的手帕去擦眼睛，"我只有这么一个儿子，马森。我不能失去他。"

马森叹了口气，"你想过后果么？"他问。

"我不知道……"塞吉奥垂下头，空洞的眼睛里失去了神采，"我真的不知道。"

"迦科莫现在哪里？"马森问。

塞吉奥警觉起来，"你想要我的儿子做什么？"

"迦科莫也是我的侄子啊，哥哥，"马森长叹了一声，"在下周二午夜之前，我们必须保证他对此事一无所知。"

"你是说……？"

"我答应你，"马森安慰地拍了拍塞吉奥的肩膀，"反正'那个人'从未见过迦科莫。只是你答应今后不要再瞒着我做任何事情——在这种时候，我们必须一切小心在意。天大的事，我们兄弟二人一起承担。"

"当然，当然。"塞吉奥忙不迭地点头，感激涕零地看着自己的弟弟，终于放下了心头一块大石。

"现在你可以告诉我了？你制订的这个'甘尼梅德计划'到底是怎样的？"

"按照古希腊人的习俗，每当家中父母宴请宾客，子女必担任斟酒的工作。每当奥林匹斯山众神举行宴会，就是由天后赫拉的女儿希比斟酒。希比出嫁之后，天神们没有了斟酒人，于是宙斯，也就是我们神话中的朱庇特，变化成鹰落下凡尘，掠走了特洛伊的王子甘尼梅德。"

马森盯着自己的哥哥，"所以我们效仿古希腊……"

"我们效仿古希腊，寻找一位'甘尼梅德'代替我们的孩子，让他成为波德林家主办的狂欢节宴会的祭酒。在宴会结束之后，他会作为波德林这一代的子孙走进那个房间成为神的祭品。"

"你说……神？"在提到这个字的时候，马森的声音颤抖了一下。

"难道'那个人'不是我们波德林家族的神祇么？四百年来，如果没有他的庇佑,我们的海上贸易怎么可能如此顺利?"说着话,塞吉奥也颤抖起来,他放低了声音,掏出那方手帕不停地擦汗。马森扶住他的肩膀。

"我的好弟弟,"塞吉奥看着马森,深切的眼睛里流出恐惧和感激,他反拉住对方的胳膊,"求你帮哥哥这一次,救救迦科莫,救救你的亲侄子吧……" 他的眼睛里再次涌出了泪水,沿着脸上细小的皱纹滑落下来。

"我不是已经答应你了," 马森皱了下眉头,他放下了扶着塞吉奥肩膀的手。"说说看,你选中的这个'甘尼梅德'是个什么样的人?"

塞吉奥愣了一下,似乎过于绷紧的神经让他的反应比往常更加迟钝,他拉过一张椅子坐了下来。"关于这个人选,其实我正在犹豫……"他打手势让马森也坐下来,"消息已经散出去好几天了,一直未有合适人选,但今天晚上不知道吹了什么风,竟然先后来了两个。"塞吉奥顿了一下,眼睛望着天花板,回忆着当时的情况。

"先来的那个人是一个绝对纯粹的意大利青年,黑发黑眼,脸孔端正俊美,身体健康结实。和迦科莫似乎是同年。最关键的是他刚从罗马来,在威尼斯没有任何亲戚朋友。"

"但是……?"马森看着自己的哥哥,知道他必有下文。

"我几乎已经拿定了主意,"塞吉奥继续说,"但是刚刚,你也看到了,你走进来之前在我这里的那个年轻人。"

"你说那个叫安,安德鲁的……还是安德烈?"

"他叫安德莱亚。"塞吉奥叹了口气,"第一个候选者出门没过一会儿他就进来了。尽管我是个男人……这么说有点奇怪,但是我从未见过像他那么,那么……"塞吉奥在头脑中寻找着合适的形容,"……精致?不,优雅……"最后,他还是用了'美丽'这个简单却精准的描述,"……的意大利男人。他就如同一座完美的古罗马雕塑,就像是,像是……"

"沉睡在拉特莫斯山巅的恩底弥翁——如果你继续用众神作为比喻。"马森接道。

塞吉奥点头。"这个年轻人犹如月神一般在黑夜中出现,谈吐和仪态都不似凡人。"

"他从哪里来?"

"也是罗马。他说他在威尼斯也没有熟人,无意中听说我们丰金招选祭酒,他只是想来赚点路费。"

"那不是个很合适的人选么?"

"确实如此……"塞吉奥沉吟着,"但我认为开始的那个人也不错——他们两人,一个全身散发着年轻人的活力与热情,就好像闪闪发光的太阳神;一个却如同静谧如水的月神,清远脱俗。你说……"他看着马森,"'那个人'究竟会选择谁?"

"无论如何,如果我们这一次挑上的人能够被'那个人'选中,我们波德林家下一代就可以高枕无忧了。"马森看着塞吉奥的眼睛,后者点了点头。

"总之这件大事我们必须慎重,"马森说,"明天你先把第一位候选人叫来让我看看再做决定。哦……还没问,他叫什么名字?"

"阿莫特,朱塞佩·阿莫特,"塞吉奥诡秘地笑了一下,"其实我已经派人分别通知了他和安德莱亚,让他们明日傍晚前来这里赴宴。你大可不必担心,我亲爱的弟弟,"他呼出一口气,如释重负地拍了拍马森的肩膀,"在我们天衣无缝的安排下,这件事一定会圆满解决的。"

脚步声越来越近。开始是遥远而快速的，咚咚咚地震响在楼梯上；然后就越来越轻，越来越慢。像狩猎的猫儿一般，爪子小心翼翼地踏在柔软的肉垫上，一步步逼近圈套中的猎物。

游戏一旦开始，就没有人能够从中逃脱。

这是一座极大的宅子。捉迷藏的男孩们屏住呼吸，藏在床底下、柜子里、雕像的阴影中和帘幕后面。

他们都十分习惯于这种游戏，每个人都很聪明，在游戏开始的时候，总是为了理想的藏身地点争得面红耳赤不可开交，但又总是能够在倒数结束之前把自己完美地隐藏起来。

除了那个年纪最小的孩子。

他穿着鲜艳的酒红色织锦小外衣，领口和袖子的边缘上绣着金线。雪白的袜子上套着一双锃亮的黑色小牛皮鞋，威风凛凛，一看就是崭新的。只是与上衣同色的绸缎裤子上撕开了一个大口子，露出凌乱的线头和红肿的膝盖，明显是刚刚摔了一跤给扯破了，大概家里人还不知道。小男孩紧紧咬着嘴唇，一对深棕色的大眼睛眨呀眨的，似乎要哭。

倒并不是因为膝盖的撞伤——虽然对于他这样养尊处优的孩子来说，那确实已经十分疼痛；小男孩哭是因为他还没有找到一个藏身的地方，而扮演"鬼"的人已经来了。

男孩紧紧靠着楼梯拐角处的墙壁，他的嘴唇哆嗦着，满头都是汗水。楼上的脚步声越来越近，他无助地死死贴着身后的砖墙，恨不得能将自己整个身体嵌入墙内。

"……我看到你了，看到你了！你跑不了啦！"楼上扮演"鬼"的孩子发出欢乐的叫喊，不知道他是真的看到了男孩还只是虚张声势，他抓住楼梯的扶手快步跑下来。

同样光鲜的小皮鞋踩在柔软的地毯上，咚咚咚的。

就好像男孩越来越快的心跳。

他抓住身后的墙壁，发白的指尖几乎抠进了那些并不存在的砖缝。这是二层楼梯拐角处的一个凹槽，周围都是结实的砖墙，没有任何地方可以藏匿。

汗水从额头上滴下来。又湿又痒。但是男孩顾不得擦，他紧紧地闭上了眼睛，似乎急得要哭出来了。

"让我进入墙壁吧！"这个疯狂的想法刚刚在男孩头脑中成型，有什么地方立即就传出了回声。但那并不是他自己的声音，而是千万颗灰尘的颗粒，千万点壁挂上织锦的线头，千万条看不到的触手，嗡嗡地转动、绞缠，发出无法分辨的鸣响，燥热的空气在这里扭曲。

身后墙壁的坚实触感骤然消失，男孩失去了平衡，向后跌入一片温暖而柔软的虚空，仿佛跌入了母亲的怀抱。

眼前刹时一片黑暗。

"哈，我看到你了！抓住……"

声音戛然而止。从楼梯上奔下来的孩子直挺挺地愣在了原地。面前一排整齐空旷的砖墙和平整的壁挂，自己遥遥从楼梯上看到的那个穿着鲜艳红色衣裳的小男孩，就在一眨眼间，消失了。

扮演"鬼"的孩子哇地一声哭出来。仿佛就在白日正午，看到了真正的鬼怪。

当迦科莫·波德林醒来的时候，天色已经大亮。他睁开眼睛，首先看到头顶上粗大的木质房椽，年代日久，木头上已经出现了巨大的裂纹，而且被湿气熏成一股模糊的、辨不出纹理的赤褐色。整个房间充斥着一股不堪忍受的霉烂和尘土混合的味道，一线细弱的金色阳光正从破损的木头窗格子外面透进来。

男孩躺在一张窄床上，身上勉强盖着一条薄被。他坐起身子，扶住犹自隐隐作痛的脑袋，眯起眼睛望向四周。身上的衣服闻上去有股劣质肥皂的味道，很干净，但是布料很粗，因为他的动作产生了不舒服的摩擦，蹭得皮肤有点发痒。

"少爷，您总算是醒啦！"随着迦科莫的动作，一个懒洋洋的声音从窗边升起。"少爷"两个字的音调被拖得很长，毫无尊敬之意，倒像是赤裸裸的讽刺。

说话的人是一个倚在墙边的小个子，歪戴着一顶泛着油光的三角帽，上面还装模作样地插了两根不知是什么鸟的黑色短羽毛。他长了一张圆圆的娃娃脸，远远看过去像个发育不全的男孩，身子又矮又瘦。他的头发从那顶总不离身的尖帽子下面乱糟糟地伸出来，眼睛又大又亮，笑起来的时候，脸上还有两个圆圆的酒窝。但是他已经绝对不再是个孩子。

他的脸赫然是一张成年男人的脸。

小个子男人伸手把帽子转了个圈，对着迦科莫装腔作势地行了个礼，动作极其夸张，看起来就像是马戏团中引人发笑的小丑。

面对此人明显的讽刺，迦科莫也不以为忤，他看着对方，用右手爬梳着头顶睡得一团混乱的卷发。"怎么了？我怎么会在你这里？"

"您说呢？"小个子男人咧开嘴笑了一下，露出一口白森森的牙齿，"如果现在您不在我这里，那恐怕只有去和尸体或警察做伴了。"

"那件事又发生了？"迦科莫皱了眉头。

"我说少爷啊，您就不能小心点吗？要不是我喜鹊碰巧发现您，大名鼎鼎的波德林家族的名声可就全完喽……"

迦科莫的秘密

"这次是……?"迦科莫截断了对方,突然抛出句不着边际的话。

"您自己府上的人。"叫喜鹊的小个子立即接口。这句回答和刚才的问句一样莫名其妙。

"没有线索?"

"完全没有。和以往完全一样,也没有伤口。"喜鹊加上一句。

"没有人看到?"

"等我赶到的时候,人已经死了,"喜鹊说,"您像往常一样倒在旁边,人事不知。地点仍是卡纳尔乔区的贫民窟。您知道那边一向冷清得连只鸽子都见不着,更别提什么人了。"

迦科莫点了点头。他伸手拿起枕边的钱袋,也没有看里面有多少钱,直接扔给了对方。喜鹊喜不自胜地一把接住,发出一声欢呼。

"谢了!我仁慈慷慨的少爷!喜鹊愿随时为您效劳——!"他的尾音又拖得很长,虽然话语恭敬,却在音调里带出了一副幸灾乐祸的腔调。紧接着,他摘下三角帽,右手在空中挽了几个花,然后躬身一揖到地,行了个夸张至极的绅士礼。和他脏兮兮的一身粗布衣服相配,这个礼显得尤为讽刺。

起身的时候,喜鹊顺带捡起地板上迦科莫那套沾了血迹的白色织锦外套,卷成一团抱在怀里。"这些就由我来为您处理吧。少爷您请自便,有什么事尽管吩咐。"

迦科莫挥了挥手,小个子男人随即离开了房间。

待男人走后,迦科莫推开了窗户。他看到那个熟悉的背影抱着衣服走出大门,然后拐到一条僻静的小巷子里,很快就消失了影踪。男孩长长舒了一口气,终于放下了心头一块大石。喜鹊办事他完全放心——因为他确定喜鹊为了钱绝对会出卖一切,甚至自己的灵魂。他甚至不用担心喜鹊会为更多的钱财而出卖自己——毕竟这是威尼斯,波德林家族的威尼斯,有谁能付得起比波德林家族更高的价码呢？

与此同时，迦科莫也逐渐习惯，莫名其妙地失去意识，然后一次又一次在陌生的地方苏醒。而喜鹊，这个不知道从哪里突然冒出来的贫民区的小混混，总是带着讽刺为他料理一切。

他们从未出现过任何差错。

金色的阳光透过敞开的窗户照在迦科莫脸上，远远传来烤面包和奶沫咖啡的香气，微凉的晨风送来了早起稀疏的人声，还有手推车的木头轮子碾过石砖路的吱呀作响。迦科莫深深吸了一口气，整了整衣服，推开房门走下楼梯。

这是里亚尔托桥西一条不起眼的小巷子。迦科莫下了楼，几步穿过小巷，经过清晨热闹的海鲜市场走向里亚尔托桥。相熟、或者根本不熟的路人争先恐后地和他打着招呼。波德林少爷一一回礼，点头微笑，尽管身上穿的是廉价的粗布衣裳，但他俊秀的脸庞和优雅的举止明显让人们忽视了这一点——不管发生了什么，他仍然是富甲威尼斯的波德林少爷，威尼斯风度翩翩的万人迷迦科莫·卡萨诺瓦。

自中古世纪以来，里亚尔托桥就是威尼斯城的贸易中心。它原先是一座木桥，因不堪重负坍塌后改为现在的石桥。桥身全部用白色大理石砌成，是威尼斯本岛上横跨大运河最宏伟的桥，也是威尼斯的标志。里亚尔托桥下有繁华的蔬菜瓜果市集，吆喝叫卖不绝于耳；桥上两侧的店面则鳞次栉比，各种各样新奇的小商品、艺术品和绸缎布匹琳琅满目。

其中最大的一家店面，东方式的红木多宝格把威尼斯特有的彩色玻璃窗分成了大小不一的方块，上面摆满了昂贵的瓷器。有淡雅传统的中国青花瓷，也有描绘着繁复欧洲图案的现代瓷器。大门口一块无比招摇的酒红色木刻牌匾，上面盘卷着醒目的金色大写字母"波德林瓷器"。

迦科莫推开门走了进去。

迦科莫的秘密

"小姐,您好眼光,这个瓶子是真正产自中国的……您看这胎色,这釉质……我敢说,这整个威尼斯,不,连这整个欧洲,都找不出第二只这样的瓶子!"

"哟,这么贵重我可买不起,"女子笑,"还是再给我看看其它的吧。"

"不不,这个瓶子虽然确是极品,却是一点都不贵,"卖家急忙凑到女子跟前,压低了声音,"因为它本是一对,现在只剩下一只,所以价格就打了折扣。"

"哦?那另一只在哪里?"女子来了兴致,她把玩着这只瓷瓶,饶有兴趣地看着对方。

"这个……"卖家面有难色,良久,他才开口道,"……叫我们少东家不小心给打碎了。"

身后传来一声咳嗽,卖家和女子同时回头。"是你?"女子睁大了眼睛,脸上露出了惊喜。

"我们还真是有缘,塞莱娜小姐,"迦科莫眨了下眼,"早上好。"

"你这是……"塞莱娜转过身子上下打量着他,眼中露出了惊讶。男孩的头发虽然仔细整理过,身上的衣服也还算整洁,但是与昨天的打扮已经是天上地下。那件绣着卷叶花纹做工精美的白色织锦外套没有了,取而代之的是一件灰蓝色的粗布短外衣,扣子少了一颗,领口翻出来的上衣领子上面不但没有蕾丝,而且似乎还皱巴巴的。

"我亲爱的卡萨诺瓦先生,难不成威尼斯的猎人今天变成了猎物?"女子挑起了一边眉毛,话音隐有笑意。

顺着对方的目光,迦科莫低头扯了扯不服贴的领子,"再优秀的猎人也有失误的时候啊,"他抬起头,对着女孩咧开嘴做了个鬼脸,"因为我的心似乎已经被一位更优秀的猎人给俘获了。"

"哦?"塞莱娜眯起了眼睛,"不知那位幸运的女士是谁?"

"难道这整个威尼斯还有比我面前这位美丽高贵的淑女更有魅力的女性吗？"迦科莫微微一笑。

说话的时候，他一直凝视着女孩榛子色的眼睛，然后慢慢躬身，抬起对方的手背轻轻一吻。他的视线从没有一刻离开女孩的眼睛。

"塞莱娜小姐，您谦卑的仆人迦科莫随时为您效劳。"

然后他用另一只手，把那只贵重的青花大瓷瓶重新推回到女孩手中，"难得塞莱娜小姐喜欢我家的东西，这只瓶子就算作我的见面礼好了。"

"波德林少爷的好意我心领了。但是我们非亲非故，这么贵重的礼我可不敢收。"女孩的眼睛妩媚地弯了起来，她在微笑。

"他都说了，"迦科莫冲店伙计努了下嘴，"自从我把另一只摔了之后，这瓶子就贬值了。所以我这份礼可一点都不贵重。"

当那个脸色发青的伙计把瓷瓶包好，迦科莫拎起盒子拉着塞莱娜出了门。太阳已经升得很高，夜晚冻得生硬的大地就在这和煦的阳光里逐渐变得温暖而膨胀。灰鸽和白色的海鸥不时从头顶掠过，扫下云朵间斑驳的暗影。从里亚尔托桥远眺大运河，天空很蓝，海水是透明的绿色，灰色与粉红色的哥特式建筑从运河两岸一字排开，夹杂着文艺复兴时期的立柱和圆顶，还有更老的拜占庭东方风格的尖拱顶和回廊。灿亮的阳光下，贡多拉凤尾船在碧绿水面激起细碎金波，歌唱家浮颤的高音从小船上远远地漾开。

"这就是威尼斯……"塞莱娜喟叹。

"这不是威尼斯。"迦科莫轻笑一声打断了她。塞莱娜抬起了问讯的眼睛，她把头转向男孩。

"看到那些倒影了么？"迦科莫指向水面，"那些在环湖礁水中越来越弱的城市的倒影。真正的威尼斯位于水下，缠绕在绿色与黑色的水草间，沉睡千年。"

迦科莫的秘密

金色的波纹在翡翠一般的水面上欢快地跳跃来去，晃着塞莱娜的眼睛。她目不转睛地盯着水下的倒影。那些红、白、黄和灰色的建筑被浸染成海水一样透明的绿，仿若凝固进了一块硕大明艳的青紫色水晶，历史蓦然回溯。那是想象中一座最翠绿的岛屿，是水中一个奇异而蛊惑的梦。

在梦中，威尼斯全城都是翡翠一样的碧绿，那些细碎动荡的金波为她的大门、回廊、阳台和立柱镶嵌了黄金绞花的盘纹。不是拜占庭，更不是哥特或者文艺复兴，也不是巴洛克和洛可可，历史上任何一个朝代、任何一个国度也无法雕出这些精致的细纹，翻遍所有书本也找不到一个精准的定义和描述。这些惊为天人的华丽装饰仿佛天国盛开的花朵，完美得不似人工。那是世上所有建筑风格的起源，是现存所有装饰流派的集成。

"……好一座爱莫洛之宫。"

"你说什么？"迦科莫转头望向塞莱娜，他没有听清。

"翡翠之宫¹，"塞莱娜重复，"这些水下的倒影，犹如一座沉睡的翡翠之宫——到底哪一个才是真正的威尼斯？哪一个又是她的影子？"她轻叹。

"这只怕是造物主和我们开的一个玩笑，"搭住雪白的护栏，迦科莫远眺大运河，"人们对着虚假的幻景夸耀陶醉，却不知真正的威尼斯，水下那个碧绿斑斓的翡翠之宫，才是被历代画家和游吟诗人无数次描摹和歌咏的对象。"

"你是一个好导游，"塞莱娜微笑，她歪过头看着这个彻头彻尾的威尼斯男孩，眼中露出了一丝狡黠的光，"也许我在威尼斯的这几天，你可以带我观光。"

"荣幸之至。"迦科莫点头，年轻的脸上同样掩不住一丝仿若得逞的微笑，"我是您的。"他说。

桥上的行人多了起来，狂欢节的游客从四面八方赶来，大家穿戴起节日的盛装，戴了复古的假发，把里亚尔托桥宽敞的台阶围攘得水泄不通。

"实在抱歉，波德林少爷，"过了一会儿，塞莱娜转身，从迦科莫手中接过了那只装着瓷瓶的盒子,"我还有些其它的事情,请允许我失陪了。非常感谢您今天的礼物。"

"那我也回去了,"迦科莫随手展平身上的衣褶,随风摆了摆他那头金棕色的小卷发。他看着塞莱娜,试探着问了一句,"改天……不知道我有没有这个荣幸邀请您共进晚餐?"

"难道曾经有女士拒绝过卡萨诺瓦的邀约?"塞莱娜眨了眨眼睛。

"嗯……"男孩紧张地舔了舔嘴唇,"您的意思是?"

"如果没有人拒绝过您,那我也就不打破这个先例了。"塞莱娜微微一笑。

"那么明晚七点,圣马可广场?"

塞莱娜点点头,男孩欢呼一声,然后一个翻身跃过下面的桥栏,在人群的惊叫声中稳稳落在了桥下正在等候的一条凤尾船上。狭窄的船身猛烈摇动起来,船夫晃了两晃,勉强没有落水。他张口想骂,却一眼认出了来者,只能低下头闷不吭声。

"多索杜洛区,波德林宫。"

男孩清晰的声音传到岸上,引起了一阵骚动。立刻就有悉悉簌簌的声音从人群里传了出来。"那个就是波德林家的少爷么?怎么穿成这样?"

"是啊,那就是我们威尼斯的卡萨诺瓦,"一个男声接口,"不管他穿了什么,抬头看看头顶上这些窗户,有一半都是为他敞开的!"

"你嫉妒了吧,哈哈!"另一个声音大笑,伸手勾住先前男人的肩膀,"你这个大老粗,也想和人家有钱有势的小白脸比?你还是认了吧!"

贡多拉顺风而下,岸上的声音渐渐远了。迦科莫站在船头,凝望着里亚尔托桥越来越小的影子,然后终于转过一个弯子,看不到了。在大运河的尽头,与朱提卡运河交汇处,为瘟疫死难者修建的安康圣母大教堂天神一般挺立在水天相接的碧蓝背景之下,高耸的白色巴洛克穹顶塔尖在耀眼的阳光下闪亮。迦科莫仰起头，闭上眼睛，温暖的阳光霎时洒满了他年轻的脸，温润的海风吹拂在耳边，带来一片温柔的抚触。

贡多拉摇摆着驶入朱提卡运河，远远地停靠在威尼斯港口。迦科莫跳下船，他挥手摒退前来接应的家仆，一个人偷偷潜入了海边那座宏伟的白色建筑。

他没有直接回房间。

在前往东首侧厅的旋转楼梯二层拐角处，迦科莫看四下无人，蹲下身，从楼梯的地毯后面掏出了那柄暗金色的小钥匙。他伸手摸到角落里那幅壁挂后面的一个小孔，然后把熟练地把钥匙插了进去。

仿佛魔法一般，墙壁上的几块方砖发出了轧动的轻响，迦科莫伸手推墙，一扇隐藏的小门，登时在砖墙上显示出来。迦科莫小心地把钥匙放回原处，然后推开门走了进去。

门后面是一架更加狭窄的下行楼梯，旋转着一直通往地心深处。在身后关上小门，迦科莫并没有点灯，沿着脚下的楼梯一路走入黑暗。

眼前什么都看不见。男孩的第一个反应是恐惧、迷惑，他想哭，但是又怕外面的人听到，因为他可以听到对方的脚步声，隔着墙，有点发闷的声音，正从楼上一步步走下来。他不知道自己在哪里，他尝试着抬脚迈步，但是前面并没有路。

一不小心，男孩摔下了楼梯。他的头重重地撞在墙壁上，开始什么感觉都没有，男孩呆了一刹那，只有一刹那，然后，疼痛和恐惧感立即占据了他全部的神经。男孩放声大哭。

哭声在黑暗里回荡。开始是一个声音，然后四壁产生了共鸣，嗡嗡地震彻着男孩的耳膜。他什么都听不到，自己的哭声、心跳、呼吸，甚至连刚才墙壁外面的脚步声都一并消失了。四周一片嗡鸣，像遥远天边隐隐传来的雷声一样，然后，整个空间在雷声中震动起来。

男孩吓得收住了眼泪，他伸手紧紧抓住墙壁，剪得短短的指甲抠进了潮湿的泥土。他什么也看不见，什么也听不到，一股腐朽的墓土味道在鼻端徘徊，男孩有一种错觉，仿佛自己很久以前就已经被埋葬。他被抛弃，被凌虐，他想回到过去，他怀念阳光的温暖以及家人的拥抱。

大地在震颤。男孩因为恐惧而失去了意识。额头上有温热而浓稠的液体滑下来，滴进了眼睛，但是他顾不得擦。男孩无助地跪倒在地上，小小的手掌中满满的全是泥土。

他不知道自己在那里跪了多久，直到，一双冰凉的手臂伸到腋下，把他从地上拉了起来。男孩没有反抗。他的嘴唇颤抖着，脸上的肌肉绷得很紧，目光空洞而涣散。他把眼睛睁得大大的，但是眼前仍是一片漆黑，他什么都看不见。

记忆到此为止。

迦科莫不记得后来发生的事情。一个极其模糊的印象，是来人吻了他的额头。额头上一直在流血的伤口立刻就不痛了。就好像是一个奇迹。所有那些潮湿粘稠而温热的记忆都不复存在，男孩扑入对方的怀抱，强壮的小心跳在隐隐的雷声中一声声撞击，迎合四壁的回声，渐渐合成一个，然后透过对方的身体传送到自己的血液里，变成跳动的脉搏。

他听到墙壁外隐隐传来那个孩子惊恐的哭声，听到楼梯上下家仆忙乱的脚步，听到管家低沉地安抚孩子的话语。他看到一点星星般的灯光逐渐在黑暗中蔓延。

迦科莫恢复了视觉。面前是一个宽敞的洞穴，位置是波德林宫的正下方。一个庞大的地下室。灯光把迦科莫的影子长长拖在了青灰色凸凹不平的砖墙上。随着他的动作，影子不停地变化，从一面墙上退下去，再从另一面墙上爬出来，看起来诡谲无比。地下室阴冷而潮湿，头顶滴滴答答的似有水声，一种不祥的泥土的气味在四下里弥漫，仿佛一个古老而神秘的地下墓穴。

Chapter 4　迦科莫的秘密
GIACOMO'S SECRET

迦科莫擎着油灯，直接走到了洞穴最深处，周围泥土的味道愈发强烈。在洞穴尽头是一个用砖石搭建的灰色祭坛。祭坛上空空如也，迦科莫把油灯放在了祭坛上。于是那点昏暗的光源顺着祭坛后面的墙壁缓缓爬升，然后渐渐照亮了整面石墙。洞穴里又陷入了一片无尽的黑暗，而只有这面泥灰石墙是明亮的，上面古老的壁画在四周温柔黑暗的包裹中愈发的清晰而明艳。

那是一幅文艺复兴时期的蛋彩绘画，画的是当时极为流行的殉教者题材——圣塞巴斯蒂安。图中被缚的圣徒抬起虔诚而隐忍的双眼凝望天空，黄金箭头插入身体，整个画面构图哀艳而凄绝。在油灯昏黄光影的缭绕里，那些暗红色的血液仿佛还在流淌，象牙色的皮肤下隐约透出了青紫的脉管，它们似乎还在微弱地跳动。

这幅壁画显见年日已久，应该是早期文艺复兴时代的作品，但是上面的颜色却鲜艳如初，这几百年的岁月竟似没有给它留下任何印痕。壁画如同刚刚完成一般静静伫立在祭坛上方，上面的色彩在光影里流动，竟好像是活的一样。

迦科莫退后一步看着壁画。他叹了一口气。

"我实在受不了，"似乎自言自语一般，男孩突然开口，"那件事又发生了。今天早上我又像个乞丐一样醒过来，身上还带着血迹。我根本不记得自己昨天夜里发生的事情，一点都想不起来！我受不了了！这样下去我会发疯的！"

隐约的回声从石墙后传出来，在四壁之间相互撞击。阴暗的洞穴里除他和面前的壁画之外一无所有，地下室里只有迦科莫一个人。但过了片刻，空旷的洞穴深处却清晰地传来一声轻笑，"我不是和你说过么，时候未到，到了的时候你自然便会明白。"

洞穴的尽头便是石壁和上面的壁画，这声音竟似是从画中传出来的。

"时候未到！"迦科莫死死盯着壁画中的塞巴斯蒂安，"这句话你跟我说了有十几年了！"

壁画中的塞巴斯蒂安垂下了仰望天空的眼睛，静静注视着脚下发怒的男孩。"你的生日在什么时候？"他温柔地发问。

"下周二，"迦科莫随口回答，"狂欢节的最后一天。"

"那想必很热闹。"塞巴斯蒂安再次微笑了。

"父亲和叔叔已经租下了孔达里尼官，要在那里举办一场盛大的狂欢节舞会。"迦科莫仰起头，皱着眉看着壁画里的塞巴斯蒂安，"你问这个干嘛？"

"你到时候就知道了，"画像微笑，又是那种莫测高深的晦涩笑容。

"到时候，到时候……"迦科莫喃喃自语，"你用这句话骗了我十几年！你只不过是张墙上的画，时间对你来说没有任何意义；可我却是个活生生的人，用不着几年我就会衰老死掉，然后变成坟墓里的一堆枯骨。我可没有那么多时间拿来给你浪费！"

"不会太久了，"正当迦科莫郁郁地打算转身离开，画中的声音再次响起，"当你二十二岁生日来临的那一刻，你的命运将会指引你来到我的身边。到了那时，你就会知道这一切的始末。"

"命运，又是命运！我已经受够了你这个故弄玄虚的家伙！如果这就是我的命运，我诅咒我的命运！诅咒它十年前让我莫名其妙地掉进这个该死的地方，见到你这个被诅咒的灵魂！为什么我就不能像别人一样，平平静静过着普通人快活的日子！"

"因为你姓波德林。"画像冷笑一声。

"你什么意思？！"迦科莫惊疑不定地抬头，油灯模糊昏黄的光晕里，壁画上的圣塞巴斯蒂安仰头凝视天空，眼睛里弥漫着原先的雾气，嘴唇紧闭，仿佛他就是一幅普通的壁画，从未开口说过任何一个字。

注1：翡翠之宫（Emerald Palace），谐音为爱莫洛宫。

朱塞佩以前从未来过威尼斯。他生在罗马，长在罗马，他在梵蒂冈的修院里学习如何做一位神父，他在贝尔托内教枢主持的"正义暨和平委员会"接受训练成为一名驱魔人。一年以来，为执行任务他几乎走遍了意大利全境，但是他从没有到过威尼斯，这个旖旎、绚烂、浮华而神秘的水城，这座亚德里亚海上的翡翠之都。他是土生土长的罗马人，继承了古罗马勇士的血脉，身材高大，四肢修长。他的头发乌黑如夜，小麦色的皮肤在阳光下闪现着健康的光泽。

但是在威尼斯的这几天里，朱塞佩却觉得自己就像是一卷摆放在绫罗绸缎之间的粗麻布，他的气质明显与这座敏感苍老的水城不符。

因为威尼斯人喜欢穿着颜色艳丽柔软的中国丝绸，特别在狂欢节期间，无数模仿十八世纪的复古礼服重新流行了起来，那些明亮的金黄与宝蓝色的锦缎外套俯仰皆是，还有上面无数穿金戴银的珍贵丝绦；白色和奶油色的蕾丝布料更是时尚人士们的宠儿，它们被缝接在袖口、前胸和衣衫的下摆上，随着主人的动作迎风飞扬。

而朱塞佩虽然换下了他那身死气沉沉的毛呢修士袍，摘下了罗马领，可他实在不知道如何使自己融入这一片锦缎的海洋。从小到大他也没有穿过除黑色以外其它颜色的衣服。不过反正他也不太在乎着装，最终仍旧披了他那件几乎拖地的黑皮风衣，把里面不伦不类的衣服从头到脚遮掩得密不透风。风衣剪裁合体，反而愈加衬托出了他高大勇武的身材，在威尼斯柔软的风景里如标枪一般

夜宴

耀眼地挺立，一路上引来无数绅士淑女侧目的眼光。

贡多拉摇摆着划进朱提卡运河，拐过一个弯子，那座海边气派非凡的白色建筑霎时跃入眼帘——威尼斯港口，波德林官。

据威尼斯地方官员给"正义塈和平委员会"的报告，富甲威尼斯的瓷器商波德林家族为了保障自己海上贸易的顺利畅通，私下里进行异教的礼拜，对恶魔进行神秘祭祀。与此同时，威尼斯失踪人口日益增加。朱塞佩携贝尔托内教枢下达的机密任务来到威尼斯，目的就是为了调查波德林家族——到底他们在暗中进行着什么勾当，那些失踪的可怜外乡人都到哪里去了？偏巧这个时候波德林家族正在为狂欢节宴会招募祭酒，朱塞佩立即毛遂自荐——无论这所谓的"祭酒"是否和波德林家族的恶魔崇拜有关，这都是一个绝好的接近目标的机会。

下了船，波德林的家仆把朱塞佩引进大门，经过环绕一楼大厅的白色螺旋楼梯后，来到了一座位于二楼西侧的精致偏厅。偏厅两扇大门金光灿灿，竟似乎全部用极薄的黄金贴就，中心部分是用金属弯成的繁复卷叶花纹，里面镶嵌着威尼斯特有的彩色玻璃，拼出了波德林家酒红镶底金色箭头的盾形家徽。厅内的灯光从彩色玻璃上透出来，几缕彩虹般鲜艳却柔美的光线在傍晚的空气里交织，然后一同洒落到光滑平整的大理石拼花地面上，泛起一片水色的银光。

大门打开，温暖明亮的灯光扑面而来。这是一间不大的小厅，四壁墙面上包着柔软的酒红色天鹅绒，上面装饰着华丽厚重的金色浮雕绣，映得屋内同样金光闪烁。头顶是彩绘的橡木天花板，中央一只硕大无朋的水晶吊灯，无数蜡烛的火焰相互辉映，照亮了墙角高架上摆放的各式各样精致昂贵的中国瓷瓶。朱塞佩看花了眼，简直以为自己身处梵蒂冈金光璀璨的教皇厅，眼前便是耶稣基督的受难塑像——但是在这里，摆在他面前的却是一只东方风格的绣屏，把这小厅分隔成前后两间，充分保有了议事主人的隐私。

侍从让他在绣屏外稍候，然后进去通报。片刻之后，朱塞佩被领入了屏风的另一侧。屏风后面有三个人。

坐在主位和下首的是波德林兄弟塞吉奥和马森，朱塞佩虽未见过马森，但看对方的着装和神色也不难分辨。塞吉奥站起身来，"欢迎光临寒舍，请坐。"

但是朱塞佩却没有动，塞吉奥跟他说了什么，他根本没有听到。他的眼睛紧紧盯在那在座的第三个人身上，盯着他虚伪深沉的眼睛，盯着他惨白冰冷的皮肤，盯着他那些垂落脸侧的褐色卷发犹如心中的魔鬼一样扭曲狰狞。

朱塞佩的手落下去，碰到空空的腰际才发觉自己未曾带剑。他的眉头紧皱，他的目光炽热，他的牙齿几乎要咬碎！他狠狠盯着对面的年轻人，那个曾立于黄金十字架前的渎神者，那个曾带人冲入梵蒂冈教廷抢回《黑暗圣经》的罪魁祸首，那个曾一剑贯穿西蒙内神父胸膛的吸血鬼！

——安德莱亚，他就是一年前在圣沃尔托小礼拜堂中的吸血鬼首领，就是朱塞佩一直在寻找的杀人凶手！！

朱塞佩额角的筋管突突地跳，他瞪视着那个人，就像点燃了一根导火索，全身的血液沸腾着瞬间冲上头顶，他几乎忍不住立刻就要跳过桌子——就算手中没有剑，他也要用这双手把对方生生撕成碎片！但是不管他多么愤怒，头脑中始终有一个声音震耳欲聋——忍耐，一定要忍耐！朱塞佩，你的任务是来调查波德林家族，任务完成之前绝对不可以轻举妄动！仅存的理智让朱塞佩紧紧攥住了拳头，指甲掐得生疼，他拼尽全力不去看对面的安德莱亚，勉强转过头对塞吉奥和马森行了礼，然后坐了下去。

看到他的举动，塞吉奥愣了一下，他看了看朱塞佩，再看一眼身边的安德莱亚，"你们认识？"

"见过一面。"安德莱亚轻轻一笑，神色自然而闲散，仿佛他们不过是以往一起喝茶的旧友，交情淡薄，此时在波德林的客厅里偶然邂逅。他向对面的朱塞佩微点了下头算作招呼。

夜宴

对方那个随意的微笑激得朱塞佩几乎又要拍桌而起。然而他终于还是忍了下去，双拳紧握，牙齿咬得格格作响。

"那真是太巧了，"塞吉奥虽然看出这两人之间肯定隐瞒了什么，但此刻就这个问题纠缠下去似乎也没有必要，只是淡淡地说了句，"我也就不必多事替二位介绍。这位是我弟弟马森，"他对着马森做了一个手势，同时把头转向朱塞佩，"你们大概还未曾会过面吧。"

朱塞佩对马森点了下头。"好一个英武的少年，"马森笑了起来，"既然人都到齐了，我们就开饭吧。"

穿着考究的家仆送上雪白的餐巾和银质的餐具，然后便是头盘。第一道是威尼斯出名的海鲜色拉——由新鲜的蟹肉，加上橄榄油、盐、柠檬、荷兰芹调治而成——蟹肉白嫩鲜香，柠檬嫩黄，芹菜翠绿，盛在完整的艳红色螃蟹甲壳内，散发着诱人的香气。

朱塞佩自然是食不知味，坐在对面的安德莱亚也没比他好多少。他愁眉苦脸地望着自己身前一整套摆得整整齐齐的银质刀叉，脸上的表情就好像刚刚被人灌下了一整壶最苦最浓的蒸馏咖啡。他盯着那几副精致雕花的亮银餐具，犹豫再三，伸出手又收回去，最终举起了一边晶莹剔透的高脚玻璃杯，小饮了一口。

"怎么，饭菜不合口？"塞吉奥发现安德莱亚根本未碰餐具，便停下问讯。

安德莱亚端起酒杯笑了一下，"酒液入口清甜，而且带有浓烈的烤制坚果芬芳——这酒必然经了长期的木桶陈酿，应该是产自索阿维吧？"他岔开了话题。

塞吉奥举杯与他碰了一下，"好品味，"他笑，"这酒正是我们威尼托地区的名酿索阿维，因其产量稀少，我们称呼它为'上帝之泪'。"他转头望向一边出神的朱塞佩，"阿莫特先生，你觉得这酒如何？"

"嗯……好，很好。"朱塞佩端过酒杯胡乱饮了一口，吱唔着回答。

虽然这是一个传统意大利式的晚餐，但是盛菜的整套器皿用的却是昂贵的中国青瓷,那雅致的翠色有如一汪亚德里亚的海水,光泽质朴而温润。头盘撤下之后便上了前菜,各是一盘小碟的茄汁烩鱼肉饭,红红的番茄汤汁汪在翠玉的盘子里,餐桌上登时充满了酸甜馥郁的味道,让人胃口大开。

朱塞佩埋头扒饭,根本不理会对面的人。安德莱亚却一直在和两位主人谈笑风生,从波德林家的瓷器生意聊到装饰艺术,再从葡萄酒的产地聊到东方美食,那些高深莫测的东西朱塞佩一句也听不懂,他也根本无意去听。

前菜用毕,安德莱亚面前的餐盘几乎都没有动,葡萄酒却一杯杯不停地倒,一个人就几乎喝掉了一整瓶。

就在波德林家举行夜宴的同时,窗外,一只白色的鸽子在夜色里滑过黑色的运河,在里亚尔托桥上盘了个圈子,然后准确无误地落在了圣波罗区1612号的窗沿上。

一只拇指上戴着翠玉斑指的手探出窗外,轻轻抓住鸽子,然后熟练地打开绑在鸽脚上的金属管,从里面取出一个纸卷。

"一名梵蒂冈修士与波德林家族接触非常密切,疑与刺杀案件有关,正在全力调查。"

信件没有抬头,落款是一个秀丽的花体大写字母S。

看信的人轻轻舒了口气,后背一仰,在舒适的高背椅上伸直了身体。

"大人?"身后,一个头戴三角帽的小个子,带着一脸询问的神情从房间的角落里探出了半个身子。

"'白头翁'真是给我找了一个好帮手,"看信的人微微一笑,"看来我们只需要把戏继续演下去就行了。"

多索杜洛区,波德林家丰盛的酒宴还在继续。

终于到了主菜,一道传统意大利式的红酒焗羊膝——由番茄、橄榄、多种香

夜宴 THE BANQUET

料与红酒混合腌制的羊膝经过焗烤，肉质清香嫩滑，口感松软。加之佐餐的蒜香薯蓉相配，色香味俱全，令人垂涎欲滴。两位主人似乎对自家这道主菜相当得意，他们看着朱塞佩狼吞虎咽的样子，眼里露出了微笑。但另一边的安德莱亚却仍旧端着玻璃杯，似乎除了美酒之外，他对面前的各式珍馐完全没有一点兴趣。

就算涵养再好，马森也终于忍不住了，"我家的菜肴就这么不合阁下胃口么？"他的语气微有愠色。

朱塞佩轻哼一声，声音极轻，塞吉奥和马森都没有听到，但是安德莱亚却立刻望向他，不知有意还是无意，他把右手食指挡在唇边，似乎是做了一个噤声的动作。然后他笑了一下，移开手指，把头转向了马森。

"实在抱歉，"他歉意而诚恳地微笑，"其实我是个素食者，只是不想扫大家的兴，这才一直都没有说。"

这个解释自然合理，马森皱着的眉头立刻就解开了，"你何必这么见外，"他大笑，"早说不就好了！我去让家仆另外给你准备一份。"

"不用不用，"安德莱亚赶紧拦下他，"千万别为了我一个人而麻烦大家。这样就好，"他举了举手中早已空掉的酒杯，"如果可以的话，只要再给我来点酒就行了。"

马森和塞吉奥同时笑起来，立刻招呼家仆上酒。席间一时笑语欢声，只有朱塞佩在一边阴沉着脸色，心底冷哼了一声。

很快，主菜用毕撤了下去，该是上甜点的时候了。那是一只漆着彩色花纹的木质托盘，上面放着四只小小的青瓷碗，旁边摆着四只小小的青瓷调羹。碗中凝着半盏柔滑细致的白色固体，看上去洁白如脂、莹润似玉。诱人的奶香和酒香缭绕，再混合一种说不出的清凉甜味，霎时便弥漫在了空气里。

"这是什么？"安德莱亚不禁发问。

"尝尝看，"马森神秘地笑着，"这个是纯素的，你可以放心食用。"

那股奇异诱人的甜香就如一只柔软的手,撩动着在场每个人的神经。安德莱亚禁不住好奇,用那翠色的小调羹舀了一小勺放在了口中。没待细品,那柔滑的小东西已经一骨碌滚下了喉,一股清甜的奶香,混合着玫瑰、松子、还有不知道什么香料的神秘香气,霎时弥散在了口腔里,意犹未尽。他不由得又舀了一勺。

"这是我家新来的一个中国厨子的手艺,先生觉得如何?"马森笑问。

安德莱亚闭目细品,良久,他睁开了眼睛,"难以形容,"他说,"这来自遥远东方的精致小点是我在梦中也未曾梦到的绝顶美味。"

马森哈哈大笑。"这点心与我们的奶酪大异其趣,却是也被叫做奶酪。是用新鲜的牛奶,加入自酿的米酒凝固,然后放入烤箱烤制后冰冻冷却而成,听说在中国的宫廷里极为流行。"

"真是奇妙,"安德莱亚看着青瓷碗中那盏小小的白色,眼中不禁流出了向往的神情。

这道甜点过后,波德林家的晚餐就算是正式完结了。略微饮了些餐后酒,朱塞佩在一旁仍旧阴沉地坐着不发一言,安德莱亚则继续与两位主人海阔天空地闲谈。窗外的夜色逐渐深邃,当银月慢慢浮上中天,塞吉奥和马森互视一眼,然后同时站了起来。

"感谢两位先生前来参加今天的晚宴,"塞吉奥微微躬身,"那件事情的结果,我们会另行派人通知。"

辞别主人之后,朱塞佩和安德莱亚被侍从送至门口。两扇大门在身后合拢的那一刹那,朱塞佩拼命抑制了整晚的怒火,在这一刻就像炸弹一样突然迸裂。他一把拔出藏在靴筒里的匕首,以迅雷之势扑向了安德莱亚。

"我杀了你这只卑劣无耻的吸血鬼!"他怒吼。

衣袂随着猛烈的冲劲带着气流卷起了地上的枯叶,无以言述的愤懑与咆哮席卷而来。远处运河的水波似乎也被愤怒的狂风吹动,在月下愈加汹涌地翻上堤岸，沉重地拍击在灰暗的石板上。

一只罕见的纯白色信鸽飞过里亚尔托桥，书桌上一直燃着的蜡烛熄了。房间里刹那间一片黑暗，只有烟缸里一小撮仍未燃尽的纸卷上"波德林"三个字，在黑暗里闪烁着星星般的光。

很快，字迹被火星吞噬，然后慢慢地熄灭。

"大人，有件事我不太明白，"待屋内完全黑暗之后，角落里的那小个子男人突然叹了口气，摘下了一直顶在头上的三角帽，走上前来。

"您干嘛几次三番地非跟这个富商过不去？上头、甚至梵蒂冈都惊动了？"

"你知道'鱼鹰'这种水鸟么？"黑暗里，桌前的男人转过头。月光照在他的侧脸上，把他方正严肃的脸孔分成了两半，一半是清晰的光，一半是模糊的夜。男人锐利的眼光扫在小个子脸上，看得他心里一阵发寒，不由得往后退了一步。

"鱼鹰守候在水边，静静地观察着水中的猎物。只要一旦被它盯上，没有任何猎物可以从它锋利的鸟喙中逃脱。"

"您的意思是……？"

"'波德林'就是我的猎物。"

"波德林兄弟真是有钱，"小个子不怀好意地笑了一下，"谁要是得到他们的财产，那可是几辈子都花不完。"

"我要的不是金钱，"男人微微一笑，"而是藏在他家的'威尼斯之石'。"

"威尼斯之石？那是什么？"

男人没有回答。他站起来转身走到窗边，冷笑着眺望脚下灯火闪烁的里亚尔托桥和远处波光粼粼的亚德里亚海，"只要得到了'威尼斯之石'，不要说这小小的威尼斯，连整个意大利都在我的掌握之中。"

"您果然是做大事的人，"小个子男人抽了口气，钦佩地望着男人的背影，"'喜鹊'一定誓死追随大人。"

大运河水雾氤氲的堤岸，匕首撕开了一道虚影。安德莱亚躲开朱塞佩的攻击，微笑挂在了他的脸上。不是刚才面对波德林兄弟时那种故意做出来的矜持而客套，而是真正地笑了，那抹笑容突然盛开，开怀而放肆。

"好久不见了，圣杯五。"

"谁是你的圣杯五！"朱塞佩怒火上冲，他再次挥出匕首横劈猛砍。

"这是你亲口答应我的，难道你的主教你违背自己的诺言？"安德莱亚笑退，身后是一条深邃的窄巷，朱塞佩紧紧追了上去。

圣杯五？听到这个反复出现的称谓，朱塞佩心中一阵恍惚。一年以前，在圣沃尔托小礼拜堂中，在那座倒塌的黄金十字架下，年轻的神子用悲天悯人的目光凝视着他，就在那温暖的圣光之中，朱塞佩全身的伤口奇迹般地愈合了。他一直以为那是神的庇佑，是耶稣基督的力量，是死去的西蒙内老师在天国的力量。他为此日夜虔诚地膜拜上苍，感谢仁慈的上帝一直以来对他眷顾的恩泽。

年轻的神子一声声呼唤他的名字，但对他的要求竟是——做我的圣杯五，朱塞佩。

字字句句，至今仍然清晰可辨，宛如利刃刻在他的心口。

"你到底是谁？！"朱塞佩瞪视着对面始终微笑着的年轻人，他的心中充满仇恨，但是眼睛里全是疑惑。

"血族司管宗教的'圣杯'。"对方把右手放在胸口微微躬身，形态优雅至极。"我是'圣杯骑士'安德莱亚，而你是我的圣杯五。"

"我只效忠教宗和天主！"朱塞佩怒极，再次挺刃上前。他不合规矩地挥刀猛砍，充血的双眼中只有安德莱亚一人，丝毫没有注意身边环境的变化。两人追追停停，早已远离了波德林官，离开了威尼斯港口和富裕的多索杜洛区。此刻二人身处已经是一条狭窄简陋的小巷，桥下脏污的海水泛着黑色的泡沫，垃圾发酵的味道弥漫在空气里，无数杂物黑洞洞地堆在街角。头顶光线昏暗，四周什么也看不清。

但是朱塞佩仍然不肯放手。一年以来，他找遍了罗马，也几乎跑遍了意大利全境，就是为了杀掉眼前的这个人替西蒙内神父报仇。此刻罪魁祸首就在眼前，他怎么肯放过他！巷子深处已经没有灯了，四下里愈发的黑暗，朱塞佩咬紧牙，闭了眼横劈竖砍，要把对方剁成肉泥。

这是威尼斯北端的卡纳尔乔区，也像圣马可区一样布满了教堂和小广场，却是贫民区犹太人的聚居地。平时鲜有游客，入了夜，黑沉沉的巷子里更是一点声音都听不到，似乎连鸽子都睡熟了。二人打斗的声音如同惊雷般穿透廉价木板房摇摇欲坠的薄墙，甚至连几条街外都能听见。于是沉寂的巷子终于被惊醒了。

一声木门开启的吱呀，突然不自然地在刀刃破空的声音中笨拙地闪现。一抹柔黄而温暖的灯光霎时爬上了朱塞佩的眼皮，他大吃一惊，心中暗叫糟糕，本能的反应让他立刻收刃，但是当他睁开眼睛的时候，才发现已然来不及了。

街角一座简陋歪斜的小房子门口，站着一个衣衫褴褛的小男孩。看脸色大概已近十一二岁年纪，身材却如同八九岁的孩童一般瘦弱。他擎着一盏油灯，惊慌失措地看着朱塞佩刺过来的刀尖。

明晃晃的匕首已经堪堪擦上了孩子赤裸而柔嫩的胸膛，就算朱塞佩收得再快，锋利的刀刃也会造成不可挽回的致命划伤，何况这一刀他已经用尽了全力，根本无法改变方向！

锋利的匕首噗的一声插入了白皙的肌肤，直没至柄。孩子吓得傻了，油灯掉在了地上，点着枯草之后烧了起来。男孩撕心裂肺的哭喊惊醒了附近的居民，无数的灯光在窗户后面一盏接一盏地点亮，开始有悉悉簌簌的人声、被褥翻动，还有鞋子趿拉在地上的声音，然后，靠街的几间木板房门便在一片吱吱呀呀声中打开了。

"出什么事了？"人们揉着惺忪的睡眼，然后突然看到了火光。

"着火了？快救火啊——！！"

在一片喧哗混乱中，安德莱亚一把拉过因过度震惊而不知所措的朱塞佩，"还愣着干嘛，走啊！"

朱塞佩被安德莱亚一路拽着逃离了那条街道，温热的红色液体从安德莱亚的手臂上源源不断地流下来，染红了朱塞佩的手。他的头脑中一片混沌，完全不知道发生了什么。唯一记得的，在千钧一发之际，在自己手中的利刃刺入孩子胸膛的那个刹那，眼前人影一花，他的敌人冲上来替那个无辜的孩子挡住了刀刃。

朱塞佩那支挥出的匕首，深深插入了安德莱亚的身体。

"为什么！"朱塞佩死死盯住对方，匕首已经被拔除，安德莱亚的肩膀上已经不再继续渗出鲜血，但是因为方才的动作，迸流的血液已经洇湿了他整条袖子，大片暗红的颜色触目惊心。

"你若杀了他，也就毁了你自己，同时还要拖累一个无辜的家庭。"

朱塞佩简直不敢相信自己的耳朵！对方字音铿锵坠地有声——这竟是一个吸血鬼说出来的话么？那副悲天悯人的姿态装得跟个圣人一样！这个虚伪阴沉的杀人魔！他瞪视着安德莱亚，眼中腾起的怒火因对方的话语燃烧得更加炽烈。

安德莱亚耸了耸肩，突然纵身跃上了河边一条无人的凤尾船，用手中匕首砍断了绳索。远远的，他把那支匕首掷了回来，"今天再继续下去也不会有什么结果，我不和你多啰嗦了，我们回头再见。"

"到那时我一定会杀了你——！"朱塞佩接住匕首，对着河水怒吼。

风把小船一路吹向下游，渐渐变成一个模糊的小点，然后便完全融化在了黑暗里。潮湿的夜风吹拂河岸，带来海浪轻微拍打岸礁的声音，仿佛安德莱亚仍旧徘徊在耳畔的轻笑，沿着月下静寂的河岸一波波地漾开。

里亚尔托桥下，一队年轻人戴着花环，醉醺醺地聚集在巴提斯提小广场上唱着歌。时间已经过了午夜，意犹未尽的人们坐在喷水池下、走廊上和店铺门口，手中挥舞着彩色的旗帜，嘴里模糊地哼着一些辨不出音节的调子。狂欢节的美酒像牛奶一样流动，一串串闪亮的廉价珠子悬挂在阳台的铁栏杆上，装饰在汗湿的脖子上，散落在青石地板和排水沟里，还有口嚼烟叶、垃圾和彩色纸屑的中间。天空是紫色的，双手后面护着的那星火苗是金色的，火光映照中面具上的猫眼是绿色的。璀璨的绿色在暗夜里闪烁，如同阳光映照下亚德里亚海浪间跳动的倒影。

到底哪个才是真正的威尼斯？塞莱娜独自走上台阶，站在清晨迦科莫所站的位置低头俯视乌黑的大运河。几点星星般的光倒映在水面上，随着波涛的律动一起一伏。天空有一些阴沉，厚重的云层遮住了月亮。狂欢人群的歌声随着时间的流逝逐渐淡没，再过一会儿，圣波罗区的灯光也渐渐稀落了。

夜风很冷。塞莱娜裹紧了头上的兜帽，目光直直地注视远方，似乎想什么想出了神。突然，就好像被什么吸引过去一样，女孩的瞳孔骤然收缩。她屏住呼吸，紧张、毋宁说是兴奋，她的眼睛死死盯着一个方向，一眨都没有眨。

脚下，大运河的波涛一下下拍击河岸，潮水的律动慢慢融进了她的脉搏。她能感觉到自己的心跳，跟随着潮水一起涌动，鼻端是熟悉潮湿的海腥味道，她的身体披着浓浓的夜色一点一点溶化。她进入黑夜，如同回到了母亲温暖的子宫，

塞莱娜

千百条水道就是她奔流涌动的血管,纵横交错的小巷就是她蛛网密布的神经。

现在,某个人正踏着她的神经沿着运河左岸走过里亚尔托桥。

一个佝偻着背的小个子,从后面看似乎是个发育不全的男孩。塞莱娜没有看到他的脸,但是她绝对不会忘记他的帽子。男孩戴着一只破破烂烂的三角帽,帽沿上插了两支黑色的短羽毛。男孩走得很快。他把帽沿压得低低的,身上紧紧裹着一件深色的短外套,不停地回头张望,样子十分鬼祟。

塞莱娜退了两步,把身子紧紧贴到灯光照不到的石墙后面。

男孩动作十分小心,似乎生怕有人在后面跟踪他一样,从圣波罗区的一条巷子里转出来,然后躲到墙后,往巷子里看了很久才敢转过身子继续走。走路的时候他的脚步又急又快。他明显对威尼斯十分熟悉,远离河滨,尽拣偏僻的小路走。巷子里的灯光越来越暗,路上没有一个行人。

心跳在撞击,随着脚步声,一响,一响。塞莱娜远远跟随着男孩,听着对方细碎的脚步一声声踏响在巷子里,在空旷寂寥的夜色中,就如同践踏在自己的神经上。心里仿佛有什么被勾了起来,痒过之后又蓦然沉了下去,心里空荡荡的,再被冰冷的水汽充满。

黑沉沉的天空中没有月亮,厚厚的云层把星光都遮住了。河面上缓缓升起了夜雾,白茫茫的雾气笼罩了威尼斯,煤气灯发出咝咝的声音,在朦胧的水雾中散发着模糊的微光。沁人心脾的潮湿贴面而来,冰凉凉的,犹如僵尸的脸。

前面的男孩拐过了一个弯子。

塞莱娜紧跟了上去。在拐弯的那个瞬间,内心深处那种奇异的空洞感又出现了,她的心脏漏跳了一拍,犹豫了一下,仿佛有什么一直在冥冥之中提醒她前方未知的危险。但是她仍然转过了巷子。

男孩消失了。她失去了目标。

这是一条狭长的窄巷,从头至尾笼罩在茫茫的夜雾里,看不到尽头。目所及处几道平行的出口向左右延伸，男孩到底去了哪里？

有那么一个瞬间，塞莱娜手足无措。她呆立原地，努力平息自己越来越快的心跳。她试图让自己冷静下来，去听、去感受四周所有可能的声音。但是一切都是徒劳无功。夜雾冷得像冰，缓缓地浸入周身每一个毛孔，把全身上下的神经和血管彻底冻结。

塞莱娜消失了感知，她只觉得麻木，前所未有的恐怖感如同一张网罩住了她，她成为了笼中鸟，而这里所有蜿蜒的水道和交错的窄巷都成为了她的禁锢。

没有人，每道出口都没有人。

塞莱娜在巷子里小跑起来，她在夜雾中迷失了方向。头顶的煤气灯闪烁着闪烁着，然后突然熄灭了。

当街灯再次亮起的时候，面前的浓雾里出现了一个影子。

尽管灯光把来人的影子拉得很长，但是男孩的个头非常矮。他在雾气里摘下帽子对塞莱娜躬身一礼，"有什么需要在下为您效劳么，小姐？"

来人的声音低沉嘶哑，干巴巴地甩开了水汽，听起来断断续续的、遥远而模糊。这不是一个男孩的声音。

塞莱娜悚然一惊。说着话来人越走越近，灯光打在他的脸上。

那是一张圆圆的娃娃脸，眼睛很亮，腮边长着酒窝，嘴咧得很大。他的笑容几乎可以算做灿烂，但是塞莱娜却感觉寒冷。

这个从罗马一路跟她前来威尼斯的乘客竟是一个成年男人，而不是一个男孩。他的手中拿着那顶从不离身的三角帽。

塞莱娜张了张嘴，还未发出一点声音，那股突如其来的空洞感再次让她打了一个寒噤。

似乎有什么事情就要发生，灯光下她看到对方的眼睛，有什么东西在里面闪了一下。

Chapter 6 塞莱娜 SERENA

同时背后响起一阵风声。塞莱娜还没来得及回头,脑子里嗡的一声,随后软倒在地面上。

失去意识之前她甚至没有察觉到后颈的疼痛。

一条身穿黑纱风帽的身影从黑暗里闪出身子,手里提着一条窄窄的木桨。

"这就是你那位'鱼鹰'大人的任务?"黑影嗤笑一声。

喜鹊走近,把手指竖在嘴边"嘘"了一声,他低头仔细审查着地上的女孩。

"还看什么,肯定昏……"男人突然噤声。

他退后两步,抓住喜鹊的胳膊,目光直直地盯着倒地的女孩。

"你干什么?"喜鹊不解男人的行为,他愈加走近一步,抬脚向女孩踢去。在下一步行动之前,他要确认这个女孩是否真的失去了意识。

他的脚踢了出去,然后在半空中嘎然而止。

喜鹊瞪大了眼睛,因为他分明看到,女孩倒在地上的身体上方浮出了一片金光,一个白色的影子伏在那里护住了女孩。

恍惚中,空中落下雪白的羽毛,如同柔软的雪花纷纷飘落。

在白色羽翼的缝隙中,一个头戴金环的天使透过女孩紧闭的双眼在那里与他对视。

喜鹊退后两步,他揉揉眼睛。他怀疑那不过是自己的幻觉,因为再看时,女孩仍旧独自躺倒在青石地面上,煤气灯哐哐地闪烁,天色很暗,空气中没有金光,更加没有雪片和羽毛。

然而身旁男人攥得他细瘦的胳膊生疼,告诉他这并不是一场梦。

两人四目相对,一时间谁都没有出声。湿漉的冷雾打湿了衣服,夜的寒气浸得全身上下彻骨冰凉。

喜鹊一个激灵。

与此同时,地上的女孩微微呻吟了一声,眼皮动了几动。

喜鹊冲男人使了个眼色，男人愣了一下，随即大声说，"你要回'波德林'家复命么？"说到"波德林"三个字的时候，他故意拖长了声音，似乎生怕有人听不到一样。

"我这就回去'波德林'家，"喜鹊同样大声接口，"这次只是给她一个小小的警告，让她别再和我们'波德林'家作对。"

女孩的眼皮又动了几动。喜鹊和男人再次互看一眼，随即迅速离开了这条窄巷。

在浓雾把他们的身形完全掩盖起来之后，塞莱娜睁开了眼睛。脑子里嗡嗡地仿佛有一千只马蜂，她挣扎着从地上坐了起来，一时间头脑里一片混沌，唯一清晰记得的只有三个字。

波，德，林。

女孩扶住犹自隐隐作痛的头，花了很久的时间辨别方向，然后慢慢走回了自己先前下榻的那间小旅店。

她关上房门，把桌上那只尚未拆封的青花大瓷瓶从包装精美的盒子里扯出来，然后狠狠地摔在地上砸了个粉碎。

第二天，晚上六点半。

塞莱娜和迦科莫的约会订在七点，但是塞莱娜出门后并没有去圣马可广场。她迈着细碎的脚步迅速经过纵横交错的水巷一直往北，穿过里亚尔托桥，圣波罗区的门牌号码逐渐加大，再向西北方向转过一个弯子，1612号，巴斯托尼家的大宅灯火通明，塞莱娜上前撞响了门环。

大门开启后，塞莱娜一路小跑着冲上二楼巴斯托尼的书房，却在房间门口被管家拦了下来。

"我有要事与秘书大人商议。"塞莱娜有些焦急。

塞莱娜

"老爷正在会客,请小姐稍候,我去通报一声。"管家恭敬地行了一礼,然后推开门走进书房,在身后轻轻关上了房门。

阳光早已退却,冬日的傍晚如同入夜一般寒冷,然而书房里却温暖如春。

巨大的枝形吊灯上点燃着无数蜡烛,把房间照映得明亮而辉煌。

威尼斯市长秘书诺威·巴斯托尼背负双手站在窗口,似乎在沉思着什么。

在他身后,一个面容清雅的年轻人斜靠在书架上,晶莹剔透的高脚酒杯在他手中晃动,杯中旋转的红酒浓艳得仿佛要滴出血来。

"狂欢节即将结束,我们已经没多少时间可以浪费了,诺威。"

"确实,我们不能在这里空等祭酒的甄选结果,必须尽快采取行动。"巴斯托尼转过身来,突然看到了门边垂手而立的管家。"什么事?"他皱起眉头。

"塞莱娜小姐就在门外,说是有要事与老爷商议。"

书架边的年轻人抬起了询问的眼神,巴斯托尼摆了下手,正想开口,却突然想到什么似的眼睛一亮。"这个人或许对你有用,"他对年轻人轻点了下头,然后招呼管家让塞莱娜进来。

塞莱娜急急走进门,看到屋内的陌生人之后不禁一愣。她犹豫着望向巴斯托尼,不知道如何开口。

"大家都是自己人,"巴斯托尼看着她做了个手势,"我来介绍一下,这位是安德莱亚,我的至交好友。他同样从罗马来,与你的身份类似,隶属于一个秘密组织——至于这个组织的名称,我不便在这里提起。但是你们的目标是一致的,我认为在这件事情上,你们可以互相协助,共同完成你们各自的任务。"

塞莱娜眯起眼睛,看着烛火中年轻人俊秀的脸庞。她应该没有见过这个人,但是一股莫名的熟稔,就在两人目光交接的刹那,在男子的眉眼深处默默化开。她突然想起几天前在这里与自己擦身而过的那个背影。

眼前的年轻人和那个背影有着同样的褐色垂肩长发,发卷在灯下散发着淡金色的光。

对方恬淡而闲散的面容笼罩在光晕里,如同舍身十字架的耶稣基督。

"幸会,安德莱亚先生,"她伸出了手。

安德莱亚微笑,他礼貌地伸出手和塞莱娜握了一下,但只轻轻一碰便缩了回来。"幸会,塞莱娜小姐。"

那只缩回去的手掌异乎寻常的冰冷,塞莱娜没来由地再次心头一震,但是她也没有多想。

"昨天发生了一些事情,"她转向巴斯托尼,"我认为有必要亲自向您汇报。"

"出了什么事?"巴斯托尼立刻神情专注地望着塞莱娜。

"波德林家族似乎已经知道了我们的目的。他们给了我一个警告。"

"警告?"巴斯托尼皱起眉头,在心中掂量着这两个字的份量。"那么你没有受伤吧?"他上下端详着塞莱娜。

塞莱娜苦笑着摇了摇头。"这件事是我大意了,"她说,"在我从那不勒斯来威尼斯的火车上,曾经看到了一个很可疑的人。昨天夜里我偶然发现他的踪迹,本想跟踪他回到老巢,结果却中了对方的圈套。"

巴斯托尼明显紧张起来,他上前一步扶住塞莱娜的胳膊。"那么你怎么样?"

"我只是晕过去了而已,"塞莱娜无奈地耸了耸肩,"从背后袭击我的那个人戴着黑色的风帽和黑纱,我听到他们的对话,是波德林家的人。"

"既然对方已经有所防备,那么我们就不能明着来了……"巴斯托尼低头沉思,片刻后,他转向窗边的安德莱亚,"你呢?你怎么看?"

"我没有意见,"安德莱亚一口饮尽杯中红稠的酒,放下了酒杯。"如果你想让我去夜探波德林宫,我可以现在就出发。"

"等一下,"塞莱娜看一旁的巴斯托尼没有说话,突然接口,"事实上我正打算暗中查探波德林宫,看巴斯托尼先生是否可以为我安排人手。"

巴斯托尼转头望向安德莱亚,后者摊了摊手。

"这样也好,"看对方并没有反对的意思,巴斯托尼沉吟着,"其他的人我也不太放心,此事知道的人越少越好。"他转头望向塞莱娜,"如果你们两位在这件事情上可以合作……"

塞莱娜转头望向安德莱亚。

看到女孩眼中的质疑,安德莱亚只是轻轻地笑了笑。"我很荣幸可以和塞莱娜小姐合作。"他说。

塞莱娜给了对方一个笑容。"但愿我们可以合作愉快。"

"实在是太好了,"巴斯托尼抚掌开口,严峻的面容终于露出了一丝笑意,"结合了你二人的能力,这件事一定可以调查得水落石出。"

巴斯托尼随即差人拿出波德林宫的地图和房间结构,并把波德林家上下若干人等一一介绍清楚。

提到波德林少爷的时候,塞莱娜冷冷地哼了一声,她想起今晚原本与迦科莫定下的约会,她恨恨地咬紧嘴唇,连她都不知道自己究竟在气什么。

离开巴斯托尼府的时候已经是深夜。

安德莱亚早已离去,塞莱娜辞别了巴斯托尼,独自一人踏上熟悉的水巷回到旅店。长长的影子拖在巷子里,街道上一个人都没有。

大运河上又起了雾,塞莱娜裹紧兜帽斗篷,低着头迅速在湿冷的街道上穿行。昨夜的梦魇似乎还弥漫在同样的街道上,塞莱娜的心跳加速,她觉得后怕,右手伸到腰间,摸到藏在那里的一块硬东西。

这是一支崭新型号的柯尔特左轮手枪,她摩挲着枪身冰冷的金属触感,努力让自己保持镇静。她知道,只要自己再有些微的大意,她就会死。

她有点气恼自己竟然会去向巴斯托尼求救。

不，那只是必要的援助，她会对自己解释。但是在内心深处，她始终无法对这个借口释怀。

那个安德莱亚到底是什么人？

眼前浮现出男子年轻微笑的脸孔，一切都是那么地熟稔。他到底是谁？难道他也是罗马方面派来调查波德林家族的间谍？

看样子似乎又不像。

对方身上远没有间谍的紧张敏锐和那种封闭感，那个年轻人仿佛张开了双臂在欢迎每一个人，诱惑每一个人。

他就像是十字架上的基督，像传道的修士。

想到修士，塞莱娜哑然失笑。

那个真正从梵蒂冈前来的黑衣修士，不知道现在是否已经回到了圣马丁教堂？他和波德林又有什么关系？

但不论如何，现在一切矛头全部指向了波德林家。塞莱娜坚信，这个富甲威尼斯的瓷器商家中一定藏有不可告人的秘密。

拐过最后一个弯子，青铜街灯下，塞莱娜已经看到了旅店蓝白相间的外墙。她松了一口气，几步走过去，却在半途中突然站住了脚。

旅店门口的台阶上坐着一个人。

他靠着墙坐在旅店门口的台阶上，耷拉着脑袋，似乎在打盹。

当塞莱娜走近的时候，他听到脚步声，抬起头突然跳了起来。

"你终于回来了！"男孩发出了一声欢呼。

"你怎么会在这里？"塞莱娜愣在原地，呆呆地看着面前的迦科莫。

"你失约了。"男孩无奈地耸耸肩膀，"所以我就发动我所有的家仆，去查一个叫'塞莱娜'的女孩的住处。"他做了个鬼脸。

塞莱娜

"噢,他们当然知道我住在哪里。"塞莱娜发出一声冷笑。

"啊?"迦科莫没有听清,但是他察觉女孩语气有异,于是又追问了一句,"你说什么?"

"没有什么,"塞莱娜答,她死盯着男孩冻得通红的鼻头,"你不冷吗?"

男孩抽了抽鼻子,"是挺冷,但是待了一会儿就习惯了。"

塞莱娜不可置信地看着他,"你在这里待了多久?"

"嗯……"迦科莫掰着自己几乎冻僵的手指,"算上在圣马可广场等待的时间,大概有四五个小时吧?啊……啊欠!"男孩打了个喷嚏。

"你,你到底在做什么?"塞莱娜不敢相信自己的耳朵,她盯着男孩睡眼惺忪的脸,男孩像个孩子一样擦着鼻涕。

"我在等你啊。"声音很委屈。

"为什么?"塞莱娜一时间呆在当地,她空有一肚子诡计和诱骗的伎俩,却没有料到对方竟然如此坦白。

"没有人能拒绝威尼斯卡萨诺瓦的邀约,而你是第一个。"迦科莫突然抬起了头,面容恢复了白日里那个风度翩翩的富家公子,他深深鞠了一躬,"塞莱娜小姐,我深深地为您着迷。不知我是否有机会再次邀请您共进晚餐?"

青铜街灯的光晕在男孩的眼睛里打转,热切的目光灼疼了塞莱娜一贯冰冷的眼。

正犹豫间,男孩已经抬起她的手背轻轻一吻,"亲爱的塞莱娜小姐,您谦卑的仆人迦科莫祝您晚安。" 随后转身离去,再不回头。

塞莱娜在男孩的身影将将拐过街角的那个瞬间叫住了他。

"明晚七点,圣马可广场。晚安。"

在迦科莫惊喜地回过头来的刹那,女孩已经走上台阶,关上了旅店的大门。

这是一个不眠之夜。

圣马丁教堂的钟楼再次在夜色中一声接一声地撞响，随着湿漉漉的夜雾散播到威尼斯的大街小巷。

声音低沉而模糊，沉浸在黑沉沉的午夜里，辨不出钟点。

值班的修士大概困倦得很，钟声敲得有一下没一下，完全没有频率可言，听起来倒有些莫名其妙的惶急，更加让人心烦意乱。

朱塞佩翻了个身，用手捂住耳朵。

这个房间正巧位于钟楼正下方，每一下钟声都震得床榻嗡嗡地晃动，朱塞佩忍无可忍。

开始的时候他还在心中默念祷文，试图排除钟声的干扰，但是没有任何效果。

于是他坐起身来。

钟声响彻这个小小的房间，他走到窗前，目视着窗外的夜色。

一团团雪白色的雾气在半空中漂浮来去，如同一群群午夜里任意游荡的幽灵。

最开始，朱塞佩只是因为一封信来到威尼斯。

贝尔托内教枢并没有给他出示举报信的内容，因为信件是秘密的。

他的任务只不过是调查波德林家族的异教祭祀。

但是没有想到，就在波德林家的餐桌上，他竟然看到了那个一年前杀害西蒙内老师的罪魁祸首！

那个自称什么'圣杯骑士'的吸血鬼是朱塞佩不共戴天的仇敌。

——这个污秽邪恶的杀人魔，在做下那些不可饶恕的罪恶之后怎么还能笑得出来？

他的表情怎么还能如此轻松而自然？

塞莱娜

安德莱亚的眼睛在暗夜里发着光,他恬淡的面容几乎神圣。

朱塞佩一拳砸在墙壁上。

窗框呼啦啦地响,突然被震得开了,冷风嗖地窜进窗子,冰冷湿黏的雾气扑面而来。

朱塞佩打了一个很响的喷嚏,他咒骂了一句,哆嗦着探出半个身子锁上了窗子。

"作为一个神父,你要聆听主的教诲,时刻不忘慈悲之心。"临行前贝尔托内教枢的话语突然不合时宜地浮上脑子,朱塞佩紧紧锁起眉头。

眼前不知为何再次浮现出陋巷里那个男孩惊骇莫名的脸,还有安德莱亚流血的手臂。

那个时候他的手上沾满了安德莱亚的血。

对方的皮肤死一样冰冷,但是他的血却是热的。

不可思议的温度几乎灼痛了他的手。

"不,我还不是一个神父。"朱塞佩拼命排除了脑海中的幻象,他恨恨地对自己说。

——无论如何,他还不是一个需要慈悲为怀的神父,这一点他非常确定,而且第一次为此有种莫名的快乐。

第二天傍晚,圣马可广场,弗罗里昂咖啡馆。

深红色的窗帘挽起古典的结扣,松松地搭在窗边;蜡烛在描金的玻璃罩里映出璀璨的金色光芒,映得长方形的小厅内部一片金红交织,温暖而明亮。

而一窗之隔,墙外就是夜幕初降的圣马可广场,玫瑰紫色的晚霞和深蓝色的天幕相互辉映,在乳白色的精致回廊间落下暗影,美丽得如同幻境。

靠窗小桌的这一端,迦科莫手指摩挲着桌上那本厚厚的深红色天鹅绒包裹的华丽餐单，抬起头对塞莱娜微笑，"想吃点什么？"

"你是主人，自当你来点。"塞莱娜莞尔，细长的眼睛弯起了妩媚的弧度。

迦科莫伸手招来一身雪白正装的酒侍，"和以前一样，"他说。

"是，波德林少爷。"酒侍熟练地收起那两份完全没有翻动的餐单，然后离去。

"和以前一样？"塞莱娜轻笑，"你的客人还真不少，威尼斯的卡萨诺瓦先生。"她的语气里似有讽意。

迦科莫不知如何回应，只尴尬地笑了一下，然后转头望向窗外。

夜幕渐渐合拢，晚霞的光辉逐渐淡去，整座广场沐浴在一片深蓝色的背景之下。他突然站起身，拉住了塞莱娜的手，"就是现在，走！"

"去哪里？"塞莱娜愣了一下，还没等她反应过来，已经被迦科莫强拉出门。一路跑着，穿过小广场的回廊来到了岸边。

"我们到底要去哪里？"塞莱娜喘息着，望向眼前的男孩，被对方搅得一头雾水。

"就是这里，"在天边一抹将逝未逝的霞光里，迦科莫展开一个迷人的微笑，他张开双臂，"就是这里，威尼斯的'蓝色时刻'。"

塞莱娜抬起疑惑的眼睛环视四周。

潮水温柔地拍打着石岸，一声声激起洁白的浪花，再落下布满海草和青苔的海岸。

白日里碧绿的水面因阳光的退却骤然加深了颜色，与天相接，幻化成一种模糊状态的幽蓝，衬托着上面古旧的栈桥，还有那些插在浅水中的木桩。

木桩上一条条凤尾船整齐地沿着海岸线一字排开，修长的黑色船身统一覆着宝蓝色的幕布，只露出高高翘起的船尾上镂刻描金的精致细纹。

临海远眺，可以看到对面圣乔治岛修道院红白相间的钟楼，右首大运河与朱提卡运河交汇处,安康圣母大教堂灰白的圆顶,还有远处狭长的朱提卡岛上星星点点的民居,一并在这幽蓝色的夜幕里模糊了边缘,随着一声声拍击海岸的潮水,在夜色里慢慢地化开。

华灯初上。

古老的栈桥尽头伸出了优雅如弯弓的青铜灯架,上面点燃了一点星星般昏黄的灯火,随着蔓延的海岸一直闪烁到看不见的远方。

霞光退却,天地间是一片愈加深沉的蛊惑幽蓝,上面是天,下面是水,中间是蓝色的船帆,包容万物,融化一切,像魔法的手指,在蓝色的琴弦上弹拨出动魄动心的颤音,把世间所有活动和静止的物体都晕上一层或深或浅的蓝,在天地形成的巨大琴箱里共鸣激荡,奏出一曲绝美的和弦。

——这就是威尼斯,夜幕初降时独一无二的'蓝色时刻'。

"威尼斯,你到底还有多少美景未曾展露,"塞莱娜叹息,"到底还有多少魅力与奇迹仍旧淹没在亚德里亚海中?"

"那个逝去的塞莱尼西玛共和国,"迦科莫接道,"总有一天,那个翠绿色的岛屿会重新从亚德里亚海面上空升起,取代这一片腐朽破败的土地。"

"你管这里叫腐朽破败?"塞莱娜抬起眼睛。

"无论现在威尼斯的风景多么美妙,也及不上她往日荣耀的万一,"迦科莫回答,嘴角带了一抹神秘的笑意,"昨日的威尼斯比现在更要华美一千倍,绚烂一千倍。"

塞莱娜盯着他的眼睛,"你的意思是说,塞莱尼西玛共和国将会复辟?"

"何止塞莱尼西玛共和国,"迦科莫转头望向那一片水天相接的蓝,似乎根本没有注意到对方眼中突然迸发的光芒,他继续自顾自地说,"到了那一天,真正的海底威尼斯就会上升,一举而成为欧洲的中心,世界的中心。"

"你到底在说什么?"塞莱娜的神经蓦然绷紧,她死死盯着眼前的男孩。

"嗯？"迦科莫突然回过神来，他收回远眺海岸的眼睛看着塞莱娜，"怎么了？"

"你刚才说威尼斯会成为世界的中心。"一点点警觉而凌厉的光芒突然闪现在女孩的眼睛里，塞莱娜加重了语气。

"哦，那是一个人告诉我的。一个总喜欢故弄玄虚的家伙，"迦科莫笑起来，"我只是说着玩的，你别当真。"

天色愈深，浓重的夜幕覆盖了亚德里亚海，那抹转瞬而逝的幽蓝已经逐渐消失不见。迦科莫拉起了女孩的手，"他们应该已经把晚餐准备好了，我们去吃饭吧。"

回到弗罗里昂咖啡馆，在细长的高脚玻璃杯里斟满甜美清澈的白葡萄酒，用两只方形的纯白清釉陶盘，侍从端上了他们今日的晚餐——海鲜墨鱼汁面。

用墨鱼胆的墨汁调制的圆面条乌黑光亮，混合着奶酪、香草和各式海鲜，一上桌立刻香气四溢。

"这墨鱼面味道如何？"眼看塞莱娜用叉匙将面条卷起送入口中，迦科莫目不转睛地盯着她的脸。

"我以前只在罗马吃过一次，"塞莱娜用餐巾轻蘸了下嘴角，"但远不如这里做的地道。气味香泽，口感弹滑，真没想到墨鱼面竟然能被做得这么好吃，"她顿了一下，看着对面的男孩，眼睛里浮现了笑意，"谢谢你。"

"下次带你去吃更好吃的，"迦科莫脸上挂起得意的笑容，他举杯与塞莱娜相碰，"你是罗马人？"

塞莱娜犹豫了一下，同样举过杯子，"其实我出生在威尼斯，只是住在罗马。"

"你也是威尼斯人？"迦科莫兴奋地睁大了眼睛，"那真是太好了。"

"什么太好了？"塞莱娜不解。

迦科莫不答，反而继续问道，"那天你去找巴斯托尼做什么？你是他的亲戚？"

这个名字让塞莱娜稍稍放松的神经重新紧张起来，"你问这个干吗？"

"现在问清楚了，日后我好上门去提亲啊。"迦科莫大笑。

塞莱娜在心底松了口气，她摇了摇头，望着面前的男孩，"我和秘书大人没有任何关系。只是一个罗马的朋友，让我到了威尼斯和他打个招呼。"

"那你们不熟了？"

"不熟，"塞莱娜脸上展开了一个随意的微笑，她盯着迦科莫的眼睛，"只不过他时常和我抱怨，说波德林家的生意越做越大，搞得整个威尼斯的人只知波德林而不知巴斯托尼。"

迦科莫哈哈大笑。"谁让他是个外乡人，威尼斯人不欢迎他。"

"亚德里亚海上独立了一千多年的共和国，'最尊贵的'塞莱尼西玛，想必一直以来都很排斥外人吧……"塞莱娜轻叹一声，似乎意有所指。

"当然，威尼斯人痛恨拿破仑，痛恨奥地利，也同样痛恨撒丁人。"

"但现在统治意大利的却是撒丁的萨伏依王朝。"

"我什么也没说，"迦科莫低头喝酒，唇边浮上了一丝意味深长的微笑。

"如果不是撒丁人，那应该由什么人来统治威尼斯呢？"看似无心，塞莱娜随口相询。

迦科莫眨了一下眼睛，脸上突然露出了一个毫无机心的微笑，灿烂如同地中海上空初绽的阳光。"我们还是不要让这些无聊的政治话题破坏了这个美妙的夜晚吧？"他举起高脚杯浅饮一口，轻轻皱起了眉，"看看，连这精巧古典的奥维多也开始变得难喝了。"

塞莱娜微微一笑，"我倒是觉得这酒气味清爽，柔顺可口。"

听到这番话，迦科莫突然站起走到对方身边，以最标准和绅士的姿态和礼仪，替塞莱娜把身前的酒杯斟满。

"非常感谢，酒侍先生。"塞莱娜颔首微笑。

"弗罗里昂咖啡馆最英俊的酒侍愿意为您效劳，"迦科莫露出一抹充满魅力的笑容，"小姐请用。"

时间一分一秒地流逝，圣马可广场的回廊上空重又布满了灯光。

暮色渐沉，白日里浮嚣喧闹的广场上只剩下稀稀落落的三两人群，迦科莫和塞莱娜走出了弗罗里昂咖啡馆的大门。

"那我们狂欢节舞会上见？"站在圣马可大教堂前的青铜灯柱下，迦科莫期待地望着面前的女孩。

"放心，我一定准时出席。"塞莱娜笑了一下，然后便要转身。

"呃……这么晚了，真的不用我送你？"迦科莫追问。

"不用，你知道我住的地方就在附近，"塞莱娜微笑，"谢谢您今天的晚餐，卡萨诺瓦先生。我们下周二见。"

拐过一个街角，身后已经感觉不到迦科莫热切注视的目光，塞莱娜靠在墙壁上，轻轻地舒了口气。

"约会如何？"一个带着笑的声音突然从墙壁另一侧的阴影里升起。安德莱亚抱着臂斜靠在墙角，看着面前的女孩。

"卡萨诺瓦的魅力真是令人难以拒绝，"塞莱娜轻轻一笑，"至少比起某个躲在角落里吓人的家伙可是有礼貌得多了。"

安德莱亚一愣，随即躬身行了个恭敬备至、优雅至极的骑士礼。

"为敌人的无礼向塞莱娜小姐致歉。"

"好吧，"塞莱娜微微一笑，"波德林少爷和我说了一些奇怪的事情。"

"他说了什么？"

"我试探他，威尼斯的未来将会由谁来统治，他却和我说，到了某个时候，真正的威尼斯会从海底上升，然后一举成为整个世界的中心。"

安德莱亚的眼睛明显地亮了，"这是他自己和你说的？"

"好像是某个人告诉他的……"塞莱娜回忆着，"一个喜欢故弄玄虚的家伙——他是这么说的。"

"某个人。"安德莱亚重复，脸上浮现了一个若有所思的微笑。

"这和你的任务有关？"塞莱娜不解地问。

"至关重要。"安德莱亚笑答。

Chapter 07 契约 THE COVENANT

夜色渐沉，圣马可广场的钟楼刚刚敲过了十二下。安德莱亚变戏法一般随手抛过一只纯黑的面具，他看着塞莱娜，一抹戏谑的微笑突然爬上了他的脸。

"这是？"塞莱娜接过面具，眼中露出困惑。

"午夜到了，公主要变回灰姑娘了。"安德莱亚眨了眨眼。

塞莱娜倒是愣了一下，"你的意思是……我们现在就去？"

"你难道还想等到天亮么？"安德莱亚一笑，随即用另一只手熟练地戴上了自己那只一模一样的面具。"来吧，我们要提前去参加波德林宫的假面舞会了！"

夜风，如泣如诉。湿冷的空气沉得仿佛凝固一般，四下里除了煤气灯燃烧的咝咝声之外没有任何声响，一点萤火般的微光在雾气里忽明忽暗的闪烁。

塞莱娜紧紧跟着前面那个黑色的影子。在令人不安的黑暗里，安德莱亚如同一片叶子一般在夜色里奔跑，落地几乎听不到声音。黑夜不对他造成任何威胁，反而似乎成为了他的保护，如同庇护所，或者一种融合——就好像她之前自己同样感受到的那样，每一条水巷，每一弯石桥，都在潮水的律动中化成了身体内跳动的脉搏。她看着安德莱亚，就仿佛看到了黑暗本身，仿佛午夜时刻的魔法，对方身上散发出来的某种熟悉的静谧感染了女孩，抚慰她紧绷的神经，消除她内心深处所有的不安与恐惧。

那个人的样子如同鳐的影子浮漾在金色的水面上，看不清楚面容，只见轮廓。

"安迪。"塞莱娜低语。

安德莱亚一怔，停下脚步。他转过头，纯黑面具上看不出任何表情，"你叫我什么？"

"没什么，"塞莱娜一笑，"我只是在想你的名字，安德莱亚——难道以前就没有人叫过你安迪么?"

"没有。"安德莱亚盯着她,似乎刚想说什么却被对方制止了。

"嘘……"女孩把手指放在嘴边,"我们到了。"

夜色里,浪涛一波波拍打河岸,激起白色的浪花,再悄无声息地落下去。天是阴的,临海那座白色建筑遮挡在云的影子里,在浓重的雾气下模糊了边缘,变成硕大而朦胧的一片,在天地间静静地伫立。

两个人一前一后,接近了白色建筑的台阶。

那里站着两个守卫。

左边那个似乎听到了什么动静,抬起警惕的眼睛环视四周,然后突然莫名其妙地倒了下去。一个黑影站在他身后,伸手扶住对方下落的身体,让他轻轻地躺倒在地面上。

而右边昏昏欲睡的守卫揉了揉眼睛,还没等他放下手臂,突如其来的另一个黑影已经一把揽住了他的头,在他一声惊呼出口的瞬间,口鼻被掩,夜幕下似乎有什么东西明晃晃地闪了闪。

守卫略微挣了一下,然后就不动了。

塞莱娜收起了左手戒指上弹出的银针。

"好快的手法,好毒的针。"安德莱亚见状低笑,不知是赞许,还是嘲讽。

"彼此彼此,安迪。"

安德莱亚叹了口气。"你就不能……"

"安迪。这样方便得多,不是么?"塞莱娜一笑,然后身形一晃,轻轻潜进了大门。安德莱亚无奈,只得随后跟了进去。

时间已经过了午夜,波德林府中一片寂静,除了墙壁上点缀的小灯之外,几乎看不到任何灯光。借助着巴斯托尼提供的地图,二人轻而易举摸到了位于宅邸三层的书房。这里漆黑一片,塞莱娜轻轻推开门。

明亮的月光透过大面积的透明玻璃窗洒进室内，安德莱亚走到窗边。波光粼粼的亚德里亚海尽收眼底，细碎的星光在海平面跳跃，月下空寂的海岸上没有一个人。

另一边，塞莱娜已经走到那张巨大的写字台前，借着月光，仔细检查每一只抽屉的边缘。在确认没有任何机关和不妥之后，塞莱娜轻轻拉开了抽屉。她的动作轻巧得像猫一样，干脆利落，在翻动每一份文件之间，先仔细确认过周遭每一件事物的位置。

书房里没有一本书。抽屉里都是一叠叠的账目，每一笔清清楚楚，记载了近年来波德林家非凡的贸易成果。还有商家目录、订单以及一切和生意有关的琐碎小事物。还有几封信。

没有任何文件证明与奥地利有关，也没有任何波德林家族通敌叛国的证据。塞莱娜把那些信笺一一展开读过，但是一无所获。

"安迪，"最后，她低声开口，"你说他们会把东西放在哪里？"

"……什么东西？"听到这个称呼，安德莱亚重又皱了眉头。他收回远眺亚德里亚海的目光，望向塞莱娜。

但是对方却抢先一步表示了无奈。塞莱娜摊开双手，"我找不到要找的东西。"

"你确定他们有你需要的东西？"安德莱亚挑起了眉毛。他已经摘下了那只漆黑如夜的面具，月光透过玻璃窗照在他的脸上，他的笑容有一丝诡谲，但是很好看。

"一定有，"塞莱娜咬住嘴唇，"只是……我们是不是找错了地方？这里怎么看都只像个账房。"

"他们是商人，书房当然是用来记帐的，"安德莱亚低笑，"那你说我们应该去哪里找？"

"……我们还是分开吧，"轻轻合上最后一只抽屉，塞莱娜抬起头。迎着月光，有什么东西在黑色面具露出的空洞里闪了一下，"对我们两人来说，这样也许会更加方便。"

"你确定我们在找的不是一样东西？"

"我不确定，"塞莱娜摇摇头，她望向窗边的安德莱亚，面具之下，薄薄的嘴角勾起一丝娇媚的笑意，"只是我和你，道不同。"

安德莱亚抱起双臂斜靠在墙上，歪过头饶有兴趣地看着赛莱娜，良久，他的唇边也露出了同样的微笑。"那我们今夜的合作就到此为止，塞莱娜小姐。"

"祝你好运，安迪。"塞莱娜一笑转身，瞬间消失在门外的黑暗里。以安德莱亚听觉的敏锐，也只能勉强听到门口响起如猫般细碎轻巧的脚步，然后一切又回归沉寂。

书房里只剩下安德莱亚一个。看着虚掩的大门，他眼中突然浮现出一丝难以捉摸的神色，仿佛祭坛上高高在上的神祇，表情晦涩莫测。片刻后他重又戴回面具，一闪身出了书房。

他的动作轻盈而迅速，如果说塞莱娜轻巧如猫，他则飘忽如一片叶子，一个不受任何重力影响的幽魂。他在黑暗里动作，不需要任何照明，很快把波德林家上下完全巡视一遍，似乎黑夜完全阻挡不了他面具之后那对发光的眼睛——如同一个夜的精灵，像没有重量的微风，瞬间吹遍了整座府宅。

起初他没有发现任何不妥。在二楼的小会客室里，他看到了塞莱娜，继续在用她的方法在房间里检查和巡视。安德莱亚没有惊扰她。但是，就在他转身打算离开走廊的时候，他突然注意到，在波德林官的大门外多了一个黑影。

他刚刚在书房里曾一直密切注视着岸边，但是那里没有一个人。

黑影在门口徘徊了一阵，似乎很难下定决心。终于，他四下看了许久，然后迈上了波德林官没有守卫的台阶，很快从视线里消失。

Chapter 07 契约
THE COVENANT

在他推开大门的时候,门廊里蓦然刮起了一阵风。来人吓了一跳,定睛看时,楼道里黑洞洞的一片,什么也看不见,但是四周静寂如常。这是一个受过训练的追踪者,他定了定神,立即选择退出大门,站在门口急促地喘息。

不,他没有看到一个人。他也没有感觉到身边有任何生物经过的迹象。他松了口气。

门内,安德莱亚重新掠上楼梯。

不,这并不是他要找的人。这只是一个普通人,人类,身上没有任何超自然的味道,也没有和任何吸血鬼接触过的讯息。来人与他的任务完全无关。

安德莱亚掠上顶楼。

一座小小的偏厅微微透出不自然的灯光,塞莱娜显然还未搜到这里。安德莱亚轻轻靠近,从细小得几乎夹不进纸片的缝隙中,他听到了屋内轻微的人声。他的眼睛亮了。

最近几天,塞吉奥和马森俨然两个昼伏夜出的夜猫子,夜夜躲在小房间里秘密交涉意见。他们从不让任何下人靠近,桌上的茶水只喝过一杯,然后就放在那里待一整夜。

"朱塞佩,"屋内的人突然开口,是塞吉奥的声音,门外的安德莱亚竖起了耳朵。

"……你确定了?"声音接道,"为什么你不选安德莱亚?我觉得他更加合适。"

"安德莱亚的确很好,气质、样貌、学识均无二选。只是……"马森顿了一下,"如果我们确定了是他,不管最后计划是否成功,这个年轻人都是死路一条。"

"妇人之仁!"塞吉奥怒斥,然后突然像断了支撑似的软了语气,他叹了口气,"你爱才之心本无可厚非……但你难道就不管你亲侄儿的死活了么?"

"我不是这个意思，"马森的声音犹豫着，"论口才阅历，那个朱塞佩确实略逊一筹，但我们这又不是考试，"他顿了一下，再说起话来的时候，声音竟然有一丝颤抖，"……你想想我们此次招选'祭酒'的目的，这么多年来，我们送上的祭品数不胜数——那些都是什么样的人，我想你比我更加清楚。"

塞吉奥没有说话，良久，房间里传来瓷器碰撞的声音，似乎茶碗倒在了瓷碟里。还有椅子在地板上拖拉的响动。在这些声音里面夹杂着马森阴沉的声调：

"为保佑我族人平安、生意昌隆，我波德林家男子每至二十二岁生辰当日，必须亲自下去供'他'挑选、以身献祭——这是祖上留下的遗训，我们遵从了四百年，月月礼拜，年年供奉，没有一刻停歇。所有的献祭者必须健康年轻——而这个安德莱亚什么都好，只是面色过于苍白——也许因为他素食的关系，"声音在这里再次停顿了一下，"我的意思是，他的……不一定合格。"

"你是说，'那个人'会因为……的问题放弃他？"塞吉奥的声音。

"很可能。毕竟他要的只有……"二人的语声极其轻微，但是门外的安德莱亚听到了那个字。

血液。

血即生命。年轻人体内奔腾涌动的鲜血，万千世界的源泉。

波德林家族保守了四百年的秘密，招选狂欢节祭酒"甘尼梅德"背后隐藏的真正意图。宙斯从特洛伊掠走了美少年甘尼梅德，为的是他纯净甘美的鲜血——在众神的欢宴上举行最原始的宗教祭祀，以身体为食，以鲜血为酒，耶稣基督在十字架上展开自己残破的圣体普救众生。

门外，那只纯黑的面具之下，年轻的神子露出了一丝微笑。

——耶稣基督为赎世人之罪流血舍命，只要相信耶稣，耶稣的血就会洗净信者所有的罪行。

安德莱亚闭上眼睛。深沉的黑暗覆上眼皮，如一张包拢天地的网，像看不见

Chapter 07 契约
THE COVENANT

的手,门内的谈话声变成远处山谷传来的回声,周围的一切都逐渐淡去。安德莱亚沉入了另一个世界,一个绝对黑暗的、游离于真实世界之外的异度空间。

在这里,他听到了楼下卧房里传来此起彼伏的呼吸,未关的窗棂间窗帘飘动的声音,玫瑰合拢了花瓣,树叶从枝头凋零,一轮黄圆的满月在波浪间跳跃出破碎的倒影。

血的味道。夹杂在略带咸味的空气里,凄迷、清冷,远远从风里一丝丝地送过来。

油彩的味道、矿石、混合在灰泥里……尘土的味道。腐朽、破败,木质的燃烧,碎裂的青石板……威尼斯的味道。亚德里亚海?潮湿、憋闷,涂着灰泥的天花板上滴下了水……冰冷的地下水。

火焰爆裂,蜡烛熄灭的声音。一股焦糊的味道从脚下漫上来。烟的味道。

脚步声!细碎的猫样的脚步突如惊雷般震响在楼梯上。

安德莱亚睁开眼睛。他轻轻敲击一下门廊,在里面迸出声音的瞬间翻身跳下栏杆,消失在楼下的拐角。大门打开,波德林兄弟出现在门口,惊疑不定地四下察看。走廊上一个人也没有,刚刚上楼的塞莱娜听到声音已经躲了起来。

一场虚惊,波德林兄弟掌上灯,然后相继离开偏厅回房休息。在塞莱娜因晚到一步叹息一无所获的时候,安德莱亚已经独自下到二层,在东侧厅门外的壁挂后面撅开了机关。

突如其来的响声让门外的追踪者悚然一惊。他躲在门口的阴影里,过了片刻,听到楼上传来细碎而略带慌乱的脚步声。他仔细辨别着这个声音,然后,就在那个娇小的黑色身影跳出波德林官大门的几乎同一刹那,追踪者离开原先藏身的角落,转了个弯子向北疾行。

塞莱娜愣了一下。黑影在远处一晃而过,她很自然地跟了上去。

最初她以为对方是安德莱亚，因为他们的动作同样轻盈迅速，而且穿着同样的黑衣。但是遥遥地，她在对方身上感受不到先前那种莫名的安抚感，反而愈发觉得心烦意乱，似乎有什么灾难的预兆近在眼前，厄运女神已经在身侧扇动黑色的翅膀，但是她却对此无能为力。

氤氲的水汽在黑暗里蒸腾，两天前的梦魇在头脑中再度浮现。转过一个弯子，塞莱娜靠在墙壁上喘着气。她手心的皮肤布满汗渍，让她感觉握着枪的右手有点滑。这把枪她还没有在实战时候使用过。但她相信它的性能，而且坚信世上没有任何东西可以快过子弹。

眼前就是里亚尔托桥，一轮不太圆的白月蓦然浮出浓雾，路上隐隐出现了三两醉醺醺的路人，神秘的追踪者消失了。

血的味道更加浓烈。一丝丝、一片片夹杂在灰泥里，夹杂在矿石磨出的颜料里。安德莱亚走下楼梯，在身后关上了门。

阴湿的地底一片漆黑。安德莱亚顺着墙壁摸索，很快找到了那只熄灭的烛台，里面的蜡油还是热的。他擦亮火柴把灯点燃。

松香、油脂，混合不知名香料的蜡烛无声地燃烧，火苗忽地窜上了低矮的天花板，燎到滴落下来的水珠，发出咝啦地一响，化成一缕青烟。火焰凄烈地跳跃着，攀上了四壁的灰墙，像拍击威尼斯之石的海浪，像藤蔓植物蜿蜒来去的脚，昏黄的光芒一忽爬上了墙壁，退下来，然后再爬上去，来来回回，一直延伸到地下室尽头，然后停在那里。

安德莱亚擎着烛火，他眯起眼睛凝视面前的画像。

圣塞巴斯蒂安的殉难。

又是血的味道。甘美醇厚的鲜血，从画中圣塞巴斯蒂安的脸、他仰望天空的眼睛、他微张的唇瓣、他被缚的身体、他的筋脉、他的血管、他的每一条肌肉——

Chapter 07 契约
THE COVENANT

从描绘他的每一笔线条上一丝丝一分分地透出来,血液在皮肤下的每一根血管里流动。昏暗的灯光为他的身体镀上了一层黄金的光泽,一种妖艳诡异的碧色在画面上流淌。

虔诚的圣徒垂下了仰望天空的眼睛。他盯着面前的来访者。

"圣杯骑士安德莱亚,见过长老。"安德莱亚一手擎烛,单膝跪地。

空气突然变得沉重,浓烈的血腥气夹杂着尘土的味道扑面而来,瞬间覆盖了整片洞窟。没有风,烛火突然猛烈地晃动,远远传来闷雷般隆隆的震响,随即四壁同时发出共鸣。一个幽幽的声音,空洞而冷漠,突然浮现在了空气里。

"……是什么事让你来到这里打扰我的安宁?"

"属下已奉命寻找长老多年,近期才知悉长老在此,所以特来觐见。"

"那你现在就可以回去复命了。"耳畔仍旧是那冰冷空洞的声音,安德莱亚一怔抬头,画像上的塞巴斯蒂安没有任何表情。

静了片刻,安德莱亚重又低下头,"那……是否可以请长老携威尼斯之石与属下回去?"

那个声音轻轻笑了一下,"回去告诉他们,威尼斯之石很安全。直到那一天来临之前,我必须留在威尼斯——这就是大阿尔克纳第十二张牌'吊人'的命运。你只要回去这样告诉'祭司',他会明白的。"

安德莱亚没有起身,他犹豫着,然后终于开口,"属下……"

"说。"

"属下得悉波德林家族正在秘密招选健康优秀的青年,作为下周二狂欢节宴会的祭酒,而今夜偶然听到他们的密谈,说此事关系到某种'血祭'……不知是否与长老有关?"

"下周二?"声音陷入了一阵沉思。良久,一声冰寒刺骨的冷笑,不知从哪个角落里阴阴地浮上来,继而在整个房间里回荡。

一阵恶寒突然席卷了安德莱亚的身体，仿佛全身的血液都冻结在这笑声里，结成了冰。他不敢抬头，仍旧单膝跪地，忐忑不安地等待头顶的那个声音。

"……只不过是卑贱的人类在自掘坟墓而已，"画像轻蔑地一笑，"人类总是这样，以为自己可以蒙蔽神的眼睛，但与神魔签订的契约是永远不可能终止的。波德林家族将会后悔自己所做过的一切，包括他们四百年前犯下的罪行！"

安德莱亚静默。他嘴唇微张，似乎想说什么，却又不知道如何开口。

"还有什么事？"似乎察觉了他的犹豫，冰冷的声音再次在头顶上空响起。

"属下想说……他们这次选上的恰巧是我们的人，是我的圣杯五，"安德莱亚抬头，眼睛里忽然闪过了一丝少见的焦灼，"……还望长老手下留情。"

画像突然爆出了一阵狂笑，回声激荡四壁，在房间里久久地回荡。

"既然命运将圣杯五送来为我解脱这个家族的束缚，我也将会为他提供最有力的保护。"

安德莱亚松了一口气。他站起身，对画像恭恭敬敬地行了一个大礼，然后退出了房间。

走下里亚尔托桥，塞莱娜轻轻叩响了圣波罗区1612号的大门。

天气很冷。毫无温度的左轮手枪还紧紧攥在手中，硌得手指有些僵硬的疼痛。塞莱娜往手心里呵了口气。白色的呵气和雾气混合在一起，袅袅上升。远处传来模糊的浪涛拍打河岸的声音，但是门里面一点动静也没有。

这不正常。虽然夜已经很深，巴斯托尼或许已经睡下，但是管家应该还在，门房呢？

塞莱娜再次伸手，却在手指碰触到门环的一刹那停了下来。随后她轻轻拉起门环，往里一推。

雕花木门发出轻微的'吱呀'一响，然后就开了。

Chapter 07 契约

不出所料，门根本没有上锁。一股深切的忧虑感蓦然间袭上大脑，塞莱娜摒住呼吸，用左手轻轻地把门推开，小心翼翼地迈了进去，然后在身后把门带上。她的右手仍然紧紧攥着她的枪。

门廊里点着灯。但是没有任何声音，厚实的墙壁隔绝了外面的水声，整个房子里一片死寂。隔壁隐隐传出微微的鼾声，似乎全家人都睡熟了。塞莱娜吸了下鼻子，她闻到酒精的味道。

看上去似乎是管家和门房晚上喝多了酒，于是醉醺醺地忘记了锁门——是这样的么？塞莱娜皱起眉头。

四周一片寂静。某种熟悉的不安一点一滴在无声中汇聚，塞莱娜深深吸了口气，走上台阶。

她听到了脚步声。

轻微但杂乱的脚步声突然响起在楼上的书房里。书房里亮着灯。塞莱娜轻轻走过去，门内传来什么东西突然掉落到地毯上的闷响，紧接着，脚步声也消失了。

塞莱娜背贴着墙站在门口。书房里没有人说话，但是听得到粗重的喘息声。塞莱娜以右手食指扣住扳机，用左手轻轻推开虚掩的房门。

匕首反射灯光。

尽管塞莱娜并没有期盼门内会发生什么好事，但是打开门之后的第一眼，她就看到一柄银色的匕首悬在半空！刀柄握在一只手里。一只比寻常成年人稍微小些的白色手掌，手指灵活而纤细。就是这双手偷了码头上那只橄榄绿色的钱袋，不停地拨弄着三角帽上那两片黑色的短羽毛；就是这双手的主人暗中跟踪袭击自己，这个长着令人掉以轻心的孩童身材的男人，波德林家的走狗！

对峙的两人最初并没有发现门被推开，喜鹊在上，巴斯托尼在下，就这么危险地在布满文件的写字台上僵持着。几摞文件已经随着二人的动作掉到了地上。喜鹊身材单薄矮小，但是巴斯托尼的手中并没有武器。

几乎就在推门而入的那一刹那，塞莱娜不假思索地扣动了扳机。

枪声响了，子弹贯穿了那只握着匕首的右手。

匕首脱手，掉到地毯上发出一声轻微的闷响。受伤的喜鹊和身下受制的巴斯托尼同时发出一声惊呼，下一秒，喜鹊竟完全不顾自己受伤的右手，他一个翻身跳下桌子，左手瞬间甩出一把飞刀，直取门口的塞莱娜。

塞莱娜一惊，她想躲，但是对方的飞刀竟比子弹还快！塞莱娜倒抽一口冷气，窄窄的飞刀准确无误地钉在她的手腕上，手枪瞬间脱手。

喜鹊眯起眼睛，圆圆的脸上露出一抹毫不相称的阴狠快意，在对方手枪脱手的瞬间扑向门口惊魂不定的塞莱娜。

塞莱娜一惊，受伤的右手因为疼痛瞬间麻痹，一股冰冷的触感顺着刀刃插入的位置弥漫进血液里，冰寒彻骨。一时间她只感觉全身的血液都结冰了，但是她没有机会想下去，眼前一黑，小个子男人已经扑上身来，他扑倒塞莱娜，受伤的右手血肉模糊，散发着一股焦糊的臭味，他的左手紧紧握着另一把刀。

喜鹊的个子比塞莱娜还要小，胳膊也很细瘦，但是他毕竟是个男人。而且他袭击在先，塞莱娜身处劣势，右手又完全不听使唤，眼前咫尺之处，明晃晃的刀尖在灯下闪着光，两寸，一寸！

刀尖堪堪擦到了塞莱娜的脖子，彻骨的寒气直冲咽喉。塞莱娜气息一滞，紧紧抓住对方的手臂逐渐失去力量。右手腕痛得几乎折断，她快要撑不下去了。对方近在咫尺的脸已经变得模糊起来，反而是天花板上的水晶吊灯愈发地灿亮，明晃晃的光刺得她的眼睛生疼。

恍惚中，塞莱娜仿佛看到一个头戴金环的天使，悬在半空中面怀忧虑地注视着她。

不，她对天使说，不要管我，我能行。

Chapter 07 契约

挣扎，无力的右手突然毫无预料地抬起，同时左手猛地一松。

身上的喜鹊骤然间失了依托，毫无防备的左肋突然碰到了什么冰冷的东西，他暗叫糟糕，想躲的时候已然不及，钉入塞莱娜右腕的那只匕首，穿出她的右臂狠狠插入男人的左肋。

喜鹊大叫一声，惊骇之余还没来得及反应，枪声在身后响起。

他的脸色变了。

圆圆的脸孔霎时扭曲，他艰难地伸出手想去够自己的后背，但是他够不到。细瘦的白手指在空中幻划着无力的构图，似乎想抓住什么，又想转过身子。

一对无神的眼睛瞪得更大了，近距离可以看到里面纵横交错的血丝和眼下密布的细纹。

喜鹊的眼睛里迸射出不可置信的怒火还有困惑，似乎仍旧不肯相信自己的失败。他挣扎着，挣扎着，最终屈服了命运，脑袋一歪跌倒在塞莱娜身上。

又是一声枪响。子弹再次射入喜鹊后心。

"好了，他已经死了。"塞莱娜皱着眉头努力移开喜鹊的尸体，忍着疼痛站起身。

"……这，这到底是怎么回事？他是谁？"面前的巴斯托尼一副受惊过度的样子，手里仍然死死攥着塞莱娜那把掉落的手枪。

"波德林。"塞莱娜扶着自己受伤的右臂，深深地吸了口气，"这家伙从那不勒斯一路跟我来到威尼斯，上次在里亚尔托桥跟踪我的人也是他。"

"他确定是波德林的人？波德林的人为什么要杀我？"巴斯托尼大口大口地喘息着，似乎仍旧惊魂未定。

"杀人灭口吧……"塞莱娜皱着眉头。

"你说什么？"巴斯托尼一惊。

"我是说，"没有注意对方听到这几个字之后的异样，塞莱娜接口，"波德林家族知道我们在调查他们，所以想先下手为强。"

"这样一来，他们叛国通敌的罪名就证据确凿了……"巴斯托尼若有所思。

"大概吧……"塞莱娜沉吟着，"不管怎么说，后天就是狂欢夜。我多少能从波德林少爷口中探出些东西。"

"你的手！"注意到塞莱娜仍在流血的手臂，巴斯托尼突然惊呼一声，"我马上叫医生来！"

"没什么，皮肉伤而已。"塞莱娜咬紧嘴唇，死死皱着眉头。窄窄的柳叶刀仍然插在她的右腕上，使得整条手臂全部失去了知觉。

巴斯托尼摇铃，医生很快就来了，护着塞莱娜走出书房。身后，那把小巧的柯尔特左轮手枪静静地躺在巴斯托尼巨大的办公桌上。今夜是它的第一次出击，就已经饮尽了鲜血。

对于一把枪来说，这是它的褒奖，抑或是诅咒呢？

第一声礼炮响起，璀璨的焰火在亚德里亚海面上空盛开，先是红色，然后是黄色、紫色、蓝色、粉色竞相绽放，绚烂的光的手指在夜空中交叉变幻，时而像展翅高飞的火鸟，双翅闪耀出灼人的光华；时而像摆尾欢跃的人鱼，尾鳍飞溅起晶莹的水珠，然后化作千万盏明灯、千万颗流星的碎片，纷纷扬扬如雪片般甩落，映得海面上空一片流光溢彩。

头顶光怪陆离的焰火辉映运河上的船只，船头也点燃了五色斑斓的灯火，一并融化在这光的海洋之中，映得天地间一片浮华绚烂，分不清哪里是焰火，哪里是灯光。

火的花朵在天空绽放，水的花朵在海底盛开。以水为隔，两片呈镜像无限延伸的花圃在水面交汇，仿佛一座天国的花园，每一朵火之花和水之花在此同时绽放，火之花辉煌灿烂，水之花潋滟妖娆，海面上万千流光飞划出欢快激昂的乐谱，运河上无数船灯闪耀出迷幻跳动的音符，火与水交融，灯与影辉映，共同奏响一曲宏伟壮丽的盛世浮图。

威尼斯，嘉年华。

盛装的人群聚集在广场、回廊和运河两岸，仿佛一群穿着精美的雕塑，静静地仰头凝视这满天盛放的焰火，凝视亚德里亚海上这座纸醉金迷的翡翠之都，仿佛一个精致而易碎的彩色玻璃制品——塞莱尼西玛共和国，她过往的富饶繁盛犹如天空的焰火，昙花一现后，所有的荣耀和光环已经被亚德里亚海碧绿的海水所湮没。

那个水下沉睡千年的倒影，随着愈发灿亮的焰火在水草间摇曳生姿。翡翠的宫廷在水下蔓延，绽放的花朵点燃了每一扇黄金绞花拱门上的饰脚、柱顶和纹廊，抹平了青石板面的裂纹，模糊了岸边腐朽的木桩，带着潮水，带着掉落的满天流光，齐齐涌向了岸边那座辉煌的建筑。

孔达里尼宫。威尼斯最重要的早期文艺复兴建筑之一，白色大理石的外立面有着强烈的托斯卡纳古典风格。建筑师是当时著名的乔凡尼·布奥拉，或者毛罗·科度西，现在已经无法可考，也没有人在意。因为每一个人都知道，今天晚上，在狂欢节的最后一夜，美丽的孔达里尼宫——她只属于一个家族，一对兄弟——塞吉奥和马森·波德林。

闪耀的夜空之下，无数私人船只整齐地拴在岸边被漆成五颜六色的木桩上，酒红色的织锦地毯一端从门口几乎延伸到水中，另一端则一直通往大厅深处。一个庞大而奢华的舞会大厅，水晶吊灯上点燃着几千支蜡烛，拼花地板上描绘出繁复美丽的图纹。此刻时间还早，舞会还未开始，只有一些早到的宾客，身着华服，三三俩俩地在角落里或坐或站，拈起切成小块的水果与精美的茶点，与亲朋好友喝茶聊天。

再往里，舞会大厅的后面是稍小一些的宴会大厅。一条几乎望不到尽头的狭长樱桃木餐桌从门口一直延伸到房间尽头，上面铺着耀眼华贵的金色织锦。数不清的饕餮珍馐、异域风味、精致小点、名曲佳酿俱汇于此，无数身着酒红镶金长马甲的酒侍在桌前犹如走马灯一般纷忙穿梭。

波德林家族的狂欢节盛宴正在这里举行。

达官贵人，万千宾客，如同一群精美的木偶被安置进这座纸雕塑一样飘在水面上的白色宫殿之中。人们穿着最昂贵的中国丝绸和繁复得看不出来名目的蕾丝饰带，有些还戴了传统的假发，与威尼斯"僭主"波德林兄弟同桌共餐。屋外此起彼伏的焰火为室内管弦乐队的演奏增加了气氛，欢声笑语连成一片，如同夜晚扑击海岸的潮水，一波又一波，浮漾在灯火辉煌的大厅里。

每个人都被狂欢节的气氛所感染，除了一个人。一个黑色卷发的青年，和其它酒侍一样穿着酒红镶金的丝缎长马甲和柔软雪白的宽袖衬衫，正在给坐在桌首的塞吉奥斟酒。一个心神不宁，他提在手中的金酒壶偏离了位置，洒洒了一些出来。

"实在抱歉，"青年赶紧放下酒壶，用餐巾擦拭桌布上的酒渍。塞吉奥抓住他的手臂。

"用点心，朱塞佩，"塞吉奥耳语，"你是我们千挑万选出来的狂欢节祭酒，你的一举一动，都代表了波德林家族。"

朱塞佩唯诺称是，勉强擦干桌布后退到了一边，愈发地心烦意乱。

虽然成功入选祭酒，他以为可以潜入波德林家族内部，至少在对方的谈话中得到一些线索，但是直至今夜，波德林兄弟在他面前都没有说过和祭祀有关的任何一个字。他被打扮好、和其他酒侍一同被送来孔达里尼宫——在这里，他只不过是波德林家族一个普通的侍从，勉强对宾客陪着笑脸，然后把他们身前的酒盏斟满。

对那个假装无力靠倒在他身上的肥胖贵妇，还有那个恶心的涂白了脸戴长卷假发的男子——他捏了他的手腕——朱塞佩恨得咬牙切齿，手中酒壶盖子和壶身相碰，叮当作响。

"亲爱的，你叫什么名字？"一个暗哑而魅惑入骨的声音响在耳畔，同时，一只戴着黑色天鹅绒长手套的细手臂扶住了他的肩。手套上五指都戴满了戒指，翡翠绿的宝石在灯光下晃着他的眼睛。

"朱塞佩，朱塞佩·阿莫特。"朱塞佩回答，转身，对上了问话人的眼睛。

随着他的转身，那只戴着黑色长手套的手臂借势滑过了他的脖子，软软地掠过了他的颈,然后与他的手臂交叠。对方枯瘦有力的手如鹰爪一样紧紧锁住了他的胳膊,五只细长的手指透过薄薄的衬衫摩挲着他的手臂。一阵秋波,以排山倒海之势奔涌而来,瞬间从上到下淹没了他的全身。

朱塞佩倒抽一口凉气,手臂上起了一片簌栗。那是一个衣着华丽光鲜的女人,像年轻女孩一样在假发上插了无数花朵和宝石,但年纪已足可以做得朱塞佩的祖母。

"朱塞佩,"女人露出一个娇媚的微笑,"真巧,我上一个情人也叫这个名字。"她的手指仍然抓着朱塞佩的胳膊。

旁边一个贵族见状哈哈大笑,"你真走运,瓦伦蒂娜伯爵夫人在伦巴底赫赫有名,因为她刚刚毒死了她的第十七任丈夫!"

"哦——费拉拉公爵,您真是太无礼了!"女人忽地变了脸色,仿佛惊吓过度一般睁大了眼睛,"这分明是赤裸裸的诽谤和中伤!"她装腔作势地尖声大叫,用扇柄去拍说话人的头。同时,一对细狭污浊的灰眼睛含情脉脉,从未离开过朱塞佩脸孔半寸,"别让这些可怕的谣言破坏了我们之间的气氛,亲爱的小朱塞佩。"

细长的手臂攀住了朱塞佩的肩,挽过了他的脸。扇子一样的假睫毛呼扇着,扑落了脸上的白粉,靠得近了,明亮的灯光下可以看清白粉后面覆盖着死灰色的皮肤,皱褶密布,干瘪的嘴角边点了一颗浓重的美人痣。女人勾起小指,用手中的扇柄抬起了朱塞佩的脸。

"你多大了,我的小甜点?"

朱塞佩惊慌失措。他想躲开,但是对方手套里尖利的指甲似乎已经透过薄薄的天鹅绒刺入了他的胳膊,从搭住自己下颚的珠母贝扇柄上传来冰凉的触感,仿佛那是一只暗夜的手,没有任何温度的僵硬的白手,从地狱升起,撕扯着他的神经。

只有女人嘴里呼出的热气还能让他保持清醒——这就是老师时常教诲下的邪恶和丑陋,一个完全符合书本描述的妖魔形象——人类最原始的罪恶、虚荣和欲望,在这豪华奢靡的盛筵上,在这纸醉金迷的都市中,与一众宾客把酒狂欢、放纵与沉沦。在愈陷愈深的黑暗中,在罪恶里,朱塞佩颤抖了一下,无力地闭上了眼睛。

耶稣基督在十字架上牺牲自我,相信他、爱他,他便会以自己的生命偿还世人所有的罪错,以自己的鲜血洗净信者一切的业障。

神子的微笑。

年轻的神子独立于黄金十字架前,张开双臂。

朱塞佩退后一步挣脱了女人的手,他端紧酒壶,在桌上那只空着的高脚水晶杯里倒入如血液般殷红明艳的葡萄酒。

滴嗒。最后一滴。深红的酒液弹起来飞上杯口,再落下去沉入杯底。

气泡浮了上来。

朱塞佩含胸行礼,做了一个手势,"瓦伦蒂娜伯爵夫人,请用。"

瓦伦蒂娜娇笑一声,突地探出手臂再次拽住了朱塞佩的手。灰色的眼睛盯死了朱塞佩的脸。

"你要多少钱?亲爱的?"

朱塞佩一怔。还未及回话,另一只手从身后揽过他的肩,一个声音,熟悉而礼貌,突然在喧闹的宴会大厅响起,瞬间压下了周围所有的声音。

"这是我家今天的祭酒,代表我波德林家族," 塞吉奥面对瓦伦蒂娜深深施了一礼,"还望伯爵夫人宽谅。"

瓦伦蒂娜脸上露出了一丝不自然的笑意,她惋惜似地叹了口气,终于放开了手。

塞吉奥拉着朱塞佩离开了餐桌。

Chapter 8 狂欢夜 MARDI GRAS

"你暂时不用回去了,"塞吉奥低声说,"你是今天的祭酒,我们有更重要的事情要你去做。跟我来。"

晚宴结束之后,狂欢节舞会即将正式开始。

迦科莫才刚刚离开宴会厅,立刻就被色彩斑斓的华丽衣裙包围得水泄不通,他甚至怀疑整个威尼斯——不,也许全意大利的贵族千金们都在此刻涌进了这间舞会大厅,所有人都在争相要求与他跳第一支舞。

但可惜她们都不是这位王子所等待的人——小小的自豪与失望一并从心底懒洋洋爬上迦科莫英俊的脸庞,凝聚成一个如阳光般灿烂、又如海水般优雅的微笑。他清楚地看到后排已经开始有人晕倒。他强忍着笑,抬起双手做了个手势,试图让小姐们安静下来——否则他今天是哪儿也别想去了。

"塞莱娜小姐到!"礼官洪亮的嗓音在舞会大厅里回荡。

迦科莫的眼睛亮了,他扬起嘴角,深深向在场等待的所有贵族千金们行了个礼。

"各位,对不起,我现在要去迎接一位重要的客人,请恕我失陪。"

看到迦科莫脸上浮现出足以令时间停止的招牌式微笑,威尼斯卡萨诺瓦的微笑,人群中有更多的人感觉眩晕、呼吸困难、失去平衡,喧闹的人群立刻安静下来,迅速为他让出一条路。

迦科莫一边大步向门口走去,一边向身边的千金们微笑颔首。人群中大面积的昏厥现象让他兴奋的心情更为激动,黑亮的小方根皮鞋在地板上奏出轻盈欢快的脆响。

孔达里尼宫门口的小码头前,塞莱娜刚要起身下船,迦科莫早已背负双手、恭敬地站在一旁迎接她的到来。

在一个风度翩翩的宫廷古礼之后,迦科莫优雅地伸出戴着白色丝缎手套、纤长有力的手迎向塞莱娜，脸上的笑容谦恭而又高贵。塞莱娜递过左手，用右手提起宽大的裙摆，轻盈灵巧地踏上码头铺设好的酒红色绒毯，全无一般贵族千金的矫揉做作和弱不禁风。

"塞莱娜小姐，欢迎您驾临敝人的庆生舞会。请随我前往舞会大厅。" 迦科莫的动作和表情极尽恭敬高雅之能，全然是威尼斯最出色的礼官。

"非常感谢您的邀请。"塞莱娜展开一个令人迷醉的笑容，配合地用左手挽起迦科莫的右臂，一同沿着深沉柔软的地毯向舞会大厅走去。

在两人走进厅门的那一刻，管弦乐队刚刚奏响第一支华尔兹舞曲。

迦科莫躬身一礼，"今夜全威尼斯最美丽的塞莱娜小姐，请问我有这个荣幸请您跳第一支舞吗？"

塞莱娜微笑点头，对迦科莫再次伸出了她戴着深绿色天鹅绒长手套的纤细手臂。

周围的宾客啧啧发出感叹，两人在音乐声中飘至大厅中央，突然，一个身着华服的女孩拦住了他们的去路。她手持一只象牙柄的半脸面具，露出面具后两只灼热的眼睛，用一只手微微拎起裙角对迦科莫行了一礼。

"迦科莫少爷，您前天不是才刚刚答应我，要和我跳这第一支舞吗？"

迦科莫轻轻一笑，他拉住塞莱娜的手，"但是这位小姐和我的预约却是在一个星期之前。"

女孩的眼睛睁大了，她放下面具，露出一张惊诧而略带怒气的脸孔，"那你前天为什么还要答应我？"

迦科莫拉着塞莱娜的手没有放开，他身体前倾，凑到对方耳边轻轻开口，"因为那个时候你身上什么都没穿。"

女孩的脸刷地红了，她死死盯着迦科莫，然后再转到毫不知情的塞莱娜脸上。她瞪着塞莱娜，牙齿紧紧咬住了嘴唇，秀丽的脸庞被羞辱与愤怒扭曲得变了形,眼睛里喷射着怨毒的火焰。但是她最终什么都没有说,只是咬了咬牙,转身愤然离去。

"迦科莫少爷,您应该遵守您的诺言。"女孩离去之后,塞莱娜轻轻放开了迦科莫的手。她仰脸看着对方,表情似笑非笑。

"塞莱娜小姐,难道您愿意为了一个并不存在的诺言再次拒绝我么?"迦科莫微微一愣,带点不可置信的神色看着女孩。

塞莱娜莞尔一笑。"我不认为一个只重视感官享乐的人可以得到我的尊重。"

"追求感官的享乐是我一生最用心的事,确实,对我来说,没有更重要的事了。我一直热爱女性,并尽可能让她们爱我。我很感激她们对我付出的感情,但是对此我只有感激可以回报。"

"那么您从何而知我同样对您付出了感情呢?"塞莱娜挑起了眉毛。

"我不知道。"迦科莫轻轻一笑,"所以我对您所付出的也并不是感激。"

这时悠扬婉转的前奏已经结束,几对衣着光鲜的宾客已经相继走入舞池,但舞会的主角——迦科莫少爷还没有挪步,宾客互相张望,不知道是应该跳舞还是不跳,只愣愣站在原地,看着会场正中的这对年轻人。

迦科莫抬眼环视四周,然后目光重新落回塞莱娜脸上。他看着塞莱娜的眼睛,再次优雅地躬身一礼,伸出右手,"塞莱娜小姐,请。"

看着对方温柔而略带求恳的眼神,塞莱娜轻叹一声,戴着深绿色天鹅绒长手套的手搭住了对方的肩膀。

"今晚您是我重要的客人,塞莱娜小姐,"转身的时候迦科莫凑过嘴唇低语,"如果因为我的言行而让您有了丝毫的不快,请接受我诚挚的歉意。"

借下一个转身的瞬间,迦科莫不着痕迹地躬身一礼,他拉住塞莱娜的右手,低头轻吻女孩的手背。

似乎是吓了一跳,塞莱娜下意识地缩了一下手臂。随后她立即贴过身体,"我同样不希望因为我的无礼破坏了您生日的兴致,迦科莫少爷。"

"不,我已经得到了今晚最珍贵的礼物,那就是您的光临。"男孩释然微笑。

美妙的乐声中,两人在大厅中央翩然起舞。黑色的小方跟皮鞋在拼花地板上旋转,中央水晶吊灯上蜡烛明亮的火焰在绸缎礼服上打出灿亮的反光。窗外是焰火明媚的影子,是广阔无边的海水和一望无际的船灯。音符在琴弦上欢跳,红酒在水晶杯里倾倒,金粉在面具上闪烁,灯光在裙裾间流泻。

这是威尼斯一年一度的狂欢节,这是孔达里尼宫的狂欢夜。

虽然二人之间已不存在任何芥蒂,但在整整第一支舞中,塞莱娜犹如芒刺在背,无数双眼睛或远或近,用一种几乎要把她撕碎的眼光死死盯着她,里面写满了和刚刚那个贵族小姐一样的怨毒和嫉恨。如果目光可以杀死人,塞莱娜早已被她们凌迟了千百次。塞莱娜皱了皱眉,心底却隐隐有一丝女人的骄傲与快意,她似笑非笑地盯着面前的迦科莫,"您的魅力真是令我折服,威尼斯的卡萨诺瓦先生。"

迦科莫拉着她转过一个圈子,嘴角扬起得意的微笑,从身后把塞莱娜揽入怀中,嘴唇碰着她的耳朵,"你看,"他引导塞莱娜望向舞厅中的人群,"那些男人也同样在为你的美丽而疯狂。你相信么,如果目光可以杀死人,我的死相绝不会比你好看。"

塞莱娜轻轻一笑,随着音乐转身,离开了他的怀抱,"你确定那些先生们嫉妒的眼光不是在针对我么?"

迦科莫一怔,他的手滑过塞莱娜的腰,把女孩再次拉进自己的怀中,"那我只能对他们说抱歉了,"年轻的脸上绽放了一个灿烂而迷人的笑容,"因为我们才是今夜最完美的一对。"

Chapter 08 狂欢夜 MARDI GRAS

塞莱娜微笑着不置可否,刚想轻盈地再次转过身子,眼角的余光却突然瞟到一只穿着精致舞鞋的脚正欲盖弥彰地悄悄向自己伸来。一丝几乎不可察觉的狡黠微笑在嘴角浮现,她在自己与那只丝缎舞鞋碰触的前一刹那突然失去平衡,重重地跌向迦科莫。

旁边有人惊呼起来,迦科莫急忙搀起她,"你没事吧?"

塞莱娜抬起头,那个手持象牙柄半脸面具的女孩慌忙收回了脚,正想转身离去,却一把被迦科莫抓住了胳膊。

女孩强做镇定看着迦科莫,但是面具后的眼睛却明显地流露出了慌乱之色,"请你放尊重些!波德林少爷,你弄痛我了!"

在女孩的声音里,好事的宾客开始往这个方向聚拢,附近的几对舞者也相继停止了舞蹈。

迦科莫瞪着女孩,刚想发作却被另一支手腕抓住,"算了,"塞莱娜低声对他说,"别为了这点小事破坏舞会的气氛。"她尝试着用动作告诉他自己没事,可那不争气的脚踝却似乎出卖了她,说话间眉目写满了疼痛。

迦科莫立刻松开了那只抓着女孩的手,他一把扶起塞莱娜,"你怎么样?"看到他脸上的焦虑和关切,对面的女孩更加羞愤交加,她跺了跺脚,终于转身离去。

"我没事,"塞莱娜看着周围逐渐围拢的宾客皱了皱眉,她用左手扶着男孩,"只是稍微扭到了脚。你能陪我到外面休息一下么?"

迦科莫连忙答应,搀扶起塞莱娜走出了舞会大厅。

与此同时,威尼斯主岛另一端,多索杜洛区,波德林宫。

朱塞佩下了船,随塞吉奥和几个家仆一起,走入了海边那座白色的文艺复兴风格建筑。

在东首二层旋转楼梯处,塞吉奥遣散了家仆,用一把精致的暗金色小钥匙,亲自打开了那扇原本隐藏在壁挂后面的门。"就是这里了,"他递给朱塞佩一个装满酒和供品的篮子,"记住,你的任务就是清扫这下面,然后把供品摆好放在祭坛上。祭坛上那幅壁画已经跟随我家四百年了,是我家族的象征,画像上的圣人长久庇佑我家人平安,远离危难。你既然是我波德林家选出的祭酒,今天就算是我家族中的一员——你应该好好拜祭他,他会给你带来好运。"

朱塞佩点了点头,提着篮子迈下了幽暗的台阶。身后,那扇门砰的一声关严,把朱塞佩和黑暗紧紧关在了里面。

——祭坛?圣人?朱塞佩忙碌苦恼了一晚上,现在眼前突然现出了一丝希望。他抓紧手中的油灯,几步跑下楼梯,瞬间身处一个潮湿阴暗、充满了泥土味道的房间。

遥遥地,他听到上面传来清晰的喀哒一响,似乎自己进来的那扇小门已经从外面被人锁住。

朱塞佩在心底冷笑,他毫不犹豫地迈步,走入前方那片未知的黑暗。

房间里一片漆黑,他分辨不出到底有多大,手中油灯的光辉只有昏黄的一点,隐隐约约照出周围的地面还有身侧不远处的砖墙,他擎着油灯,就好像一个包裹在黑暗中的光球,滚过之处,自身的光亮使他看清周围的景物,可是回过头去,又被浓浓的黑暗所迷惑。

渐渐地,朱塞佩的脚步越来越沉重,每向前迈出一步,都感到无形中传来的巨大阻力,越靠近祭坛,这种阻力就越大,像在海水中游泳。但是他根本没有退路。

朱塞佩举起油灯,好让光芒漫延得更远一些。四壁坑坑洼洼的有无数凹槽,还有更深邃的孔洞,里面乌黑的一团,什么都看不见。头顶天花板不停地往下渗水,一滴啪地滴到了朱塞佩的后颈里,冰冷的感觉让他打了一个激灵。

Chapter 8 狂欢夜 MARDI GRAS

随着他的动作,手中的油灯突地颤抖了一下,幽黯的光辉就好像暗夜里不知名生物的柔软触手,在高低不平的墙面上攀爬来去,如同婆娑的鬼影。透过墙壁和天花板,外面隐隐传来狂欢节礼炮沉重而压抑的闷响,还有朱塞佩自己逐渐加快的心跳。他深深吸了口气,睁大眼睛瞪视着面前近在咫尺的祭坛。

祭坛上空空如也,朱塞佩高高擎起手中的油灯,抬头。

他看到了那幅壁画。

草地、树干、滴血的脚踝,灯光继续蔓延——膝盖、鲜血淋淋的赤裸腿股、腰布,然后再往上——慢慢映出被缚者隐约的腹部肌肉、结实却苍白的胸膛、因痛苦而梗起的颈项……灯光最终落在了圣塞巴斯蒂安的脸上。

在这阴暗潮湿的地底,一幅如此古老的蛋彩壁画本该早已被腐蚀磨损,黯淡了颜色,但是当油灯昏黄的光照上去的时候,壁画上所有的颜色鲜艳明媚,每一道线条都栩栩如生。

朱塞佩盯着画像的脸。

罗马有无数惊为天人的文艺复兴绘画,单只是西斯廷小礼拜堂的天顶就已非人力可以完成。朱塞佩在米开朗琪罗们的包围中长大,壁画艺术对他来说早已麻木。但是眼前的这幅画像,这幅圣塞巴斯蒂安——画像的脸在灯光中跳动,皮肤下仿佛有筋脉在收缩,每个毛孔都在呼吸,每条血管里都有血液在流淌。

朱塞佩僵在了那里,他高高擎着手中的油灯,不能挪动分毫。

一阵突如其来的狂野想象袭击了他的大脑,鼻端闻到一种仿佛油脂脱落的味道、矿石粉、颜料,还有潮湿的泥土混合发出的气味,他的眼睛迷茫起来,画像的影子在他眼前几十次、几百次地膨胀,渐渐地,他的耳中出现了幻听。

眼前的影子消失了。朱塞佩仍然高高提着油灯,但是灯光下的墙壁一片空白。他一惊,还未来得及任何动作,一个影子突然扑到了他的身上。他大骇,想躲,但却什么都没有感觉到,似乎那个影子已经如风般穿过了他的身体,什么都没有留下。一股墓室中独有的、阴寒刺骨的冷风吹透了他单薄的衬衫,他打了一个寒噤,油灯掉在了地上,骨碌碌地滚到一边,然后熄灭了。

朱塞佩一个人立在空荡荡的黑暗里,随着那盏油灯扑灭的瞬间,他的视觉完全消失了。鼻端仍然是那种油脂和水泥墙灰剥落的味道,耳边是遥远地面上空透过泥土传来礼炮的声响。

砰! 狂欢节午夜,第十二声礼炮。混合着圣马可钟楼的钟声,响彻了整个威尼斯。

那股风。墓穴里湿冷阴寒的风,缓缓漫过他的耳端。

"四百年了,"一个声音,如阴魂掠影,在钟声沉闷的余音里突然幽幽地浮现在他耳畔,"波德林终于出现了第一位渎神者。愚蠢的人类自己斩断了家族的命脉。他们将永远失去神祇的庇佑,而我也终将获得自由。"

一阵尖利的冷笑如钢针般刺入了朱塞佩的耳朵,他一惊,睁大眼睛,但是什么也看不见;他伸出双手,妄图可以抓到什么,但是四周一片空旷。在他的惊骇中,一阵方才那样的冷风,呼地袭上了他的身体,然后揽过他的肩膀,转过了他的头。

两颗尖利的冰锥随即刺入朱塞佩的脖子,寒冷彻骨。

朱塞佩一点声音都没发出就倒了下去。

他失去了意识。

穿过舞会大厅的偏门是一个不大的中庭，面对运河的一条支流，三面被白色与青灰色的建筑物所包围。庭中一座小小的喷水池，涓细的水流从喷水池中央的雕塑顶端不断淌下来，漾起的水花在月下闪烁着细碎的银光。

地面上洗刷过的青石板犹如镜子一般明亮，月光静静地流泻，头顶偶尔有璀璨的焰火在遥远的天际盛开，带来仿佛来自另一个世界沉闷的回声，隐隐从舞厅内部传来管乐的鸣奏和会场的喧嚣，但是宾客们的说话与调笑声音已经听不到了。迦科莫用双手搀扶着塞莱娜，两人一起坐在喷水池边的台沿上。

"伤得严重么？"迦科莫小心翼翼地抬起塞莱娜的脚踝，仔细端详。

"不严重，我可没有那些贵族小姐们那么娇气。"塞莱娜抬头一笑。为了证明自己所言非虚，她示威般地转动着那只受伤的脚踝。但是就在下一刻，她的小腿不自然地抽搐了一下，女孩惊叫一声，秀美的眉头紧紧皱在一起，明亮的眼睛顷刻间被泪水洇湿。

"还说没事？来，让我看看，"迦科莫从衣袋里抽出一方丝绸手帕，担心地为塞莱娜拭去即将脱眶而出的泪水。随后他将手帕在池水中打湿，沾着冰凉的泉水轻轻敷上塞莱娜的脚踝，并为她小心地按摩着。

"觉得好些了吗？"迦科莫抬头，一瞬间，他瞥到对方充满柔情与感动的脸，心中不免一暖，还有些洋洋得意。

"谢谢你，看来冰敷与按摩对扭伤非常有效。"塞莱娜迅速收起了她那少见的表情，露出了一个招牌式的看不出感情的妩媚微笑。

"这是我母亲生前教会我的，"迦科莫淡淡一笑，"我小时候很淘气，翻墙爬树的，常常跌打扭伤。"

塞莱娜收起了笑容，她静静注视着男孩，"你的父母一定很宠爱你。"

"母亲在我很小的时候就去世了，我只有两个父亲，"迦科莫抬起头迎上女孩的目光，明亮的焰火在夜空中绽放，灿烂的光辉照亮了他脸上略显淡漠的表情，"他们向来只知道做生意，从来不会关心我的死活。"

"怎么会，难道他们忙得连家都不顾了吗？"塞莱娜试探着问。

"波德林把世间一切都做成了生意，买卖是生意，家庭也是生意。"

"……国家和战争也是生意么？"

迦科莫转过了头，带点惊讶地咧开嘴角，"我们怎么又扯到政治上面去了，在这个美妙的狂欢节之夜，这些话题还真是大煞风景。"

"怎么会，对我来说这些话题可有趣得很。"塞莱娜轻轻一笑，"富甲威尼斯的波德林家族，难道就没有将整个威尼斯据为已有的愿望吗？"

"呵呵，塞莱娜小姐不去做情报人员还真是屈才了，"迦科莫夸张地笑着，"据说最近有几个罗马方面派来的间谍正在调查我们家，不会就是塞莱娜小姐吧？"

塞莱娜脸上的惊讶转瞬即逝，却没能逃过迦科莫的眼睛。

"那如果就是我呢？迦科莫先生。"塞莱娜毫无破绽的微笑依旧迷人。

"那您将是我第一位间谍女友了。"仍是调笑的口气，迦科莫面色不改。

"您很喜欢间谍游戏么？"塞莱娜回应他，挑衅似地眨着眼睛，"迦科莫先生，那就请您将通敌叛国的事实交代清楚吧。"

"哈哈哈，塞莱娜小姐，您实在是太幽默了，这可是我有生以来听过最可笑的笑话！"男孩突然失态地放声大笑，眼角几乎挤出了泪水。

"我没有开玩笑啊,"塞莱娜脸上依旧挂着微笑,可那笑容却犹如冰冷的海水,没有一丝感情。"如今意大利已经统一,萨伏依王朝不会允许自己的国土上存在任何敌对势力。相信先生是个聪明的商人,应该明白面对强权,合作永远都比反抗有利得多。"

迦科莫饶有兴趣地听着,扬手做了一个请继续的手势。

"如果波德林家族愿意与国王合作,我可以保证您家族的所有财产,甚至整个威尼斯都将属于您……"塞莱娜趁热打铁,抛出了诱饵。

"非常诱人的提议。"迦科莫打断了塞莱娜的话,若有所思,"只可惜……我却没有用来交换的资本。"

"难道连整个威尼斯都无法让您动心么?"塞莱娜脸上的表情立刻变得惊讶且无比魅惑,她象蛇一般轻轻滑向了男孩,"那要什么样的条件才能够打动你的心呢?"

"如果筹码中再加上塞莱娜小姐,那可就太……"迦科莫笑了笑,"可我确实不认为我家有任何通敌叛国的行为。"

"那你是决定顽抗到底么?"塞莱娜柔软的双手爬上了男孩的脸庞,眼神中揉合着更进一步的诱惑与威胁。

"如果确有其事,我自会如实相告。作为一个威尼斯男人,我波德林家族有勇气承认自己做过的每一件事。但对于没有发生的事情,请恕我爱莫能助,"迦科莫脸上依旧挂着平和自然的微笑,看起来无比真诚,"请您仔细想想,如果我家果真做下如此大事,您现今还能完好无损地站在这里么?"

听到这句话,一直微笑着的塞莱娜忽地变了脸色。她冷笑一声甩开了手,"要不是因为我运气好,现在恐怕早已长眠在亚德里亚海底了!"

"您说什么?"迦科莫愣了一下。

"难道你敢否认波德林家族一路上对我的追踪与阻击?"

狂欢夜变奏

"你到底在说什么?"迦科莫似乎完全呆住了,他看着塞莱娜,过了一会儿,质疑的目光慢慢回复了温柔。

"……那么你受伤了么?"

"波德林少爷,"塞莱娜冷笑,"您竟然会关心一个专程前来调查你家的间谍的死活?"

"难道你以为这一切都是我做出来给你看的吗?!"迦科莫同样提高了音调,他紧紧盯着面前的女孩,表情又惊又怒,"我究竟目的何在?"

"那就要问您自己了。"塞莱娜直直盯着对方的眼睛,脸上已经笑意全无。

"塞莱娜小姐,"迦科莫轻轻叹了口气,"我不知道您与我家到底有什么误会,只是我迦科莫·波德林对天发誓,我没有做过任何违背良知的事情。从第一天在圣马可广场见到您,我对您就从未有过任何猜忌与恶意——如果有,我只能说,我深深地为您着迷。如果您仍然把这当作是我的罪恶,我愿意独自承担一切后果。但除此之外,我迦科莫·波德林没有做过任何不利于国王的事情。我的家族也没有。我为自己身为一个意大利男人而骄傲,我不会背叛自己的祖国。"

塞莱娜没有说话。她将信将疑地看着面前的男孩,嘴唇动了动,但是什么也没有说。

两人就这样默默对视了很久,直到迦科莫轻轻皱起眉头,"你的脚还痛么?"他问。

他关切地看着面前的女孩,目光温柔而略带焦虑,就好像两人仍然是刚刚从舞会大厅出来休息的情侣,就好像刚刚这一切的争执根本就未曾发生过。

"……早就不痛了。"塞莱娜低下头,缓缓转动着自己那只本就没有受伤的脚踝。

迦科莫轻轻扳过她的脸。头顶明媚的焰火闪烁在男孩的眼睛里,就好像天上的星星落了进去,那些光芒闪亮而真诚。男孩用一种专注而求恳的眼神注视着塞莱娜，像是在请求原谅，又像是保护或者慰藉。"看着我的眼睛，"他说，"你真的认为我在对你撒谎么？"

璀璨的焰火在遥远的天际接连盛开，散下无数炫亮的星尘，如同流星雨一般划过整个宝石蓝的天幕。男孩的声音轻如耳语，柔软而又遥远，仿佛来自天际的另一端，如同远古神祇的吟唱，又像是巫师的咒文。塞莱娜的眼神逐渐迷离，她看到迦科莫近在咫尺的脸庞，她想躲，但是对方呼出的气息温暖而馥郁，似乎是有魔力的磁石，吸引着她体内的每一个细胞。她的鼻子碰到了对方的鼻子，她的唇触到了对方的唇。

男孩淡淡的气息散没在空气里，他的口腔湿润而温暖，带着若有若无的葡萄酒香；他的嘴唇如同最上等的中国丝绸一样柔软。塞莱娜的唇碰触到对方微张的嘴角，灵巧的舌头刚刚透出便被对方捉住，接受了一场不容抗拒的甜蜜洗礼。四片嘴唇在璀璨的焰火下相叠交织，温柔而又热烈，光的影子忽明忽暗。

塞莱娜轻轻睁开眼睛。一唇之隔，男孩始终闭着双眼，褐色的长睫毛颤动着，头顶盛开的焰火给他的头发镶上了一层模糊的金边，就好像整个人都在发光。塞莱娜伸手拥住迦科莫，如同拥住了一颗灿烂的星星。

塞莱娜深深吻着怀中的男孩。她的手，一只揽过他的后颈，另一只则慢慢从对方的脸颊滑落，沿着后背的线条一路下滑，然后停留在腰间。稍后，毫无生息地，她的手缓缓离开了对方的身体，绕到自己身前。

突然，塞莱娜流水般的手臂一滞，她全身僵硬，连口舌也立即停止了动作。她一把推开迦科莫，往后急退一步。冰冷的微笑再次机械地掩盖了她脸上的震惊与胸腔里狂乱的心跳，彻骨的寒意与后怕刺激着她的每一根神经。

"您是在找这个么？"迦科莫缓缓站起身，手中托着一只小巧精致的柯尔特左轮手枪。

整晚以来塞莱娜完美的伪装终于随着这句话一击而溃，她惊慌失措地看着

9 狂欢夜变奏

对面的男孩，嘴唇因紧张而抑制不住地颤抖。

"我再说一次，请不要让谣言蒙蔽了您的耳朵，"迦科莫静静地看着她，神色未变，"您可以竭尽所能去调查，但是您将不会有任何收获。"他顿了一下，深深地凝视女孩的眼睛，然后把目光回落到手中的枪身上。

塞莱娜的心脏因这个眼神漏跳了一拍，但是在下一刻，对方只是掉转枪把，把这个危险而冰冷的小东西递给了她。

"……这个还给你。我波德林家族清清白白，你总有一天会相信我所说的话。"

塞莱娜怔怔地看着面前的迦科莫，半晌，她上前一步，轻轻按下了男孩的手。"对不起，是我太心急了……我相信你。"妩媚的嘴角流出一丝真诚而歉意的微笑，她用另一只手臂挽住男孩的腰。

喧闹的舞会大厅中传来人声的喧闹，月光照耀的中庭里，隐隐的乐曲前奏夹杂着礼炮的闷响在空气里浮荡。"这是我最喜欢的曲子，"塞莱娜轻轻一笑，扶住迦科莫的肩，"让我们再跳一支舞吧。"

两人长长的影子被月光拖拉在空无一人的中庭，远处的海水在悠扬的乐声中一波波拍击着岸礁。塞莱娜再次吻上迦科莫的唇，一个悠长而甜蜜的吻，湿润如夜风，缠绵如海底的水藻。旋转，扑入对方的怀抱，再次旋转，绚丽的衣裙挥洒一身的流光，美丽的脸庞带着诱人的微笑。

最后一个音符落下，塞莱娜放开了双手。

"谢谢你今夜的邀约，还有舞蹈。"塞莱娜后退一步，脸上浮现一个甜蜜而温婉的笑容，消失了眼中一直蕴含的锋芒，表情宛如邻家女孩一般乖巧，"时候不早了，我也该回去了。"

"谢谢你的吻。"迦科莫留给她一个深情而礼貌的微笑，微微躬身行了一礼。

塞莱娜一笑转身，一步，两步，三步……突然之间衣裙闪动，仿佛她从未离开过一般，女孩手中乌黑的枪管笔直对准了迦科莫。

"对不起，我只能相信死人，"塞莱娜细长的眼睛眯起，从中流出一分绝然的冷酷，她像看陌生人一样看着面前神色震惊的男孩，"再见了，威尼斯的卡萨诺瓦先生。"

她的食指扣动了扳机。

当朱塞佩醒来的时候，脚边油灯里的油已快燃尽，柔黄的火焰只剩下小小的一点，但已足够照明。一个几乎完全密闭的空间，没有风，也没有任何动静。只是透过泥土，远远传来圣马可一声声模糊的钟鸣，时间已过了午夜。朱塞佩站起身，突如其来的眩晕让他踉跄了一步，他扶住墙壁。

他晃了晃头。除了眩晕和略微的无力，没有任何异样的感觉，就着灯光低下头，自己身上也没有任何不妥。脑中最后的印象，塞吉奥打开了门，自己走下了台阶……之后发生的一切他完全想不起来，到底出了什么事？自己怎么会倒在地上？怎么会昏睡过去？朱塞佩如坠五里雾中，他提起灯，再次审视这个幽暗阴沉的地下洞穴。

塞吉奥递给他的篮子还留在祭坛上，没有被人动过的痕迹。朱塞佩走过去，把篮子里的祭品拿出来一一摆放在供桌上。一阵风吹过，他抬起头。

祭坛上面装饰着一幅文艺复兴时期的殉教者壁画。画中圣徒塞巴斯蒂安双手被缚，残忍折磨下的身体遍布伤痕与鲜血，但是他却仰起柔和的脸孔凝望天空，神圣的光辉闪烁在他的眼瞳里，表情隐忍而虔诚。

朱塞佩握紧项上的十字架。

"高居天国的主啊，我在此以上帝和圣母之名祈祷，请您赐予我驱逐邪恶的力量，结束这场灾厄。"

Chapter 9 狂欢夜变奏
MARDI GRAS: EVOLUTION

油灯熄灭了。朱塞佩在黑暗中摸索着找到楼梯，然后走上去打开了进来时候的那道门。和下面相比，楼梯间的灯光明亮得过分，朱塞佩用手挡住眼睛。

最先发现他的是波德林的管家，看到朱塞佩，他的眼中露出了惊诧。

"你怎么会在这里？"

朱塞佩一怔，"塞吉奥先生让我下去清理祭坛，拜祭画像，我都做完了，"他伸手把那只空篮子递给管家，"麻烦你替我禀报塞吉奥先生，如果没有什么其它事情，我就先走了。"

"你，请你稍等片刻，"管家睁大了不可置信的眼睛，似乎见到鬼一般，直直地瞪视着眼前这个毫发无损的黑发青年，"我这就去禀报老爷，看还有没有什么其它事情要做。"

朱塞佩点头，向后靠在墙壁上，抱住胳膊。

管家急急跑上了楼，在转弯处回头看了他一眼，再次叮嘱，"请您在这里稍等一下，千万不要离开！"

朱塞佩皱起眉头。管家的惊慌失措让他心底漾起一丝不祥的预感，在他昏睡过去的这段时间里，下面究竟发生了什么？难道这就是波德林家族一直以来所谓的恶魔崇拜？一幅圣塞巴斯蒂安的殉难壁画？！

油彩的味道，灰泥和矿石粉。油灯的燃烧……一点小火星一样的东西在朱塞佩的脑海中变化成型，然后爆裂。他突然隐隐约约地忆起，在自己倒下去的前一刹那，洞穴里是一片死一样的漆黑。

是谁重新点起了那盏油灯？突如其来的想法暴风般席卷了他的大脑，朱塞佩惊疑不定，难道那个洞穴里还有其他人？他的手按上了壁挂后面的门。

"阿莫特先生。"熟悉的声音突然在身后出现，塞吉奥从楼梯上走了下来。

"非常感谢您为我家做的一切，"相对于那个管家的惊慌失措，塞吉奥的声音平板至极，带有一丝矫揉造作的过分镇静，"今天的工作到此为止，夜已经很深了,您可以先回去休息,我明日会派人送去酬劳。"

朱塞佩犹豫着想说什么,突然看到面前塞吉奥一张圆脸上闪烁不定的眼睛。他在心底冷笑,但是表面上没有显示出任何异样,只是躬身行礼,道了谢之后离去。

穿过威尼斯港口热闹的海岸,朱塞佩独自走入了一条寂静无人的小巷。焰火在头顶绽放着辉煌,诡谲的光辉闪烁在湿漉漉的地面上。墙角立着几只撑船用的长蒿,他随手抄起一支,突然转身。忽明忽暗的光芒映得他脸上的表情阴晴不定,他在巷子正中持蒿而立,仿佛它是一支冲锋陷阵的长枪,雪亮的枪尖辉映着月光。

"你们有多少人,都给我出来!"

悉悉簌簌的响动在窄巷里回荡,屋顶上、门后面,似乎偶然路过的行人、游客,四面八方,黑衣黑纱的人们聚拢了起来,皆是一身威尼斯传统"巴无塔"装扮,风帽下的脸孔佩戴着纯白的面具。所有人行动一致,似一刀裁出的纸人,又似木偶,白色面具上漆黑的眼洞仿佛深渊,从中喷射出来自地狱的火焰。

"看来波德林家族的丑事确凿无疑,"朱塞佩冷笑,"居然如此大费周章,派了这么多人来灭我的口。"

对方没有人说话,头顶再次升起了礼花,在响亮的炸裂声里,第一个巴无塔发动了攻击。

千万道光芒挥洒而下,四野亮如白昼。一个沉闷的声音潜伏在礼炮声中呼啸而至,塞莱娜一声惊呼,一个小火球在她的手中炸裂,碎片四散,金属磨擦的刺耳尖鸣,火药升起的浓烟湮灭了水气。在那个突然发生的爆炸里,一道金色的闪电突然穿出烟雾破空后射,瞬间没入了塞莱娜胸口。

突如其来的异变仿佛按下了时间的按钮,把所有一切都停在了这一刻,没有人知道发生了什么,也没有人知道下一步怎么做。塞莱娜满面不可置信的神色,她睁大双眼看着对面的迦科莫，被鲜血染红的衣袖垂下来覆盖了手腕，如同一朵艳丽的玫瑰在夜色中盛开。

"你……"她用另一只手捂住胸口，猛烈地咳嗽起来。

迦科莫两步上前，同样是一副不可置信的神情，他伸手扶住了摇摇欲坠的塞莱娜，让她倒在自己怀中。大量的鲜血不停地从塞莱娜身上渗出来，胸口猛烈地起伏着。

"你竟然真的向我开枪？！"迦科莫抱住怀中的女孩，满面震惊。

"这是我的工作，我没有权利选择！……但是没想到竟会输在你这样一个外行人手里。"塞莱娜挣扎着，紧紧捂住胸口，鲜血浸透了手上那对华贵的天鹅绒长手套，从指缝中一丝丝地渗出。

"不是我！"迦科莫吼了一声，眼中的神色更加绝望，他死死地盯着塞莱娜，"你以为我像你一样，一点感情都没有么？！"

塞莱娜怔了一下，凄然一笑，嘴角流出了一丝鲜血，"现在说这些已经没有任何意义了……我失算了，输了就是输了。技不如人，我没有任何怨言。"

"你的枪被人动过手脚，但那个人不是我！迦科莫瞪着她，"我怎么可能害你！！"

塞莱娜一阵恍惚，胸口传来巨石敲击般的剧痛，她弓背咳出一口鲜血，紧紧咬住嘴唇。她的枪被人动过手脚。她的枪在今夜之前就只有一个人用过。难道……？！

"……难道在你心中，对我就一点感觉都没有么？"卸去了伪装，迦科莫年轻的脸上写满了失落，他的声音寂寞而温柔。

星光黯淡下去，半明半暗的光芒在头顶闪烁。塞莱娜艰难地抬起那只未受伤的手臂抚上对方的脸，男孩握住了她的手。

"很遗憾，迦科莫少爷……"塞莱娜轻轻咳嗽，"……我的感情，早就和父母的亡骸一起埋葬在意大利的战火中了。"

"……你真的，一点都不在乎我……"迦科莫寂寞地呢喃，轻轻用塞莱娜的手摩挲着自己的脸。

熟悉的热度透过对方温厚的手掌传递，仿佛在很久很久以前，在完全不同于这里的遥远世界的另一端，同样的一幕场景在眼前浮现。那些艳丽的中国丝绸，支离破碎的片断，犹如蝴蝶的翅膀随风而逝，思绪飘处，一片五彩斑斓。

"……求求你，不要就这样离开我。"

是谁？是谁在说话？是谁在请求？那些年少无知的幻境，那些散落无依的等待，那些转瞬而逝的誓言。是谁在耳边诉说着绵绵的情话，又是谁执手相看婆娑的泪眼，当纯真还没有枯萎，当爱情还没有死亡，当梦想还没有消逝，依稀，很久很久以前，和所有故事的开端一样，在她的世界里也有过那么一个男孩。

她曾经只为他而存在。

"不要离开我！"

一颗流星划过天际，生命在这一刻充实，情感在这一瞬丰满，记忆在这一刹那重现。那个男孩的脸和面前的人合二为一。抬起的手臂越来越沉，越来越重，渐渐支撑不住自身的重量，而思绪却变得越来越轻，越来越淡，随着馥郁的夜风冉冉上升，飞上烟花满天的星空。

四周的景物仿佛水洗一般逐渐淡去，焰火的声音越来越远，渐渐听不到了，冥冥中头顶传来天堂水波的激滟，还有鸽子在耳畔扇动翅膀的声音。一束温暖柔和的金色圣光从天而降，看不到的白色羽翼包裹了女孩的身体。

意识消失之前的最后一瞬，塞莱娜蜷起手指握住了男孩的手。

"迦科莫……对不起……"

一个释然而无奈的微笑缓缓浮上女孩的脸，她闭上了眼睛。

Chapter 9 狂欢夜变奏
MARDI GRAS: EVOLUTION

乌黑的长剑划开了空气，带来冰冷的风，和风里飘动的衣袂。一群黑衣的暗杀者，犹如黑色的木偶，前后左右包围了这条窄巷。

圣沃尔托小礼拜堂的战斗——朱塞佩生平最恐怖的经历，在威尼斯的这条巷子里再次重演。一个人，面对十几个波德林家族的暗杀者，朱塞佩的额头上冒出了冷汗。手中的长蒿早已被对方削断，身上也受了几处不轻不重的伤，一个滚身，他拣起那支削断的蒿子，再次扑入了战局。

战斗一旦开始，就只有鲜血和死亡可以令它终止。打退几个人之后，敌人没有一丝退缩的趋势，先前的几人不顾伤痛，挺刃再上。

就算不能一剑制敌死命，他们也要生生累死朱塞佩——这是他们的命令，朱塞佩不死，他们不会停止杀戮。

云把月亮遮住了，大地一片黑暗。涂黑的剑尖收敛了锋芒，化成更加狠绝的利刃，模糊在黑暗里悄然刺入对方的要害，惨白的面具上咧开的嘴角愈显狰狞。

一蓬焰火突然在头顶炸开，紫色的光球闪现在夜空里。一个黑衣风帽的巴无塔，手握一柄漆黑的长剑，狠狠向朱塞佩刺来！朱塞佩一惊，向后疾退，眼角余光扫到身后跃跃欲试的另一个暗杀者，正看准机会出手，一剑刺向朱塞佩背心！

前后夹击，朱塞佩心中一寒。身前长剑已然堪堪擦到他的马甲，身后长剑的寒气穿透衣服刺得他后心一阵发凉。怎么办？！头脑中嗡的一响，他什么都来不及动作，电光石火，身前那个人已经欺近了他的身体。一股突如其来的强大力道撞向朱塞佩，来人扑入他的怀中，手中本该插入他身体的长剑竟然直接穿过腋下先一步没入身后偷袭者的身体，一声短促的惨呼响彻夜空！

偷袭者砰的一声倒地，至死也不知道到底发生了什么。而朱塞佩也同样惊诧莫名，"你？！"

一柄长剑从身前那人手中倒递过来，"接着！"他喊，然后一个滚身翻到朱塞佩身后，拣起偷袭者掉落的那柄长剑，起身背靠背站在了朱塞佩身侧。

面具覆盖下的话语含糊而沉闷，朱塞佩听对方的声音似乎有一丝熟悉，但一时间又想不起是谁。生死关头到底由不得细想，朱塞佩依言接过长剑，与来人并肩而战。

手中有了利器，作战便容易许多。特别是身边还有人相助——朱塞佩无暇思考，只一味横劈猛砍，和来人一同迎敌，瞬间消灭了几个棘手的敌人。剩下的杀手见大势已去，领头一个一声唿哨，遂夺路而逃。最后，巷子里只剩下了朱塞佩和这个黑衣的陌生人。

朱塞佩拄剑而立，大口喘着气，"多谢这位朋友相救。"

"朋友？"白色面具后传出一个自嘲式的模糊笑声，"朱塞佩，你何时把我当作朋友？"

朱塞佩一愣，这个声音近在咫尺，又仿佛远在天涯。随着笑声，对方摘下了一直覆在脸上的面具和风帽。月下，来人微卷的褐色长发垂落双肩，一张苍白得过分的脸，带着嘴角似笑非笑的笑意。

朱塞佩一拳打过去，欺身上前用膝盖狠狠地把对方顶在地上，手中长剑横过了对方的脖子。

"怎么会是你！你到底想做什么？！"他撕声裂肺地喊，膝盖顶住了对方胸口。

安德莱亚淡淡一笑，"来拯救我的部下。"

"谁是你的部下！"朱塞佩吼，"我死也用不着你来救我！"

"不管怎样，我不会见死不救。"

"你杀了我的老师！"朱塞佩怒吼，双目因充血而赤红。

"因为那个时候我们是敌人。"安德莱亚静静地看着他，"如果你是我，你会怎么做？"

狂欢夜变奏
MARDI GRAS: EVOLUTION

朱塞佩愣在那里。他死死地盯着安德莱亚，眼睛里闪过了一丝犹豫。

"……你是吸血鬼！吸血鬼就该死！"最后，朱塞佩吼出一句。

安德莱亚悠悠叹了口气，长剑之下，他的神情仍旧自然而闲散，"那么，波德林父子呢？那些来杀你的巴无塔们呢？他们该不该死？他们不该死，你就会死。那么你该不该死？"

朱塞佩再次愣住了。明亮的月光从头顶洒下来，映得安德莱亚苍白的面色发出淡淡的柔光，他的语声温柔如神子的慰藉。在朱塞佩的错愕中，安德莱亚推开架在自己脖颈上的长剑，站了起来。"等你把这些问题想清楚，再来找我报仇吧。我随时恭候。"

朱塞佩愣在那里，竟然没有阻拦。安德莱亚轻笑一声，随即消失了影踪。

流水呜咽。

迦科莫俯身，在怀中女孩渐渐变冷的唇上轻轻印下一吻。飞散的弹片射入了女孩的胸膛，子弹刺穿了她的肺叶。

塞莱娜的心脏停止了跳动。

迦科莫怀抱塞莱娜的尸身走向河岸。他站在那里，凝视了她很久，最后终于轻轻地放开了手，将女孩的身体小心地放在月光照耀下的碧绿水面之上，仿佛放在一张铺着绿色丝绸的华丽睡床上。

女孩幽幽地沉入水中。闪亮的卷发犹如柔软的海藻，在水波中轻轻地浮动；绚丽的衣裙好像人鱼的尾鳍，在水底轻缓地摇曳；血红的颜色一丝丝晕开，在月光闪耀的水面上绽放出一朵朵娇艳的红莲。

在女孩尸身沉没之前的那一刹那，一束肉眼看不到的柔和光辉渐渐笼罩了她，然后越来越强，越来越强，逐渐脱离了下沉的身体，在水中凝聚成形，缓缓地向水面浮去。

然后，光芒突然破出水面，糅合了月光，糅合了夜色中弥漫的水气，化成一个雾色的影子，全身上下透射出珍珠般圣洁的虹彩，在半空中静静凝视着正在岸边出神的迦科莫。

一对巨大的白色羽翼在她身后舒展，天使悬浮于半空中，但是岸边的迦科莫却看不到她的样子。

一只透明的手抚上迦科莫的脸颊，拭去他眼角还未干涸的泪滴，在额头上轻轻落下一个离别的吻。温暖柔和的光芒包围了男孩，他抬起一张悲伤与疑惑交织的脸孔仰望天空。他看了很久，但是什么也看不到，只有头顶此起彼伏盛开的焰火，璀璨亮丽的光芒再次辉映了天地，湮灭了星光与月色。

天使展开雪白的羽翼，飞上半空。脚下，孔达里尼宫已经成为了一个白色的小点，远处的里亚尔托桥灯火通明。天使辨明方向，随即飞向了那个灯光闪烁的位置。

稍后迦科莫也离开了，月色下的小广场重又回复了静寂。

突然，一个黑色的影子从角落里探出了身体。他四下张望了片刻，在确定周围完全没有人之后，他从藏身之地出来，走到岸边迦科莫刚才站着的位置。

他站在岸边，低着头看了一会儿水面。然后他伸出手作了个手势。另一个黑色的影子立即出现在他身畔，仿佛他一直站在那里一样，就好像一阵无形的、黑色的烟尘忽然被风吹了过来。

"去报告'鱼鹰'大人，"第一个人低声说，"这里的一切都在按计划顺利进行，我们可以开始下一步行动了。"

圣灰星期三的太阳升起来了，热闹的狂欢节结束，四旬斋开始。

这是一个平凡的清晨，小区店头、蔬菜摊、鱼市场、酒吧依旧和以前一样熙来攘往，忙碌异常。一股看上去安详平和的氛围笼罩了威尼斯，但那是一种诡异的平和，一种风雨欲来之前虚假的平静。威尼斯人小心翼翼地穿过街市，谈话的时候人人轻声细语，口气中透着惶恐，就好像家里突然有人过世一般。同样的气氛感染了每个人，每条街道，仿佛城市上空笼罩着一个黑色的气旋，一个不详的预兆，城市在呼吸，脉搏在加速，在那个清晨，在那件事真正发生之前，一股深切的、说不清道不明的悲痛气息，已经在威尼斯全城的大街小巷蔓延。

虽然那个时候还没有一个人知道是为什么。

后来人们看到了里亚尔托桥上笼罩的浓雾，似乎是清晨的冬雾还没有散。那天的雾气特别浓重，浑厚的烟尘完全掩盖了高耸在大运河上石拱桥的身影。突然，一道看似闪电的亮光从浓雾里闪了一下，然后又是一下。紧接着，附近的人们听到了从桥下传来的呼救声。

原来人们看到的并不是冬雾，而是烟。

里亚尔托桥失火了。

浓烟在天空中蔓延，笼罩了里亚尔托桥，笼罩了大运河，熊熊的火势拔地而起卷起乱流，火光飞蹿，火舌肆虐，大火如灿亮的红帆一般在狂风中刺刺作响。

里亚尔托桥下的店铺还没有开始正式营业，只有寥寥的几家店打开了大门，升起了门口的防雨棚。但是此刻,桥西几家店铺所在的位置已经完全陷入了一片火海。一声惊天动地的巨响,前厅墙壁一片接一片地倒塌,玻璃碎裂,屋顶也摇摇欲坠。火焰和燃烧着的碎屑腾空而起,街上的人们纷纷向后跃开。

一块巨大的酒红色匾额在火光中危险地摇晃了几下,终于随着屋檐的坍塌坠落在青石地板上,喀喇一声断为两截。上面盘卷的金色大写字母"波德林瓷器"如同店内哗啦啦崩落的瓷器一样碎裂,明亮华贵的金漆磕掉了,露出难看斑驳的内膛,焦黑的木头残渣四散。

闻讯赶来的马森·波德林被眼前的景象吓呆了。

波德林瓷器店的屋顶在轰隆巨响中倒塌,红彤彤的碎片有如火山爆发般喷到高空。白色的瓷器碎片和灰泥残渣混在一起铺了满地,喷涌上升的气流带着一块块犹自燃烧的木头碎屑飞过里亚尔托桥上空。

冬日清晨的空气变得极为炎热,整个波德林瓷器店变成了烧炼瓷器的窑洞。火舌不断地从焦黑的窗格之间透出,像喷泉一样突突地冒着,席卷周围的一切事物。窗口的红木多宝格早已倒塌,瓷器店内所有木质家具都成为了增添火势的干柴。火势越来越大。

一桶桶水从附近的大运河上提来,往瓷器店泼去。刺啦啦的响声此起彼伏,白色的水汽弥漫。但是大火完全没有减小的趋势。

"马森老爷!"一个伙计泼掉了最后一桶水,大惊失色地扑到马森身上,用外衣扑灭了对方胡子上的火苗。他拉着马森的胳膊大喊,"这里太危险了,您还是先回去吧!"

"……我不走。"马森满面烟灰,头发散乱,他扔下手中的水桶,像抓住救命稻草一般牢牢抓出了对方的肩膀,"你们找到朱利亚了吗?她在哪里?她还好吗?"

"夫人一定会没事的!"白烟腾腾的炽热空气里,对方大喊,"菲利波已经回去报告塞吉奥老爷加派人手，警察也联系了，他们马上就到！"

"这是报应，报应……"马森似乎没听到对方的话，他双腿一软，徒然坐倒在湿漉漉的地面上，熊熊的火光闪烁在他失神的眼睛里，"……他，他果然还是来找我们讨债了……"

"他？他是谁？"那个伙计提着水桶，刚要继续跑去舀水，突然听到了马森的话。他疑惑地转过身，"您到底在说谁？"

"神。"马森的嘴角露出一丝凄凉而诡谲的笑意，"圣塞巴斯蒂安，我们波德林家族四百年来的守护者。"

与此同时，在波德林官顶楼的一座小室内，塞吉奥独自一人跪在窗前，面对不存在的神像往自己头顶倾洒圣灰。

"……我本是灰土，将来仍要归于灰土。请主宽恕我们这些无知的凡人，求主原谅我所犯下的过错。"

急促的脚步声突然在门口响起，随后，传来敲门声。

"进来。"塞吉奥站起身，掸了掸身上的灰，"什么事？"他看着那个慌慌张张的管家，皱起眉头，"怎么，朱塞佩还没有找到么？"

"出大事了，老爷！"管家一路跑上楼梯，上气不接下气，"刚刚接到电报，威尼西亚号在印度洋海域遭了风暴，整艘货船沉没。只有几个船员侥幸逃生……"

"什么？"塞吉奥的眉头跳了一下，他深深吸了口气，努力稳住自己狂乱的心跳，"你说什么？"

"船沉了，我们的货全没了，老爷！"

"这怎么可能！"心脏几乎快要跳出腔子，一股寒冷至极的气息陡然从脊髓窜入大脑。仿佛自那里传来地心深处一个尖锐刺耳的冷笑，一直以来所有的担忧在这一刻终于成为现实。塞吉奥头皮发麻,他倒退几步,摇摇欲坠地跌坐到身后的椅子上。

"这怎么可能,怎么可能……"塞吉奥喃喃自语,"多少年来,我波德林家的货船从来就没出过意外!"

"老爷……"管家犹豫着,神不守舍地问道,"是不是因为那件事情……"

"住口!"塞吉奥吓得从椅子上跳了起来,"你胡说什么!"他死死地盯着管家,低声问,"货船的事情下人们都知道了么?"

"几个管事的已经知道了,老爷。"

"叫他们先不要声张,"塞吉奥扶住桌子,强作镇定,"你去和他们说,两件事毫无关系,让他们不要慌乱。此事只是个意外——谁家都会发生意外!"

"知道了,老爷。"管家战战兢兢地退下去,关上了门。

塞吉奥一个人留在房间里,他想给自己倒杯茶稳一稳心神,但是手刚碰到茶壶,一个没拿稳,那只昂贵的中国青花瓷壶跌落在地板上,摔得粉粹。塞吉奥长叹一声,瘫倒在椅子上,呆呆地注视着天花板。

门外又传来急促的敲门声。

"什么事!"塞吉奥一拳捶向桌子。

门开了,刚才的管家去而复返。他哭丧着一张脸,露出一副比沉船更加绝望的神色,身边跟着一个惊惶失措的年轻人。塞吉奥认得,这孩子原本是里亚尔托桥下波德林瓷器店里的伙计。

一股不祥的预感瞬间笼罩了塞吉奥,"店里出什么事了?菲利波?"他盯着那个孩子。

男孩满面烟灰,他嗫嚅着不敢开口,突然一下子跪了下去,全身抖个不停。

"到底出什么事了?!"塞吉奥拍桌子站了起来,他看向管家。

"店里……起火了。"对方勉强从嘴里挤出这几个字,牙齿格格打战。

"起火了？"塞吉奥不敢相信自己的耳朵，他一把揪住管家的衣领，"到底怎么回事？现在火势怎样？有什么人在那边？我们人手够不够？"

"就不知道是怎么回事……"说话的时候管家胆颤心惊，"今天早上朱利亚夫人还在店里看着，按理说根本不可能出现任何差错……现在火势还很大，马森老爷正带领大家灭火。"

"火是怎么起来的？"塞吉奥转向仍在一边瑟瑟发抖的菲利波。

"不，不知道，老爷。"菲利波哆嗦着，根本不敢抬头。

"不知道！我是白付你工钱的么？！"接二连三的噩耗让塞吉奥一反平日里温文儒雅的形象，他扭曲的脸孔狰狞可怖，冲着这可怜的孩子放声大吼。

"我是真的不知道啊，老爷！"菲利波哭出来，"没人知道是怎么回事。店里的人都说，我们波德林瓷器定是遭了天谴……"

"胡说八道！"塞吉奥沉下了脸色，"一派胡言！我波德林得主庇佑，一贯生意昌隆上下平安。这谣言到底是谁散布出去的？！"

"可是，可是……"菲利波啜嚅着，"今天连马森老爷都这么说了……大家全信了，还要稍后一起去教堂里祷告呢！"

"马森？"听到兄弟的名字，塞吉奥狠狠拧起眉头，"他在哪里？"

"还没有回来。"

"多派些人去店里帮忙，"塞吉奥对管家下令，"立刻让马森回来见我。还有，"他想了一下，面色阴晴不定，"去看住少爷，最近不要让他随便出门。"

夜幕降临了里亚尔托桥。

经过整整一天的抢救，波德林瓷器店的大火终于被扑灭。浓浓的白烟笼罩在里亚尔托桥上空，昔日富贵精致的门面已经成为一片废墟。空气中弥漫着难闻的焦炭味，几个瓷器店的伙计还在灰烬里忙碌着，看是否还能抢救出任何货品。

Chapter 10 背叛者 THE BETRAYER

一些路人在远处指指点点,发出啧啧叹息。

几米之外的一座青灰色建筑物中,一个表情淡漠的中年人正临窗眺望着浓烟密布的里亚尔托桥。

"真是愚蠢,"他叹了口气,摇了摇头,"波德林家族真是愚蠢至极。"

"这才只是刚刚开始,诺威。他们激怒的可是吊人长老。"另一个人轻轻一笑,端起一杯红酒。高脚杯中鲜艳的颜色反射灯光,馥郁的酒香扑鼻。

"你看起来还真是悠闲,"巴斯托尼转过了头,"那么,上面交待的事情到底办得怎么样了,我的骑士大人?"

安德莱亚浅啜一口,摇晃着酒杯,"长老找到了,可是他却不愿和我回去。"

"因为'威尼斯之石'?"

"是,"安德莱亚凝视着杯中殷红明艳的液体,微微皱起了眉头,"我至今也弄不清楚,'威尼斯之石'到底是什么。长老因为它而滞留在波德林家的地下室,一困就是四百多年。"

"负责情报和联络的'圣杯'竟然也有一筹莫展的时候么?"巴斯托尼轻轻一叹,似乎意有所指。

安德莱亚抬起头,表情似笑非笑,"若是此刻'权杖'想插一脚,我绝不阻拦。"

巴斯托尼平板的脸上突然露出了一抹少见的笑容,他看着安德莱亚,"我在威尼斯还算半个市长,在您面前却只不过是个小小的'权杖九',试问我何德何能,敢与骑士大人争功?"

"如果你知道什么,还是说出来的好,"安德莱亚转着杯子,良久,脸上露出了理解的微笑,"好吧,我们来做个交易,"他说,"你想要什么?"

"威尼斯。"巴斯托尼说话简洁明了,他直直望进对方的眼睛,"我要威尼斯独立出意大利。"

安德莱亚愣了一下，然后似乎突然明白了什么，他同样盯着对方的眼睛，"上次那个叫塞莱娜的女孩，"他试探着问，"萨伏依王朝派她去查探波德林叛国谋反的证据……但其实波德林家族是清白的，对不对？"

巴斯托尼的嘴角露出了一丝狡黠的笑意，端正严谨的红棕色胡子翘起来，使他的面部表情生动了很多，看起来完全不似以往不苟言笑的影子市长。

"没错，"他点了点头，"愚蠢的波德林家族根本什么都不知道。"

"权杖啊权杖，"安德莱亚叹了一口气，"我们永远都无法准确估量你们的智慧。"

"现在还不晚，骑士大人。"巴斯托尼微微躬身，"我和你们不一样，我只是卑微的人类，生死由命。我知道你对这些看得很开，但是对我来说，功名权势就是我毕生追求的一切。在我有生短短几十年间，我只要威尼斯，求骑士大人成全。"

"以'威尼斯之石'做饵？"安德莱亚放下了酒杯，"诺威，这是你多少年的苦心经营？"

"属下不敢，"巴斯托尼恭谨地回答，"只是成大事，需大气量与大智慧。还有耐心——这是'权杖国王'的教导，属下时刻铭记在心。"

"奥斯卡那条老狐狸，"安德莱亚长叹一声，"我不得不佩服你们的心机！"

巴斯托尼一笑，"此事对骑士大人全无损失，何来叹息？"

"成交。"安德莱亚再次叹了口气。

"感谢骑士大人成全。"巴斯托尼深深行了一礼。

"那现在你可以告诉我了？什么是'威尼斯之石'？"

"属下不知。"

安德莱亚瞪着他。

"属下的确不知道'威尼斯之石'的真面目，但是属下却探听到确凿的消息，它和一口水井有关。"

"水井？"

"是，一口威尼斯城内的水井。因为此事太过机密，属下在得到消息之后也不放心派人下去探查。如果骑士大人方便，我们现在就可一同过去。属下也急切地想知道在那水井之下究竟埋藏着怎样的秘密。"

"那口井所在何处？"

"请随我来。"权杖九诺威·巴斯托尼看着对方，一贯严肃的面容再次露出了微笑。

几乎同一时间，威尼斯港口，波德林宫。

里亚尔托桥下的大火让所有的人心惊胆寒，家仆们私下里都在议论纷纷。塞吉奥心里烦乱，独自用过晚饭后，一个人走到二层东侧楼梯的拐角处。他的手隔着壁挂搋在地下室的开关上，犹豫良久，直到额头和脊背上都冒出了汗，最终，他把手缩了回去。

楼下大门处突然传来了一阵骚乱，塞吉奥听到声音，是马森回来了。他随手招呼一边刚刚下楼的家仆，"让马森老爷到议事厅见我。"

塞吉奥还未坐定，议事厅的大门突然被撞开。马森像一阵风一样冲了进来，他披着一件外套，里面的衣服已经被烧得七零八落，连头发和胡子也被烤焦了一半，看起来极为狼狈。他的脸上全是黑灰，细小的眼睛完全红肿起来，不知是被烟熏的还是刚刚哭过。

塞吉奥皱起眉头，"你这是……"

"朱利亚死了！"马森吼，声音里带着哭腔。

"天啊……"塞吉奥呆住了，"弟妹她……怎么会这样……"

"怎么会这样！这是我要问你的！"马森歇斯底里地喊，他上前一步抓住塞吉奥的领子，把他从椅子上拉起来，"你昨天晚上到底做了什么！"

"我做了什么！"塞吉奥甩开他的手，死死瞪着他，"按照我们之前的约定，把替代者作为祭品放下去——这不是我们事先商量好的吗？！"

"'他'接受了祭品？"马森急切地盯着塞吉奥的眼睛。

"没有，"塞吉奥垂下眼帘，紧紧锁起眉头，"后来那个朱塞佩毫发无损地出来了，神色间看不出任何异样。"

"'他'没有接受！因为他知道这是个骗局！"马森激动起来，用手胡乱撕扯着自己的胡子和头发，"他知道我们骗了他！他知道我们违背了那个契约！！"

"……不可能，不可能的……"塞吉奥失去焦距的眼睛直直目视前方，口中喃喃。

"……这就是'他'的报复！他在向我们施加报复！"马森一把抓住塞吉奥，像抓住一根救命的稻草，他的脸孔疯狂地扭曲，他的手哆嗦着，"我们波德林家的商船从来就没有出过意外！"他瞪视着塞吉奥，模糊的泪水从红肿的眼睛里淌下来，"店里的大火起得更是蹊跷——那么大的火，如果下午起风的话，整个威尼斯现在都不在了！"

"可是……它毕竟还是被扑灭了……"塞吉奥强辩。

"是啊，扑灭了！但是根本不是我们扑灭的！！"

"你说什么？！"

"它是自己熄灭的……"马森目光涣散，喃喃自语，"我们忙了一整天，但是火势完全没有减小的趋势。后来到了下午，当我们已经完全绝望的时候，它突然自己熄灭了，无缘无故地熄灭了。我们的瓷器店烧得一块砖瓦都不剩，但是隔壁的丝绸店竟然完全没有被波及——这个你怎么解释？"

"你，你说什么……"塞吉奥退后几步，眼睛里露出了恐惧。

"你现在还想告诉我说这是个意外吗？"马森红着眼睛大吼，"连朱利亚都死了！恐怕下一个就轮到你我！再这样下去我们全家就完了！"

"……你想怎么做？"塞吉奥一时间六神无主，他求助地望向马森。

"把迦科莫交给他！"

"不行！"

"这是我们现在唯一的办法！"马森冷着脸色，一双细小的眼睛里精光闪烁，他扑上去抓住塞吉奥，"我的朱利亚已经死了！你还想怎么样？！舍掉一个迦科莫就可以平息他的怒火，可以拯救我们全家！如果最开始不是你，这一切根本都不会发生！这一切都是你的错！"

"我绝对不会答应！以我们这样的家世，你想要什么样的女人都有！但我可只有这么一个儿子！！"塞吉奥怒气勃发，他一把推向马森，把对方狠狠撞倒在地板上。

马森红肿的眼睛里喷出了怒火，他爬起身，顺手抄起身边一只大青花瓷瓶，回身砸向塞吉奥。

哗啦啦一阵清脆的碎片撞击声，花瓶在塞吉奥的头顶碎裂，几片锋利的瓷片插了进去。殷红的鲜血立刻喷射出来，塞吉奥一声惨呼倒地，马森吓傻了，跌坐在地上，扔下了手中断口鲜血淋漓的瓶颈。

塞吉奥在地上挣扎，白皙的面孔已经完全被血液染红，看起来可怖至极。

马森瘫倒在地板上，向后一点一点挪着，他没想到一失手竟然杀害了自己的亲哥哥！他懊悔、恐惧，被眼前的景象吓得双腿发软站不起身，直到，议事厅的大门突然被另一个人撞开。

"父亲？"刚刚回家的迦科莫听到家中出了事，赶紧跑上了楼，谁道刚开门就看到了如此惨状。他惊骇莫名，一下子扑到气若游丝的塞吉奥身上，"父亲！"

迦科莫的闯入反而让马森迅速冷静了下来，他眼珠一转，悄悄站起身，从一边桌子上拿起那只沉重的铁艺烛台，猛击向迦科莫的后脑。

此刻迦科莫正背对着马森伏在塞吉奥身上,根本没有注意到马森的存在。偷袭之下,他连一声惊呼都没发出来就倒了下去,直接倒在他父亲的血泊里,迅速失去了意识。

"就是这口水井?"安德莱亚站在罗马广场一处不起眼的井口面前,往下看去。

时间已过午夜,沉沉的浓雾落下来遮掩了一切,那个圆圆的孔洞仿佛地狱的入口,黝黑深邃,从里面源源不断地散发出冰冷的雾气,缓慢地爬到人的脸上,湿冷而粘滑。巴斯托尼面上似有惧意,他打个哆嗦,向后退了一步。

"就是这里了,"他肯定地说,"威尼斯主岛的形状在地图上像条大鱼,而罗马广场这口水井的位置正是鱼眼所在。"

安德莱亚点点头,捡了块石头扔下去,侧耳倾听。

石块砰地一声坠地,骨碌碌滚了开去,撞上了井壁。

"这口井很深,但是里面却很干燥,没有水,"安德莱亚挑了一下眉毛,"我先下去看看。"他作势要跳,巴斯托尼拉住他,"这样安全么?要不我先去找几个人……"

安德莱亚一笑,"你都说了,这等机密大事,怎可让外人知晓。你在这里替我把风就是了。"

他纵身跃入了井口。

夜幕之下,巴斯托尼松了一口气,他凝视着脚下黑洞洞的井口,方才恐惧懦弱的神色已经完全从他脸上消失。他冲着前方的黑暗招了下手。

一队黑影,突然在浓雾里闪现了身形。十二个人,身穿一模一样的黑色紧身衣,动作整齐划一,干脆利落。他们手中持着一只闪烁的金属网,在夜幕下像烟尘一样悄然出现,然后分成四队,每队三人,持着那只金属网悄悄逼近井口,然后,猛地覆盖上去。

一人持网,一人持钉,第三人持锤,十二人一齐动作,瞬间将整张金属网钉死在井口上方。一阵风吹散了雾气,明亮的月光洒在金属网上,拇指粗的栏杆闪现出璀璨晶亮的光!一副纯银打造的牢门,紧紧嵌扣在井口上方,四周露不出一丝缝隙。

"诺威?你在做什么?!"

月光透过银色栏杆的网格投射到井底,把黑暗切成整齐的光斑,安德莱亚的声音里第一次出现了慌乱。

巴斯托尼走到井边,负手踏上纯银的金属网,静静地凝视着困于井底的吸血鬼。

"离太阳升起还有三个小时,好好享受你最后的时光吧。"

"这口井?"安德莱亚瞪大了眼睛,满面惊诧之色,"难道你今天晚上和我所说一切都是个骗局?"

巴斯托尼轻轻一笑,"让你上钩并不容易。"

"给我一个理由,权杖九。"安德莱亚静下来,他仰起头,冷冷直视巴斯托尼的眼睛。

"我想要的不只是威尼斯,安德莱亚。我要得到这一切。"巴斯托尼并没有躲避对方的眼神,他直视井底,"我们都知道,谁拥有'威尼斯之石',谁就得到了世界。而'威尼斯之石'的守护者正是吊人。换言之,"巴斯托尼顿了一下,凌厉的眼睛里闪烁着疯狂的光辉,"谁能控制吊人,谁就控制了整个世界!萨伏依王朝算什么,奥匈帝国又算什么?!到时候整个世界都会在我脚下,欧洲的战火只是冰山一角。"

"你疯了!就凭你一个小小的权杖九,也想控制长老?!"

"就凭我,今天这口小小的水井就是骑士大人您的葬身之地。"巴斯托尼冷冰冰的声音尖锐而刺耳。

"你逃不掉的,"安德莱亚向上凝视月光,看着井口的黑影,"杀了我,上面的人不会放过你。"

巴斯托尼突然爆出一阵大笑。"放过我?他们为什么要放过我?你以为今天这件事还会有第三个人知道?"

安德莱亚死死地盯着他。

"您真可悲,骑士大人。"巴斯托尼静静地开口,声音没有一丝涟漪,"你今天的对手,不是忠诚愚钝的宝剑,不是利欲熏心的钱币,更不是你神权至上的圣杯!我是权杖,通八方,擅辞令,玩弄权谋于股掌,而你竟然认为我的计划会忽略细节和善后?"

"再见了,安德莱亚。好好享受你人生中最后一缕阳光吧!"巴斯托尼冷笑一声,独自离开了罗马广场。身后,十二个黑衣人围住井口,标枪般立于亮银牢门之外,仿佛十二尊亘古不动的石雕。

东方,浓雾逐渐散去,黎明就要到来。

马森·波德林擎着一盏油灯，颤巍巍地在黑暗里行进。

这里是波德林官的地下室，空气阴郁、混沌而潮湿。就在在他打开那扇小门的刹那，一股发霉的味道，混合尘土和灯油燃烧的刺鼻气味扑面而来，马森咳嗽了几声，但是四壁传来的回声更加让他心惊胆寒。一股冰冷的气息直冲大脑，就好像一把利刃在身体里乱窜，撕扯着他的筋脉，切割着他的血管。马森犹豫着，几次想转过身体，离开这个令人恐惧的地下墓穴，但是他身后没有退路。

马森拽了一把倒在身边人事不知的男孩，迦科莫模糊地哼了一声。马森看着自己的手。手指上仍旧沾着哥哥塞吉奥的鲜血，他已经回不了头了。

灯芯突地跳动了一下，眼前人影一花。马森的心脏漏跳了一拍，他摒住呼吸。

在前面望不到尽头的黑暗里，他似乎看到了一个影子。一个人。不，不是一个。马森瞪大眼睛，努力辨别着那些晃动的影子，他看到了三个人。所有人的边缘都很模糊，就好像被什么东西投射到昏暗的幕布上似的，但是失去了焦距。

恐惧如同汹涌的潮水，瞬间吞没了马森的身体，但是内心深处的某个地方突然抽搐了一下。他并没有看到影子的脸，但是他知道那是谁。

中间个子高挑的是乔凡尼·波德林，左边那个矮些的是塞吉奥，而右边那个人他再熟悉不过——马森·波德林，那时候他还是一个十几岁的孩子。

他还记得，那天是大哥乔凡尼二十二岁的生日。

那一年威尼斯两次反奥革命失败，仍旧处与奥地利统治之下。

复仇与神谕
REVENGE & ORACLE

亚德里亚海面上空战火飞扬,但是波德林宫却关起了大门,门内一片歌舞升平。在独立战争中,有些建筑物被炸毁了,有些家族从此失去了势力,有些人死了。但是波德林家族似乎和这一切都没有关系,似乎他们根本就不存在于这座半岛上,就好像冥冥上空有一只充满了魔法的水晶球,牢牢把波德林家族相关的一切拢在了里面,排除了一切外界的干扰。

就好像,就算整个世界都毁灭了,波德林家族仍然可以安然无恙。

他们的父亲,上一代波德林家族的领导者,声称这是来自神祗的庇佑。为了感谢上苍,二十二岁的乔瓦尼·波德林被送进了那间神秘的地下室。

那一天以后,马森和塞吉奥再也没有见过他们的大哥。

后来奥地利战败,撒丁人收复了威尼斯。

但是对波德林家族来说,对于一个在亚德里亚海上存在了一千多年的共和国来说,这对他们没有任何区别。塞莱尼西玛共和国还是灭亡了。

波德林家族的瓷器生意仍然蒸蒸日上。

塞吉奥和马森继承了瓷器店的生意。

他们分别娶妻、生子,三十年过去了,他们逐渐忘记了乔凡尼的存在。

但是随着迦科莫终于也成长到了二十二岁,随着那一天的最终来临,他们逐渐记起,自己曾经还有这么一位哥哥。

是他的牺牲换来了波德林家族三十年的平安。

马森哆嗦了一下,面前的影像消失了。

他揉揉眼睛,举起手中的油灯。

面前仍是一片黑暗,祭坛朦胧的影子已经近在咫尺。马森深深吸了一口气,再次迈出了脚。

地面上坑洼不平,他一脚踏进积水坑,啪地一声溅起水花,冰冷的地下水浸过他的脚。马森打了一个寒颤,他拔出脚来快走几步,拖起身边昏昏沉沉的迦科莫,把他狠狠摔在了祭坛前。

迦科莫脑后受了重击,尤自昏迷不醒。马森像对待那些摆上祭坛的可怜动物一样,把男孩软绵绵的身体扔过去,自己则面对祭坛跪了下来。

"波德林历代的守护者啊,维特斯巴赫家族的阿格纳斯,

我呼唤您的圣名,让我借助您的力量打开两个世界之间的大门,

让我的愿望得以上达天听。

阿格纳斯,我需要你,我邀请你!

请您来到我的面前,享用我的献祭!"

油灯昏黄的光被风吹得偏离了位置,马森自己的影子投射到墙面上,像海底无根的水草,像荒野坟岗的幽魂,在跳动的火焰里愈发显得虚无而动荡。

马森低低地垂着头,额头上冒出了大量的汗,最终凝聚成硕大的一滴,啪地落到他身前的地面上,溅起一片小小的水花,然后破碎。

一股凉气,从脚底缓缓上升,蔓延至脊柱,然后嗖地一下直贯入脑。

地下室一点动静也没有。

马森惊疑不定地抬起头,他举高了那盏油灯。

祭坛上还整整齐齐摆放着昨夜的祭品,没有被人动过的痕迹。祭坛之上是那副圣塞巴斯蒂安的殉难壁画,首先入眼的是草地、散落的长箭、血痕……然后是树根、树干……油灯的光辉一点一点爬升,终于照亮了整幅壁画。

画面上是空的。一幅普通的文艺复兴式庭院风景画,如茵绿草,皑皑白云,画面中央没有任何人。

马森大吃一惊,他跨过男孩的身体,凑上前仔细端详那张壁画,用手指抚摸墙壁。

壁画没有任何被损坏过的痕迹，上面的颜料尽管仍然鲜艳，但已能清晰看出历史的痕迹，并没有被重新粉刷过。

每一株青草的位置都没有变，背景公爵宫每一扇窗户上的花纹保持着原先的样子，只有原本缚于画面正中的圣塞巴斯蒂安消失了。

无影无踪，无迹可寻，似乎他根本从未存在过。

身后传来一声呻吟。马森骇然回头，迦科莫的身体动了一下。

他一把将男孩从地上揪起来转了个圈子，歇斯底里地喊，"神圣的守护者，我知道是我们波德林家族负了您！但四百年来月月拜祭，年年供奉，从没有一刻停歇！昨夜的背叛我马森全不知情，都是我哥哥塞吉奥一个人犯下来的罪！"

一阵风，不知道从哪里吹来，卷起了地面上散落的灰土和石块；同时，一阵隆隆的雷声从地心深处响起，然后越来越近，越来越近，恍如一群食尸的秃鹫驮着灵车从天空呼啸而过，充满铁锈味道的车辕摩擦着心脏，每一下都震彻得他全身发麻，失去了所有的感知，沉重的车轮碾压着他的五脏六腑。

马森仓惶四顾，但是什么都看不到，只有油灯火焰硕大的影子，在愈发阴沉的天花板上跳突来去，仿佛地狱里索命的恶鬼，转着圈子跳着巫魔的舞，要把他拖入一个万劫不复的深渊。

在一片混乱里，身前的迦科莫再次呻吟了一声，他的眼皮颤动，似乎就要醒了。马森一把按住男孩的身体，把他转向祭坛。风越来越大，沙尘迷得他睁不开眼睛。

"守护者啊，此刻在您面前的祭品就是塞吉奥刚满二十二岁的儿子！我对上苍发誓，对波德林家族四百年的基业发誓，昨夜发生的一切我与我马森完全无关！请您平息怒火、饶恕我，请您带走他吧！"

震耳欲聋的雷声里，身前的迦科莫缓缓回过头，眼里呈现出一种湖水般的碧蓝，里面有炽热而冰冷的火焰在闪烁，"真的与你完全无关吗，马森叔叔？"

男孩的声音在四周愤怒的惊雷下听来清晰得令人恐惧,马森一下子松开了手,眼睛里全是惊骇,就好像突然看到了世间最可怕的事物,整个人像皮球一样泄了气。他一步步后退,后背跌撞上墙壁,目瞪口呆地看着自己的侄子。

此刻男孩脑后的伤痕已经完全消失,灿烂的黄金镀上了他的发丝,清澈的海水染蓝了他的眼眸,冷冽的冰雪漂白了他的肌肤。他踏着震耳欲聋的惊雷,一步一步向马森走来。

"迦,迦科莫……你想做什么?!"

"我不是迦科莫,"男孩一只手撑上墙壁,他盯着马森的眼睛,"你应该知道我是谁,马森。"

马森双腿发软,几乎站不住了,从男孩清澈得如同镜子一般的眼瞳里,他看到自己惊骇绝望的脸。他的牙齿格格打战,全身抖如筛糠。

干涩的嗓子里一股令人恶心的腥甜陡然间冒了出来,他张了张口,但是口腔已经完全被那些东西堵住了,他没有发出一点声音。他的头上冒出了冷汗。

"感谢你们违背了契约,"男孩薄薄的嘴角透出一丝残忍的微笑,尖厉的獠牙在微笑里闪闪发光。他一把扭过马森的头,把牙齿沉入了对方僵硬的脖子。

"我自由了,"他说。

夜已经很深了,朱塞佩躺在一张窄床上,辗转反侧。

昨夜脱险之后,他没有回圣马丁教堂,只身悄悄来到城东这间偏僻的小旅店,待在房间里一直没有外出。

尽管波德林家现在已经一片混乱,但是没有来自上级的直接命令,那些佩戴风貌黑纱的巴无塔们还潜伏在城里,四处搜索他的踪迹。

——他们不该死,你就该死。那么你该不该死?

那个人的话语还在耳畔徘徊,朱塞佩头疼欲裂。

复仇与神谕
REVENGE & ORACLE

他一骨碌坐起身,看着窗外遥远的撒满繁星的夜空,祈祷,向每一个能记起名字的天使和圣徒祈祷,然后他重新躺了下去,握紧手中的纯银十字架,仿佛这样可以放松自己不安发狂的神经。

最终他睡着了。睡眠来得如此彻底而浓郁,朱塞佩沉入了一片黑暗。

一片熟悉的黑暗,浓得看不到边际的黑暗,就好像他幼年时代反复出现的梦魇。痛苦、孤独还有恐惧,如同一张透明的网,从遥远的世界另一端缓缓滑落,覆盖了他的记忆,他的身体,他的心。前方没有一丝光明,他看不到任何出口。仿佛回到了幼年时代,男孩尖叫着从中夜惊醒,全身冷汗淋漓,他哭着去寻找西蒙内神父的怀抱。只有西蒙内神父才能带给他信仰,只有西蒙内神父才会带给他天使的映像。

朱塞佩在黑暗里奔跑,跑遍了威尼斯主岛的大街小巷。他面色焦急,冷汗不断从头顶滴落,但是他仍然在奔跑,他无法阻止自己。

灰白色的月光洒满三面白色拜占庭风格的精美回廊,朱塞佩站在空无一人的圣马可广场上,大口大口地喘着气。

人呢,人都到哪里去了?

白日里喧闹奢华的圣马可大教堂此刻静寂得犹如一座坟墓,连那些四处觅食的灰鸽都看不到一只。

广场上唯一的视线来自教堂穹顶阳台上手持马可福音的圣马可雕像,朱塞佩仰起头,六尊天使的塑像簇拥在圣马可周围,君士坦丁堡的战利品,四尊青铜马像耸立在教堂大门正上方。

朱塞佩深深地吸了一口气。

自从西蒙内神父死后,他的梦境中从未出现过天使。

朱塞佩走上前,轻轻推开了那扇沉重的青铜大门。

教堂里也没有一个人。

所有的蜡烛在无声地燃烧。

火光反射在穹顶四壁的金箔上面,放眼望去一片金碧辉煌。

拱门上方装饰着无数描述圣马可生平的镶嵌画,朱塞佩刚刚转开眼睛,心底突然咯噔一下,他再次抬起头,盯着画看。

他看到了圣塞巴斯蒂安。

男孩被缚在公爵宫的院子里,残忍的箭头插入了他的身体。但是男孩一声不吭,他抬起失神的眼睛凝望天空,在心底默念自己的誓言。

第二幅,场景仍然是公爵宫,画师跪在自己亲手绘制的壁画面前颤抖。

下一幅画的是山谷,一群人似乎在岩石和草木间寻找着什么。

紧接着是第四幅,场景是废弃的公爵宫,画师用某种特殊的工具把整幅壁画从墙壁上揭了下来。

最后一幅,画师一队人马带着壁画离开了米兰前往威尼斯。

马车上刻着一个酒红镶底金色箭头的盾形家徽。

这个印记朱塞佩再熟悉不过。他悚然一惊,再仰头看时,那分明是一幅"从君士坦丁堡运回圣马可遗体"的画作。

朱塞佩愣了一下,揉了揉眼睛,但是刚刚圣塞巴斯蒂安的幻象已经完全消失。地板、四壁和拱顶上精美的镶嵌画描绘着十二使徒的布道和耶稣基督的生平,金色的光芒笼罩着整座圣马可大教堂。

朱塞佩通过笔直的走廊来到内殿,慢慢走近那座属于圣马可的黄金祭坛,沉重的脚步声伴随着心跳的撞击,一声声在空旷的大殿上空回荡。

祭坛后方的金色围屏光辉灿烂,上面镶嵌的钻石和无数宝石在蜡烛的火焰里闪闪发光。

朱塞佩抬头,头顶就是圣马可大教堂的中央圆顶,上面用瓷片和各种珠宝装饰着耶稣升天的庞大镶嵌画。

在这里天使再次出现,就在圆顶的正下方,他看到了一片纯白的羽毛。

朱塞佩睁大了不可置信的眼睛,他愣愣地看着那个白色的影子。

眼前的影像真实如同基督的存在,天使的羽毛比鸽子的翅膀还要柔软。

朱塞佩在胸口划十字,他口中默念祷文,跪了下去。

天使静静地看着他,美丽的脸庞充满了哀伤。

"快去,朱塞佩。"

"您让我去哪里?"朱塞佩惊讶地看着面前的天使。

"在太阳升起之前……快去,朱塞佩,快去。"

一只透明的手轻轻点上朱塞佩的前额,一束柔光,缓缓从指尖扩散,笼罩了朱塞佩的身体。

朱塞佩全身猛地震颤了一下。

在那光芒中,他看到前夜的孔达里尼宫,一个寂静无人的小广场、喷泉、河岸,画面缓缓移动,他看到了一个人。

一个不该出现在那里的人,一个陌生的黑衣人。

他从水中捞起了女孩的尸身。

"他是谁?他在做什么?"朱塞佩模糊地开口,但是天使没有回答他。

梦境继续。

是水。纯净透明的、没有丝毫杂质的清澈的水,突然,一颗红色滴了进去。

水面起了涟漪,旋转着,拉出淡红色的丝,像烟雾,像红色的水草,一圈圈缭绕在白色的水池中,扩散、消溶。

然后又是一滴。

再一滴。

朱塞佩挣扎起来,"那是血!"他惊恐地大叫,"那个女孩是谁,他们要她的血做什么?"

天使不答。她捧起朱塞佩的脸,把额头贴上了他的。

一股更强烈的意念撞击着朱塞佩的大脑,眩晕袭击了他,所有的蜡烛都熄灭了,烟雾缭绕,整个圣马可大教堂在旋转!

"……阻止他,阿莫特神父,请你阻止他。"

神父?我还不是一位神父……朱塞佩想说,但是更猛烈的幻象立刻占据了他的思考,圣马可的影子淡出,眼前出现了另一座广场。

一座空旷的小广场,周围没有任何明显的建筑物。

海水一波波拍击着河岸,明亮的月光洒遍大地,在广场正中有一口水井。

朱塞佩猛地睁开眼睛。夜风从摇曳的窗子那里吹入,夹杂着冰冷的雾气,滑过脖子吹上朱塞佩的脸。

屋内是一种朦胧状态的灰白,外面天空的微光映照在对面的墙上。微微发蓝的天空。

天快亮了。

——在太阳升起之前,朱塞佩,快去!

去哪里?我要去阻止谁?朱塞佩睁大了眼睛,他坐起身,直视身前无尽的黑暗。无数梦中出现过的幻象在他眼前不断地重叠,不断地膨胀,眩晕感几乎把他吞噬。

眼前最后出现的画面——那口水井!

朱塞佩握紧手中的十字架,他披上修士袍,抓起外套冲上了街道。

他如梦中一般在黑暗里奔跑,路灯昏暗而微弱,没有任何照明的作用。

穿过圣马可广场,石板地反射出一种黯淡的青灰色的光,海边,东方已经微微发白。

——在太阳升起之前!

朱塞佩满头都是汗,他扶住栈桥大口大口地喘息。

在哪里，那个小广场究竟在哪里？

清晨的海面是一种朦胧状态的灰蓝，海水一波波拍击着海岸，激起雪白的浪花，冰冷的海水溅落到朱塞佩的脸上。他打了个激灵。

海浪！在梦中，他听到海浪声！

一座位于海边空寂无人的小广场。朱塞佩抬头，看到不远处公爵官门口为方便狂欢节游客竖立的一块告示板，上面绘有威尼斯主岛的地图。

他疾步上前，辨认出了圣马可广场的位置，然后手指沿着海岸线和大运河一路搜索。

圣萨卡利亚，圣玛丽亚，圣斯蒂法诺，圣波罗……大运河沿岸的小广场数以百十计。

朱塞佩双手扶在地图上细细搜寻，昏暗的光线下，眼前的文字越来越小，越来越模糊，直到完全失去了形状，像一群蚂蚁在他的脑子里乱爬。

朱塞佩长叹一声，他后退几步，绝望地凝视着眼前的地图。

文字全部模糊，一条清晰的大鱼突然显示在了地图上。

威尼斯港口在鱼嘴的位置，圣马可广场在鱼腹，圣艾莱娜、圣彼得罗岛和拉波多流域共同构成了鱼尾。

而就在鱼眼的位置，一片刺目的白色在闪烁——罗马广场！

大运河在这里拐了个急弯，三面环水，圣基亚拉运河从这里入海。在罗马广场下还有一条细细的小运河流过，朱塞佩凑近，辨认着上面的字迹，圣，安德……

圣安德莱亚小运河。

瞬间，这个不祥的名字宛如一柄利剑刺入他的大脑。

天空更加明亮了，东方白得透明，一缕紫色的霞光浮现在天际。

朱塞佩来不及细想，他辨明方向，再次穿过圣马可广场向北疾驰，穿过里亚尔托桥的时候，天已经完全亮了，东方满天都是霞光，照得天地间一片红亮。

——在太阳升起之前！

朱塞佩背着愈加灿烂的霞光往西奔跑，穿过无数狭窄的小巷和桥梁，往西，一直往西。

圣马可的晨钟在头顶一声声撞响，雾气消散，唤醒了沉睡中的亚德里亚海，潮水一波波拍打着海岸，白色的海鸥在天空中飞翔。

就仿佛冥冥中一直有着天使的指引，这一次他没有走错一步。

跨过最后一座石拱桥，视野突然开阔。

清冽的晨风吹拂着朱塞佩的脸，潮湿微咸的空气扑面而来。

梦境中那座小广场从亚德里亚海碧绿的海平面上缓缓浮升，在朱塞佩的面前静静地舒展。

罗马广场，威尼斯的眼睛。

这是一个空寂的小广场，附近没有任何建筑物可以遮挡愈来愈亮的晨光，粉紫色的霞光遍布大地，在广场正中，站立着十二尊黑色的雕像。

十二个黑衣人，守卫着他们中间的一口井。

一人最先看到了那个冲过来的黑影，还未动作，不速之客已如离弦之箭一样冲到了井边。

"什么人！"他话刚出口，来人已经冲到身上，强烈的冲势猛地把他撞飞出去，压倒了另一个守卫。

他们都身经百战，但是此刻毕竟全无防备，事情发生得又太过突然，场面顿成一片混乱。

哗啦啦一阵金属交击，所有的守卫都抽出了兵器，四下寻找着敌人。

朱塞佩把井边包围撞出一个缺口，他俯下身向井里望去。

在那个瞬间，东方一轮红日喷薄而出，第一缕金黄的阳光斜斜射入井口，井中人往后躲了一下，抬起头。

"朱塞佩？"不可置信的声音。

"果然是你！"朱塞佩怒吼一声，"你在下面捣什么鬼！"

"我捣鬼？"安德莱亚气得七窍生烟，此刻，阳光已经几乎覆盖了半个井底，他紧紧贴在阴影处的井壁，用仅存的一丝力气向上大喊，"你难道看不出我是被困在下面了么！当心！"

朱塞佩及时听到警告，一闪身躲过身后的偷袭，反手抽出长剑挥了过去。

"他们是谁的人？"

"威尼斯市长巴斯托尼，他要重新挑起意大利的战火，他要吞并世界！我必须阻止他！"

——阻止他，请你阻止他。

梦中天使的话语突然在耳畔响起，嗡嗡地产生共鸣，和安德莱亚的话声渐渐合成一个。

——阻止他，阿莫特神父！

金黄色的阳光洒遍小广场，井底已经没有任何可以躲避的阴影。朱塞佩清晰地看到井口开始冒起青烟。井下的安德莱亚没有一点声音。他心中一惊，想奔至井口查看，可是被身前两个黑衣人缠住，根本无法脱身。

头顶冷汗滴下，时间一分一秒流逝，头顶的阳光越来越炽。

朱塞佩心如火焚，突然间他向前猛攻，完全不顾身后敌人的偷袭，在身前敌人将将后退的那个刹那，朱塞佩挥手扔出长剑，在半空中猛然一个回旋！

黑色的长皮风衣哗地展开，遮盖了天，遮盖了地，也一并遮盖了头顶致命的阳光。皮衣沉重坠地，像一座大山一样覆盖了井口，再也透不进一丝光芒。

朱塞佩伸手接住掉落的长剑，回身挥出！

皮衣之下是黑色的修士袍，对方不动声色的脸上终于露出了惊诧，"你竟然是个修士！"

"那又如何！"朱塞佩口中答话，手上不停，他是与妖魔战斗的圣职驱魔人，而对方只是一群普通的人类。很快敌人已经力不从心，节节败退。

"你好歹也是个神职人员，你知道他是什么人？他是一个吸血鬼！"对方大喊。

"他是我的仇人！"朱塞佩眼中猛然腾起愤怒的火焰，"……所以我一定要亲手杀了他！"

他继续攻击，直到最后一个黑衣人弃械投降，仓皇逃离了罗马广场。

朱塞佩高大的身影挂剑而立，周身沐浴黄金般的光辉，宛如勇猛灿烂的太阳神。

"……谢谢。"良久，一个虚弱的声音从皮衣下面传了上来。

"你救过我一次，现在我们两不相欠。下次见面的时候，我一定会杀掉你！"朱塞佩一脚踢向井口钉死的金属网，两颗钉子飞起来，皮衣晃动了一下，下面的银网已经松动。

太阳升得老高，朱塞佩头也不回地离开了罗马广场。

疼痛、寒冷,四周是全然而静止的黑暗,迦科莫缓缓爬起身,一阵强烈的晕眩感几乎又把他击倒。后脑隐约传来模糊的阵痛,他伸手,但是却触摸不到任何伤口。他像盲人一样在坑洼湿漉的地面上摸索,最终摸到了那盏熄灭的油灯,他擦亮火柴把它点燃。一点昏黄的灯火在地下室蔓延。就在离他不远的墙边倒着一具尸体,脸上的表情极其惊怖。一具尸体,就像以往无数个清晨,他在卡纳尔乔的贫民窟、或者喜鹊家里醒来时在身边发现的那些尸体一样——只不过,这一次却是马森·波德林。男孩恐惧地尖叫,他一步步后退,低头不可置信地凝视自己的双手。

——我杀了人?是我杀死了马森叔叔?

他完全不记得自己是如何进入地下室,如何昏厥,唯一能想起来的,是他回到家之后推开议事厅大门所看到的一幕:他的父亲倒在了血泊里。迦科莫一惊起身,他几步跑上楼梯,离开地下室冲上外面的走廊。

门外,就在他自己家的楼梯上,一队穿制服的警察挡住了他的去路,对他亮出证件,"迦科莫·波德林先生,波德林家族通敌奥匈证据确凿,我们以叛国罪逮捕你!"

迦科莫完全呆住了。钢铁般的手臂搭住他的肩膀,不由分说地把他押下了楼。身后,两扇白色的大门紧紧关闭,全副武装的警察严密地警戒在波德林府宅周围,禁止任何人出入。

被埋葬的人
THE MAN WHO WAS BURIED

"你们要做什么!"迦科莫警惕地看着向他走来的人。

那是一个身穿制服的警察,手里拿着一块黑色的布。

又是一片黑暗。他的眼睛被粗暴地蒙住,然后整个人被扛起来扔入了船舱。他挣扎、咒骂,但是唯一的结果是突如其来的另一团布,紧紧地塞住了他的嘴。船身在颠簸。他拼命地挣扎,但是所做一切努力都徒劳无功,最后,他安静下来。他听到海浪声,听到船夫的吆喝,听到路人的闲谈。一个急弯,两个!他们到底要带我去哪里?前方不是警察厅,绝对不是!

熟悉的嘈杂声、叫卖、游人混乱的脚步在头顶纷至沓来。无数的人,无数的店铺……烟?风里漂浮着一股淡淡的木头烧焦的味道——那场大火,那场葬送朱利亚婶婶和整个波德林瓷器店的大火……迦科莫一惊,里亚尔托桥!这里是圣波罗区,威尼斯的中心!船靠岸了。他被人推搡着踏上河岸,远远地,听到前方发生的那场混乱。

"什么人!"押解他前来的一个警官上前喝问。

"报告,是一位修士,他自称从梵蒂冈来,要见……"

"嘘……"

门卫会意地顿了一下,"……要见那位大人。"

"大人出去办公了,打发他走。"

"我们也是这样讲的,但是他不肯走。"

"不肯走?他想做什么?"

"他说他是上帝的使者,从天使那里带来了神的口谕。他一定要面见大人。"

警官皱起眉头,"把他带过来。"他随手拽过身边蒙着双眼的迦科莫,"这是大人正要提审的要犯,小心看管好。"

门卫押解着迦科莫走入那间大宅,路上与一个人擦肩而过。黑布下细微的缝隙里,迦科莫看到对方毛呢修士袍的一角。他立即挣扎、呼救,但是口被堵住、双手被缚,只一瞬间,那个人已经走过去了。迦科莫再一次陷入了绝望。

"那个人犯了什么罪?"年轻的修士问。

"叛国罪。波德林家族通敌奥匈,派遣杀手行刺翁贝托国王。"

"真有此事?"

"证据确凿。"警官一边肯定地回答,一边眯起眼睛打量着来人,"你有什么事?"

"真巧,我也是因为波德林一案,需要面见巴斯托尼大人。"

"威尼斯的事还轮不到你梵蒂冈插手。"警官冷冷地开口。

"普天之下都是神的子民。如果子民犯了罪错,作为一个神职人员,我有义务为他祈祷,祈求天主的原谅。"

"我没功夫听你罗嗦!"警官瞪着对方,他刚想吩咐身后的人把他带下去,但还未开口,一只强有力的手臂突然抓住了他的右手手腕。

修士贴身上前,面容一改刚才的温和慈悲,两道浓眉倒竖,眼中闪烁着决绝的愤怒。警官想移开眼睛,但是近在咫尺,那两条火焰冰冷地燃烧着,仿佛一直穿过了自己的眼睛,在大脑中激烈地烤灼。同时自己被抓住的右手腕骨格格作响,来人只伸出了一只手,但在强大的力量和气势之下,他竟然感觉自己右半边身体已经完全麻痹。

"巴斯托尼在哪里?"来人问。

警官不想回答,但是右手腕不断传来剧痛,仿佛马上就要折断。他的面容因痛苦而扭曲,他死死地盯着面前年轻的修士——这人到底是谁?

"秘书大人现在波德林家处理事务,"最后,他的口气软下来,"但是那里已经全面封锁,没有人进得去。"

修士挑起了眉毛,他看着对方惊慌而疑惑的眼睛,缓缓松开了手。"愿主保佑你，警官先生。"

警官愣在那里。他揉着自己生疼的手腕，竟然忘记下令阻拦。于是在场所有的警察，惊诧地看着那袭黑色毛呢修士袍大摇大摆地穿过包围走上里亚尔托桥，然后从他们的视线中彻底消失。

迦科莫没有被关多久。事实上，他刚刚被带入那间屋子，很快就被带了出来。他的眼睛仍然被蒙着。模糊的声音从前面断断续续地传过来，他停止了挣扎，竖起耳朵。

"……怎么现在就送过去？那边准备好了么？"

"计划改变了。"

两人的声音越来越小，迦科莫听不清楚，只隐约听到几个字，似乎是什么"仪式"，还有"日落之前"，就再无其它。他被押解着，再次被粗暴地扔入船舱，然后上岸。他在心中默默计算着距离，在靠岸的时候，他听到了海面上汽笛的鸣响，还有海鸥的叫声。他知道这是哪里。一个熟悉得不能再熟悉的地方，多索杜洛区，威尼斯港口，他的家。他们刚从这里把他带走，为什么又带他回来？

——计划改变了。什么计划？他们到底要做什么？迦科莫的大脑飞快地转动。通敌奥匈，第一次听到这个词是在狂欢节的夜晚，当他和塞莱娜……突然提到这个名字，他的心脏猛地跳动了一下——不，现在绝不是伤心的时候！为什么我家会被按上叛国通敌的罪名？难道是因为塞莱娜？这么大的罪过绝非空穴来风……栽赃嫁祸？！她可是萨伏依王朝派来调查我家的间谍，她的死无疑是将通敌叛国的罪名指向波德林的铁证。可究竟是谁在幕后操纵这一切呢？

——只不过他时常和我抱怨，说波德林家的生意越做越大，使得整个威尼斯的人只知波德林而不知巴斯托尼。塞莱娜的话突然在耳边响起。等等！如果塞莱娜是间谍，是当权的萨伏依王朝派来威尼斯的间谍，如果她去找过巴斯托尼——巴斯托尼本来就是萨伏依的人，他们两人之间一定存在着某种联系！狂欢夜那天，塞莱娜的枪被人动过了手脚……迦科莫的表情越来越惊，他突然想起塞莱娜临死前那不可置信的表情，难道就是因为她知道，她知道害死自己的这个人就是……

眼前蒙着的黑布突然被揭开。正午的光芒刺得他睁不开眼睛，那个最后在脑海中出现的人，威尼斯市长秘书诺威·巴斯托尼正站在他面前。

"你好，迦科莫。"

有人从身后给他松开了绳子。男孩一把拽出塞在自己口中的布团。

"是你杀了塞莱娜！是你嫁祸给我家！叛国通敌的人根本就是你，巴斯托尼！"他想冲上去，但是两个黑衣人立即从身侧按住了他。

"我不知道你在说什么，"巴斯托尼的眼睛微张，露出了一丝惊讶，"但是我显然太过低估了现在年轻人的想象力和诡辩能力，"他微微一笑，顿了一下，"我带你来这里的目的是想让你知道，波德林家族的叛国罪行证据确凿，所有财产将被市政府没收，几百年基业毁于一旦。不过……"他再次顿了一下，颇有兴趣地端详着男孩愤怒的脸，"你毕竟还是有机会挽回这一切。"

迦科莫挣扎着，眼睛里迸射出怒火，死死地盯着他。

"现在你唯一的赌注，就在这下面。"巴斯托尼抬脚点了点地板。此刻他们所在正是一层的东侧厅，波德林家地下室的正上方。

"我要的只是'威尼斯之石'，迦科莫，把它交给我。"

"威尼斯之石？那是什么？"男孩莫名其妙地看着对方，他的表情告诉巴斯托尼他从未听说过这个名字。

"波德林家族的守护者是一张文艺复兴时期的壁画，就供奉在这下面，对不对？"对方耐心地发问。

"我为什么要告诉你？"迦科莫冷哼一声，转开了眼睛。

被埋葬的人
THE MAN WHO WAS BURIED

巴斯托尼僵硬的脸上露出了一丝微笑。他从身后拿起一把沉重的铁锤，交给身边的黑衣人，"把这孩子带下去，让他把那面墙给我砸塌。"

"你说什么！"男孩不相信自己的耳朵。

"你听见我说的话了，"巴斯托尼冰冷的脸孔没有任何表情，他挥了下手，"把他带下去！"

楼梯拐角处的小门被打开，下面黑洞洞的一团。黑衣人把铁锤硬塞到迦科莫手中，然后不由分说地把他推了下去。一小队佩带兵器的黑衣人，每人手中提着灯，紧跟着男孩走下了楼梯。地下室霎时明亮起来。迦科莫一个人走在前面，那些黑衣人远远地在后面小心翼翼跟着他。灯光从身后缓缓地爬上来，爬上男孩的腿，他的身体……一点点攀过他颤抖的背，他抽搐的肩膀，然后，毫无保留地投射在对面的墙壁上。

当一切变得明亮之后，童年时代的梦魇结束了。地下室并没有想象中的那么大，捉迷藏的男孩已经逃到了尽头。无处可退。他的手按在祭坛上。他仰头望着墙上的画。

圣塞巴斯蒂安的殉难。

男孩的手，顺着光线一点点在墙壁上描绘，每一道线条，每一块肌肉的暗影，每一片骨骼的形状，每一条筋脉的凸起。良久，他伏在壁画上，哭泣，泪水浸湿了他的脸。月光覆盖在公爵宫中庭的草地上，男孩匍匐在被缚的塞巴斯蒂安面前，虔诚地亲吻着圣徒流血的脚面。

"你到底在做什么？快把那面墙砸掉！你没听到大人的命令么？！"一个不耐烦的声音突然从身后响起，一个黑衣人几步走上前，想把他拉开。

男孩转过了头。黑衣人的手中有灯。明亮的灯光闪烁在男孩湖水蓝的眼瞳里，"你刚才说，要把这面墙砸掉？"他反问来人。

"废话！这是大人的命令！"黑衣人瞪视着男孩，疑惑这刚才还在颤抖的孩子为什么突然消除了胆怯。

男孩的手轻轻抚上了他的脸。冰冷、毫无温度的一双手。

"你干什……"

咔,嗒。一声轻微的、骨骼断裂的脆响。黑衣人还没弄清楚发生了什么,就听到了其他人惊骇莫名的惨呼。他张口,但是发不出任何声音;他低头,竟然看到了自己的后背和鞋跟。下一秒,他直挺挺地倒了下去。

他的头骨碌碌地滚到了一边,沾满砂土的眼睛惊恐地张开着。

男孩吮了一下自己粘满鲜血的手指。"下一个是谁?"他微笑着问。

剩下的黑衣人眼睛里明显露出了恐慌,但是他们没有一个人逃走。他们迅速包围了男孩。

他们掏出了枪。

包围中的男孩悠闲地看着他们,显然,他并不认为眼前这些平凡的人类有任何阻止他的能力。

枪声响了。地下室腾起硝烟。

在烟雾里男孩愣了一下。不祥的预感降临,因为对方的枪口并非是对准他的。

就在刚刚那个瞬间,所有的黑衣人持枪向头顶射击,一小块天花板陷落,随着掉落的灰尘和砖石,一场突如其来的大雨喷洒在所有人的身上。

红色的血雨。

男孩的脸色变了。就在那些红色液体沾到他身体的瞬间,男孩全身发出恐怖的痉挛,他尖叫着倒在了地上。

"不——!这是什么?……这到底是什么?!"他撕扯着自己的头发和衣服痛苦地大叫,"让我出去,让我从这个身体里出去!!"

"混合了圣水的天使血,迦科莫——哦,不,或许我应该称呼你,第十二张大阿尔克纳——倒吊者。"一个声音悠悠地从楼梯口传来，随后，那个表情严肃的中年人慢慢地走下了楼梯。

"你是谁？！"男孩挣扎着想站起来，但是全身的力量骤然失去了方向，在一具空空的躯壳里横冲直撞，找不到任何发泄的出口。那些红色的液体已经浸透他的皮肤，在体内形成了强大的障壁。他失去了所有的行动能力，被困在这个身体里，形如囚徒。

"对您来说，我只是个小到不能再小的角色，第十二长老，"巴斯托尼悲天悯人地看着他，"但是在很多情况下，只有小人物才会得到最后的胜利。"

"……你想要我做什么？"男孩突然冷静下来，他咬紧牙关抑制住自己的颤抖，手背青筋暴起，指甲插入了地面。

"长老真是聪明人，"巴斯托尼抚掌而笑，"知道我毕竟有求于您。是啊，如果我想将您置于死地，这泼下来的就不会只是圣水和天使血了，"他轻轻一叹，"威尼斯如此充足的阳光，难为您竟在这么阴暗潮湿的地方待了四百年。"

"你也未必杀得了我。"男孩抿唇，露出一丝冷笑。

"我怎么敢杀您，我怎么舍得杀掉您……"巴斯托尼上前一步，猛地踏上男孩的手指，在脚底狠狠碾了一下，"在我的'威尼斯之石'还没有到手之前。"

男孩咬破嘴唇才止住那将将出口的一声惨呼，"你到底是什么人！怎么会知道那件事！"纵是强忍痛苦，他微变的脸色也没能逃过巴斯托尼的眼睛。

"权杖属下诺威·巴斯托尼，见过长老。"巴斯托尼微笑，他没有移开脚。

"权杖？……"男孩突然迸出一阵狂笑，"你以为'威尼斯之石'是什么？拿到它就可以控制整个世界？你们这些以讹传讹争权夺利的傻子！！"

巴斯托尼的脸色突然变了。"难道它不是开启'爱莫洛宫'的钥匙？"

"它只是条件之一，"男孩冷冷地看着他，"除此之外，它毫无用处。"

"其它的条件是什么？"

"二十一长老聚齐，最后一张大阿尔克纳'世界'苏醒。只有在那一天，那一刻，'威尼斯之石'才会发挥它的作用，开启那座海底宫殿，"男孩冷冷地说，"时机未到，任何人对此都无能为力。"

"也就是说，没有了'威尼斯之石'，爱莫洛宫就无法上升。"巴斯托尼唇边突然浮上了一丝意味深长的诡笑。

"你什么意思！"男孩警惕地望着他。

巴斯托尼蹲下身，一把揪住男孩的头发，仰起他的脸，"我是说，亲爱的长老，如果你不帮我得到威尼斯，得到意大利，得到全欧洲……我就立即毁掉'威尼斯之石'，连同你一起，让你们无比尊贵的爱莫洛宫永远变成水底的化石！！"

"……你休想！"男孩碧蓝的眼睛突然变成血红色，里面透出凌厉的杀意。巴斯托尼一把将他的脸按到地上，擦出了血。

"来人，"他大喊一声，"把他给我抬上祭坛！好戏开场了！"

两个黑衣人一左一右架起男孩的身体，巴斯托尼一把扯开男孩的上衣。

"权杖九！你到底要做什么？！"

"我要描绘一幅名为'世界'的壮丽画卷，而你就是我的第一块画布！诡谲的笑意突然爬上巴斯托尼平板的脸，"四百年来，身为一件不朽艺术品的长老您一定会喜欢我的作品。"他随即收拢笑容，高声下令。

"仪式开始！"

黑衣人端过一个托盘，上面摆放着一支笔杆和笔尖由纯银打造的羽毛笔和一只精巧的玻璃墨水瓶。纯银的笔尖和瓶身雕饰在灯下反射出圣洁的寒光，男孩的眼睛里露出了一丝惧意。

"不，只是银器可绝对伤害不了您，倒吊者，"巴斯托尼轻轻一笑，"您需要担心的应该是盛在这只瓶子里的东西。"他拿起笔沾饱墨水，然后提起。

墨水是深红色的。一股诡谲的腥甜、夹杂着药气与隐隐的花香在地下室漫延。祭坛上的男孩睁大了眼睛。

"六翼天使之墨!"

"没错,用来施加保护咒的六翼天使之墨。配方是龙血树脂、藏红花、乳香和酒精,还有百分之六点六六的天使血。"

"……你怎么可能弄得到天使血?"

"确切地说,是拥有天使血统的人类血,死人的血,"巴斯托尼冷冷地说,"否则我定当为您引见这位罕见的人身天使小姐。"

一滴墨水从笔尖甩落,啪地一声掉在男孩赤裸的胸膛上。

水花四溅。海浪一波波地拍打港口,雪白的浪花在午后炫目的阳光里闪烁。

威尼斯港,朱塞佩心急如焚地在岸边徘徊。

突然,一声痛彻心肺的惨叫从波德林宫升起,然后又是一声。他再也无法忍耐,起身直奔海边那座巨大的白色建筑。

"我已经警告过你!这里已经全面封锁,任何人不得入内!"值勤的警官挥舞着佩剑,怒斥朱塞佩。

"你耳聋了吗?没听到那声惨叫吗?!里面到底发生了什么?!"

"无论发生任何事情,都不是你一个小小的梵蒂冈执事应该关心的!"

"如果我偏要管呢?!"朱塞佩踏上一步。

"那我只有以扰乱法治的罪名把你也抓起来!"警官抽出了佩剑。

尖厉的惨叫划破了地下室压抑沉闷的空气,男孩被紧紧捆缚在祭坛上,在笔尖墨水接触皮肤的那一刹那,滋啦一声白烟腾起,红色的液体仿佛有了生命,跳动的火焰在男孩的皮肤上烧灼、烙刻,丝丝缕缕,编织镶嵌出一个血红的图案。

笔尖飞速游走。

一个古老的血色印记迅速蚀刻在白皙的胸口上。男孩的眼睛已经完全变成鲜血一样的殷红，从中迸发出疯狂而灼人的光芒。

"……住手! 权杖九! 你根本不知道你在做什么!"

"哦，我当然知道……"巴斯托尼的右手继续着，左手向身后一挥，"给我砸墙!"

随着这声命令，几个黑衣人拎着铁锤和凿子快步走过来。

地下室更加明亮，祭坛已被搬开，上面的墙壁空空荡荡，一副文艺复兴时期的普通风景庭院画，已经被时间和地下室的湿气折磨得几乎辨不出颜色，剩下残缺斑驳的线条勉强挂在灰泥墙面上。

"不——!"男孩惊恐地大叫，他试图挣扎，但他的身体被紧紧捆缚在祭坛上，不能移动分毫; 他的手指在身侧虚弱地屈张，在空气里勾画着无力的构图。

"……让我出去……让我从这个身体里出去!!"

"我很抱歉，非常抱歉，亲爱的小迦科莫，"巴斯托尼在对方胸膛上勾勒出最后一笔，然后放下手，"咒符已经完成。用天使墨水施加的保护咒可以禁止任何黑暗力量进入这个身体，反之，黑暗力量也永远无法从这个身体里脱离。"

"现在好了，"他仰头看了看墙上残缺不全的壁画，轻轻舒了口气，自言自语，"我可以就在你面前，在我们神通广大的吊人长老面前，放心大胆地摧毁这面该死的墙!"

"不! 不……"男孩的手指虚弱地挣扎着，焦急的面孔已经完全被冷汗浸透。

"为什么不?"巴斯托尼抓起他的头发，"你舍不得自己住了四百年的这面墙? 还是……你在墙后藏了什么东西?"他的眼睛微张，从中透出一丝狡猾诡秘的光，他低头附到男孩耳边，压低了声音，"为什么不说话? 是不是刚好被我猜中了，十二长老?"

"把墙砸掉! 把威尼斯之石给我找出来!"巴斯托尼起身，冲黑衣人大喊一

被埋葬的人

声。

几柄沉重的铁锤同时击落墙壁,震耳欲聋的声音震得整座地下室里嗡嗡作响。然后铁锤拔起,再落下。

震颤此起彼伏,整个大地都在摇晃。所有的灰石、砂土、木料奔涌而下,烟尘在地下室里翻滚。

男孩在隆隆的雷声里发疯一样地嚎哭、咆哮,从他眼中落下燃烧般血红色的泪水。

墙壁倒塌了。壁画被摧毁了。

就在一片断石残瓦的后面,待所有的烟雾沉下去之后,那里出现了一间干燥密闭的小室。原先的墙壁只是一座屏风一般的摆设,没有任何承重作用。它是后来砌上去的,目的显然就是为了保护后面这个秘密的房间。

房间正中,一个长方形的石箱仿佛神龛一般凹嵌在后面的石墙里,依稀是一副棺木的形状。

"啊哈,看看我们找到了什么!"巴斯托尼跨过石砾的碎片,快步走到棺木面前,贪婪地抚摸棺盖上镌刻的古老花纹,"这就是你一直在保护的东西?你一直不能离开威尼斯的原因?"他眼中露出兴奋莫名的闪光,无法控制的笑容扭曲了他的脸,在摇曳灯火的映照下愈显狰狞。

"我……警告你!不,不要碰那个东西……!!"啪地一声绳子绷断,男孩的身体,呈不可思议的角度向上拱起,他的头,从脑后仰过来直直瞪视着巴斯托尼,迸流的鲜血从眼中滴下,挂落在额头上。

但这一切只持续了短短一瞬,男孩的身体重新掉落下去,瘫软在祭坛上。

"你所有的力量都被符咒所困,不要白费力气了!"巴斯托尼冷笑一声,他转过头,眼睛里露出更加贪婪而兴奋的闪光,他的手按在棺盖上,缓缓移开了盖子。

一分，一寸。石头在摩擦，有灰土掉落在棺材里。

棺盖被移开，灯光照了进去。

一张破旧不堪的草席，在棺盖被移开的一瞬散落成灰。灰尘之下，一副古老的、辩不出年代的尸骨静静躺在棺材里，身上的布帛已经散落成碎片，化成尘埃铺陈在棺底，只余一把空荡荡的、灰白色的骨头，排列成人的形状躺在那里。

巴斯托尼愣住了。

良久，他不可置信地抬头，瞪视祭坛上奄奄一息的男孩。

"这是什么？"

"……你要我的'威尼斯之石'！"男孩咬紧牙齿，用尽最后一丝气力试图支撑起自己的身体，但还是失败了。他从祭坛上滚落下去，摔倒在瓦砾上。

"不可能！我费劲心力寻找的威尼斯之石绝不可能只是这样一副枯骨！"巴斯托尼大叫，狂怒之下一把推翻棺木，里面的骨架被甩到地上，摔碎了，和灰土混在一起。

"我……我的……"男孩似乎被吓呆了，他惊恐地睁大眼睛，一步一步挣扎着向前爬去。

巴斯托尼一脚踏住他纤细的手指，揪起了他的头发，"告诉我！'威尼斯之石'到底在哪里？！"

男孩被迫抬头，但是他的眼睛并没有看着面前的人。他失去焦距的双眼仰望头顶，更多的红色泪水从眼中奔涌而出。在那一刹那，他惨白的皮肤突然红润起来，所有的筋脉和血管轮流突起，能量在传输，所有的血液在奔腾、在炸裂！他张开口，突然爆出一声震天动地的悲鸣！

悲鸣中整个天花板猛烈地摇晃起来，整个大地在震颤！

地狱的烈火在他的眼睛里燃烧，黄金般的头发根根竖起，仿佛一千个炸裂的太阳，火山在这里爆发，滚烫的岩浆在这里喷流！

被埋葬的人
THE MAN WHO WAS BURIED

地下室的温度骤然升高，所有的砖石、所有的灰泥都在熔化。

空气变得浓稠，呼吸变得困难，头顶蓦然升起愤怒的惊雷，霹雳摧毁了四壁。地下室的人们东倒西歪，尖叫着四散逃窜，但是他们的脚抬不起来，全身灌满了铅，他们滚倒着地面上，所有人的衣服都开始着火，皮肤发出焦糊的臭味，火焰在跳跃，大地在颤抖，整个地下室已经成为了一个巨大的熔炉。

巴斯托尼震惊，头脑中刚刚闪过一个逃跑的念头，但是已经晚了。他的脚蓦然生在了地上，那只手，他原本踏住的那只软弱无力的手，突然以一种无可抑制的力量扭转了形势，他的脚被对方抓在手中，随着这炽热的洞穴一并消熔！

巴斯托尼大叫，他想抓住什么，但是周围的一切都在枯萎，都在死亡，他的衣服烧着了，他的头发和胡子也在着火，五脏六腑都在猛烈地燃烧，体内所有的血液在沸腾！滚烫的鲜血激上头顶，从他的口中涌了出来，他的眼睛和耳朵一并在烤炙着，从中缓缓漫出燃烧的火焰。心脏在猛烈地跳动着，以以往十倍的速度跳动着，扯断了所有的筋脉和血管，然后砰地一声巨响爆出胸腔。鲜血如同喷泉一样喷射到天花板上。

一场炽热的血雨从天而降，巴斯托尼软软地倒了下去。

黑衣人们惨呼着四散逃开，但是没有一个人能穿过地下室尽头的那级楼梯。所有的人，地下室所有巴斯托尼的手下，眼前最后的画面，他们看到了一个通体血红的魔鬼踏着震耳欲聋的雷声从洞窟深处走来，他抓住他们，然后把他们残忍地撕成两截。一个接一个。

地下室在燃烧。到处都是石砾的碎片，到处都是血，到处都是尖叫和死人的骨骸。

当朱塞佩最终打退所有警卫冲进来的时候，波德林家的地下室已经变成了一个烈焰纷飞血肉模糊的地狱。

没有一个活口，没有一丁点生命的迹象。所有的人都死了，死了。鼻端嗅到的是尸体发出的焦臭，眼前看到的是四壁燃烧的废墟。

尸横遍地，血流成河。恐惧伴随空气一起蔓延。朱塞佩一口呛住，他狠狠掐住自己的喉咙，几乎无法呼吸。身后，紧跟上来的警官看到眼前惨象，一下子坐在了地上。他想逃，但是瘫软的双腿已经完全丧失了知觉，他坐在那里，无声地大叫，直到，一个影子突然从火焰中升起，落在他的头顶上。警官抬起了头。

一个人，不，一个魔鬼，一只金红色的野兽，一团燃烧着的烈火，猛地从另一团火焰中分出身体，露出滴血的尖利獠牙，向他扑了过来！

炽热！火焰的触手几乎碰到了他的头发。他吓傻在地上，佩剑就握在手中，他却不知道反击，似乎连躲避都忘记了。突然，那团火焰大叫一声，退了开去。眼中释放出比刚才更加灼热的光芒，魔鬼愤怒地转身，想看清攻击他的人是谁。

朱塞佩从地上翻身而起，一把抓起警官的衣领把他提了起来，"你还愣着干什么！还不快逃！逃——！！"回过神来的警官连滚带爬地起身，蹬蹬蹬几步跑上楼梯，然后猛地关上地下室的门。

地下室的火焰噼哩叭啦地爆响，火舌卷上了天花板，地板上遍布燃烧着的尸体和木头的碎块。在这些声音之中，朱塞佩听到头顶门闩被啪地一声划上，然后是机关触动的轧响，地下室的入口已经被完全封闭。而天花板正中那个碎裂的洞口，仍然高高悬在头顶，就好像一轮天边的月亮，看得到，但是始终无法触及。

朱塞佩深深吸了一口气。就是这样，很好，只留下我一个人在这里。

不会再有更多的伤害，更多的死亡，只有我，只有我一个人在这里。只有我一个人，面对这个——无论他是什么，失去控制的野兽，这个疯狂的魔王。

只有我一个人。

……孤单而悲惨地死去。就像地板上这些破碎的尸体。

我会被撕碎，被吃掉，被打入永恒的地狱不得翻身。

我会被诅咒，被折磨，被拉离神灵的光辉无法回头。

被埋葬的人
THE MAN WHO WAS BURIED

我会死在这里。

——不，不要！我不能死！！我在修院那么努力是因为什么？！我还什么都没有做，我还没有完成自己的心愿，我还没有成为神父，我还没有……

为西蒙内神父复仇。

——朱塞佩！你怎么可以死在这种地方？！拿起你的剑，击败你的敌人，就像你以前消灭那些吸血鬼和魔鬼，就像你在罗马的时候一样，击败你的敌人！！

朱塞佩砰然倒地，身体重重撞上石砖，他猛地向前冲了一下，咳出了一口鲜血。

血液泼洒在胸口。不，那里早已被血液浸透。持剑的右臂早已不再属于自己，他把长剑换到左手。这是第几道伤口了？他已经不太记得。全身都在疼痛，全身都在流血。火焰卷着血花在空中飞溅，空气中遍布尸体烧灼的臭味。

第几十次，他被狠狠摔倒在地面上，爬不起来。他咬牙用剑撑住身体，但是不争气的长剑无数次砍上坚硬的石砖，早已遍布缺口。重压之下，他的剑啪地一声折断。再一次跌倒，手中只剩下空空的剑柄，雷声，隆隆的雷声响彻天空与大地，地下洞穴在摇晃，整个世界在颤抖。正前方，金红色的魔鬼一步步走近，朱塞佩闭上了眼睛。

风，那是风么？一阵清凉入脾的风从天花板的洞口吹入，地下室的热度骤然减退，夜幕降临了。

一束光打在朱塞佩的眼皮上。明亮的、金黄色的光辉，是几十盏蜡烛飘摇不定的火焰，映在如水剑身上反射出来的光辉。随着风，一柄清亮的长剑突然从天而降，横在朱塞佩身前。剑身握在一个人手中，剑柄却在他的方向。

"拿着！"来人厉喝一声，"站起来！"

朱塞佩呆住了。

恍惚中，西蒙内神父狠狠地瞪着他，"站起来，朱塞佩！"他对他大喊。

被鲜血和泪水模糊的眼睛一时间无法分辨来人的样貌，只看到从头顶吹下来的风，随着这个声音，吹走了内心深处的绝望和恐惧，把被火焰卷走的信心和勇气重新带回了他的胸腔。

在那个千分之一秒，朱塞佩接过长剑就地一滚躲过了攻击，他站起来抹了把脸，终于看清了那个正在代替他与魔鬼殊死战斗的人。他不敢相信自己的眼睛。那个站立在黄金十字架之前的渎神者，那个在圣沃尔托小礼拜堂杀光己方全部驱魔人的吸血鬼，他的杀师仇人——圣杯骑士安德莱亚，此刻正站在这里，拼死对抗着自己的敌人。

火焰在朱塞佩眼中燃烧，他的手中拿着他的剑。不解、疑惑、信仰的动摇，无数的问题如骨鲠在喉，但是他们没有时间了。

朱塞佩握紧长剑冲了上去。剑光闪烁。两柄长剑在头顶上空交汇，击撞出闪耀的火花，点燃了炽热的空气。魔鬼愤怒了。一道道伤口在身体上出现，迸出灼热罪恶的血液，然后瞬间愈合。

"……他到底是什么！我们根本不可能杀死他！"朱塞佩大喊。

"我们不必杀死他，"安德莱亚退到一边，挂剑喘息，"只需要把'他'赶出去。"

"赶出去？"

"胸口的烙印……小心！"他冲朱塞佩喊，"看到他胸口上那个红色的痕迹了么？就是那个东西！"

"那是什么？"

"某种符咒，把一个过于强大的力量困在了这个身体里。"安德莱亚回答。

"我们要怎么做？"

"把那个东西弄掉。"

"那怎么可能！"朱塞佩大喊，他狠狠地倒在地上，连滚三圈想躲开对方的攻击，但是迅雷不及掩耳，对方已经一把抓住他，牙齿咬到了他的脖子。

"朱塞佩——！！"身后，安德莱亚大叫，及时刺出长剑穿过魔鬼的身体，但是，那些尖利的獠牙已经沉了下去。血溅了出来。朱塞佩惊骇莫名，他听到对方清晰地吞咽，自己的血液在流逝，生命在流逝！他全身僵硬，完全消失了行动能力，无助地被恶魔抓在手边，啜饮，直到，那些牙齿突然离开了他的脖子。近在咫尺，朱塞佩看到那个金红色的恶魔皱起了眉。不知道是不是自己的错觉，他似乎发觉魔鬼身上的血色减淡了许多。

对方赤红的眼睛里仍然闪烁着地狱的火焰，但是一丁点人类的表情，可以看得出的喜怒哀乐，突然在男孩脸上显现。

男孩皱起眉头。

"安德莱亚！"朱塞佩大喊。

身后，安德莱亚抽出刺偏的长剑，再一次狠狠插入男孩后心。鲜血，奔腾的鲜血，涌动的鲜血，鲜活跳跃的血液，顺着长剑穿入的地方飞流直下！狰狞的伤口改变了咒符的形状，鲜血浸上去，漫过了它，覆盖了它。

男孩突然大叫一声。失血之下朱塞佩天旋地转，他觉得自己一定是神经出了问题，因为他竟然感觉，这叫声更像是一阵突然爆发的大笑。混乱中，男孩疯狂的声音充满了欣喜，"不够，还不够！更多的血，我要更多的血！"他一把抓住朱塞佩，赤红的眼睛死瞪着他，"心脏的血，刺我的心脏！用我心脏的血！！"

朱塞佩呆住了。他的手臂机械地运转，手中长剑狠狠插入男孩的胸膛，从身后穿出来。一寸之外，安德莱亚的剑尖从男孩后心一并穿出前胸，大量的鲜血从两剑之间喷涌而出。鲜艳、深沉，来自内心深处，红得就像是鸽子的脚，就像是埋藏在深海洞穴中的珊瑚。迦科莫的鲜血。

奇迹发生了。咒符在改变，天使之墨在溶化！

用塞莱娜的血制成的墨水在迦科莫的血液中慢慢溶解。风在这一刻静止，空气忘记了流动。烙印在变化，鲜血在奔流，张开了每个细胞去迎接胸腔中那个鲜活跳动的生命，把它重新拉回自己体内，把沉睡的力量从梦境中唤醒。

那是属于人类的情感的力量，爱的力量，它从吸血鬼破碎的心脏中宛如火山一般喷发，把生命传送到空气中，猛烈撞击着石壁，石壁又把生命传递给大海和天空。

浪涛拍击着海岸，明媚温柔的月光洒亮紫青色的亚德里亚海，夜幕初降的天空呈现一种奇妙状态的幽蓝，像一张漂浮在海面上的网，缓缓漫过了教堂、钟楼、宫殿和广场，整个威尼斯就好像在一面蓝色镜子里映出来的幻影，就好像一直沉睡在海底的宫殿，在男孩的心跳声中缓缓浮出了海面。

在白日的喧嚣褪去之后，在狂欢节的伪装褪去之后，真正的威尼斯苏醒了。细碎动荡的月光为她的大门、回廊、阳台和立柱镶嵌了绞花盘纹，像跳动的音符，像阉伶浮漾悠远的花腔高音。那是想象中一座最翠绿的岛屿，是水面上一个奇异而蛊惑的梦。它随巴别通天而来，它随大洪水而逝。它用翡翠与黄金所造，它的出现将改写历史。它拥有二十二座辉煌的圣殿，既不属于天国，亦不属于人间。圣马可的钟声再度敲响，一声声在威尼斯的上空回荡。

男孩的心脏随着钟声猛烈地收缩，挤出最后一滴鲜血喷落在烙印上。胸口的印记完全消失，男孩软软地跌倒在朱塞佩怀中，永远的静止了。在那个刹那，一阵强烈的眩晕，突然排山倒海般以不可逆转的趋势袭击了朱塞佩，他直挺挺地倒了下去。

"朱塞佩？"安德莱亚扔下剑，扑过来抓住他的身体，"圣杯五——！"

倒在地面上的年轻人眼皮动了动，他突然睁开了眼睛。

"这家伙……似乎并没有承认自己是什么圣杯五啊。"苏醒后的'朱塞佩'皱了下眉头，他盯着安德莱亚。

安德莱亚愣住了。他转过头，看了看倒在地上气息全无的迦科莫，然后眨了眨眼睛。

"……不仅如此,他还很想杀掉你,"'朱塞佩'看着对面的圣杯骑士,"你到底从哪里找了一个这么危险的下属?"

安德莱亚静默。他试探着开口,"这……到底是怎么回事?"

"是你的圣杯五带我回来的。"

"我不明白。"

"狂欢节那一夜,他代替迦科莫做了祭品,因此解除了我与波德林家族的契约。我答应过你不伤害他,所以在他血中作了记号。刚才,就是那个记号唤醒了我。"安德莱亚恍然。

"否则,"吊人冷笑一声,"你以为你那点本事就能击败我?"

安德莱亚低下头,突然看到了那面倒塌的墙壁,惊呼一声,"那面墙……"

"毁了。'威尼斯之石'也毁了。"

"毁了?"安德莱亚大惊失色,"那怎么办?"

"我已经不再需要它了,"吊人轻轻一笑,"我得到了新的躯体,新的'威尼斯之石'。"

安德莱亚盯着他。"你应该不是说……?!"

"是他。"吊人指了指地上迦科莫的身体。

"……可他已经死了。"

"迦科莫,我可怜的孩子,"吊人叹息,他伸手抚摸迦科莫金棕色的卷发,"四百年前,是他的祖先杀了我,而我也为此成为'倒吊者'。于是我与他的祖先定下了那个契约。当契约一旦被打破,画家家族的血脉将被斩断,我就可以重新得回身体。"

"所以,"吊人唇边露出了一个微笑,"他现在是我的了。"

朱塞佩睁开了眼睛。四肢百骸仿佛折断一般疼痛,他仰起头,看到一张熟悉

的苍白脸孔,蜡烛的火光为他褐色的发丝镀上一层金黄,在身后拢起神圣的光晕,就好像十字架前年轻的神子,遗世独立,倾洒鲜血拯救众生。

"那魔鬼呢?死了么?其他的人呢?"他急切地抓住神子的胳膊。

"结束了,都结束了,你做得很好。"对方微笑地看着他,"现在你可以休息了。"朱塞佩安静地闭上了眼睛。

一周之后,他独自回到梵蒂冈。与此同时,巴斯托尼被杀的消息传到罗马,"白头翁"大惊失色,立即做出决定,退出罗马王廷前往米兰。

三个月之后,二十二岁的朱塞佩·阿莫特在贝尔托内教枢的亲自主祭下破格晋升神品,成为了梵蒂冈有史以来最年轻的驱魔神父。亚德里亚海上的风波暂时告一段落,但是短短几年之后,由于血腥镇压米兰工人起义,翁贝托国王的支持率日渐下滑——这位命运多舛的意大利国王最终死于第三次暗杀,在蒙扎身中四颗子弹,当场死亡。

同年,奥匈帝国皇后伊利莎白在日内瓦湖畔被意大利无政府主义者以锥子扎死。

世纪交替,时局动荡,欧洲各国元首们逐渐陷入了一个暗杀与被暗杀的黑暗时代。

1914年6月28日,奥地利皇储斐迪南大公夫妇在萨拉热窝遇刺身亡。

奥匈以此为由对塞尔维亚宣战,随后德、俄、法、英等国相继卷入战争,第一次世界大战爆发。

尾声

复活节前夕的夜晚,威尼斯。

"……你的丈夫是整个威尼斯最幸运的男人,可他却不知道。"

"哦,波德林少爷,哦——!"

圣波罗区的一座豪华宅邸,沉重的脚步声突然从门外响起,然后越来越近。女子一声惊呼,迦科莫翻身下床,瞬间抓过衣服跳出了窗户。屋内一阵嘈杂,愤怒的男人把头探出窗外,下面是一道血肉之躯绝对不可能攀爬的直墙,墙底直接大运河。刚刚还在房间中出现的男孩已经影踪全无。

里亚尔托桥下,两个月前被大火焚毁后的波德林瓷器行经过建造和整修,已经重新开始营业。一声巨响,崭新的窗户突然被人打破。屋里传来瓷器碎裂的声音,还有伙计的大叫。然后,一切突然安静下来。黑暗里,迦科莫套上靴子,迅速整理好头发和衣服。然后,他点亮了油灯。

"少爷,这位先生已经等您很久了。"看店的伙计无奈地叹了口气,回身收拾好碎落一地的瓷片,然后带上了门。

"生意怎么样?"安德莱亚看着男孩,脸上露出了笑容。

"忙,忙死了!我以前只需要照顾一张画,现在你看,这么多订单!"迦科莫拉开抽屉,拿出一厚叠单据,在安德莱亚面前挥舞。

"新的瓷器店,新的订单,新的……长老。"安德莱亚微笑。

"叫我迦科莫。"男孩纠正他,然后皱起了眉,"怎么,祭司又派你来催我回去?"安德莱亚摊了摊手表示默认。

"等我处理完这些新订单。"男孩不耐烦地说,突然,他想到什么似地转了下眼睛,"你回去跟他说一声,上个月他虽应我的要求弄沉了那艘船,可上面的货现在是属于我的。他得还给我!"男孩咬牙切齿。

安德莱亚还未开口,一阵轻笑,突然从破掉的窗户那边传了过来。一个陌生的女孩坐在那里,月光洒在她身上,散发出清晨雾霭一般的朦胧与洁白,一对巨大的白色羽翼在她身后舒展。一个天使,正轻轻地坐在窗台上,看着他们。迦科莫的唇边露出了笑容。

"你还要再向我开一次枪么,塞莱娜小姐?"

"你竟然认得出我?"天使的脸上露出了诧异。

"你的样子永远铭记在这颗心中。"迦科莫指着自己的胸膛。

"……我以为吸血鬼没有心。"

"当然有,即便全威尼斯的窗户只为他一人敞开,即便他是卡萨诺瓦。"男孩露出了他招牌式的微笑,眨了一下右眼。

"那我要对你说抱歉了,迦科莫少爷。我今天是来找他的。"天使淡淡一笑,眼睛转向安德莱亚。

对方愣在那里。"你是……?"

"不记得了么,六百年前的丝路上,我们曾经是朋友,安迪。"

六百年前。

中国。

丝绸之路。

"安迪……"一丝惆怅缓缓漫过安德莱亚的眼睛,带他回到了六百年前的古战场,他喃喃自语,话声轻如梦幻,"……这个称呼,世上只有两个人可以叫。"

尾声 END

"替我向另一个人问好，"天使轻轻一笑，"当我们再次见面的时候，就是最终决战来临的那一天。在那之前，请他自己保重。"

一阵风吹过，天使离开了窗台。安德莱亚追出去，看着那袭雪白的影子飞上天空，然后越来越轻，越来越淡，终于消失不见。风中落下雪白的羽毛，轻轻拂过安德莱亚的脸。

【全文完】

本书人物相关塔罗释义：

XII L'Appeso / the Hanged Man：大阿尔克纳第十二张牌，倒吊者。
牌义：遗弃。放弃。冷漠。生命力的变化。转变。牺牲。奉献。重生。

Cavallo di Coppe / Knight of Cups：小阿尔克纳，圣杯骑士。
牌义：浪漫冲动，重直觉。友善可亲。感性，创造力，充满理想。

Cinque di Coppe / Five of Cups：小阿尔克纳，圣杯五。
牌义：悲伤。失落。失望。根据韦特牌面，三个杯子倒了，但仍有两个留下。画面中的人物只要转过身，就知道他并非孤立无援，并非一无所有。等他哀悼够了，他可以拾起剩下的两个杯子，跨过通往外界的桥，继续前进。远处的房子象征稳固安全的生活，而桥一直都在，他随时可以回去。

Nove di Bastoni / Nine of Wands：小阿尔克纳，权杖九。
牌义：警觉。固执。经验。等待。男子手持权杖守候在水边，背后八根权杖是他的靠山，他有野心，警觉，并且善于抓住和利用机会。

致 谢

郑重感谢周黎和徐懿如,我的两位至交好友,在创作过程中不断给我灵感和启发,没有你们《威尼斯之石》就不会是现在的样子;感谢罗毅,是你让我把初稿的中篇扩充成现在的长篇;感谢我当年的室友和同学Pierre Bouvet,你是我的第一位听众;感谢特约编辑缪文一直以来对我的认可和鼓励,对我的文章不厌其烦地反复校对和修改;感谢我的家人对我一贯的理解和信任;当然还有来自网络的小七、深紫、鸟,以及所有一直支持我鼓励我的读者们,你们从十年前《盗版天鹅湖》伴我成长至今,你们是我创作的动力,你们每一个人都对我至关重要。我爱你们。

恒殊

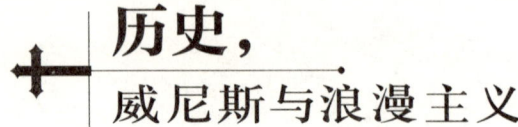

——解读《威尼斯之石》的关键词

■ 徐懿如

■ **大仲马说，历史只不过是他在墙上挂小说的钩子。**

提到吸血鬼，人们自然会联想到他永恒的生命，长久的生命往往使得他们成为沧海桑田的见证者。因此，吸血鬼小说很难不与历史发生联系，本书也不例外。

从中世纪神圣罗马帝国时期战场上的真刀真枪，到十九世纪意大利统一时期背后的波澜诡谲。

作为主角的吸血鬼和人类活生生在人类历史中穿梭的。

现今的作者往往喜欢以宏大严密的世界观设定显示自己的功力。但是再绮丽梦幻、再完整严谨的设定都有缺憾，唯独真实的人类历史已经存在，不容消去。而当吸血鬼的历史与人类历史重合，我们就不可能把他们从已发生的人类的历史上剥离出去了。

因而，作者笔下的吸血鬼们才会如此真实。

作者取材广阔，驾驭历史的能力高超，我相当地佩服，埋首于浩如烟海的并非自己语言的历史并不容易，更何况那连我们尚且能称为熟悉的英语世界都不是。从这十几万字的背后，我们大约可以想象出作者以写作为研究的态度。

本书篇幅并不长，作者既没有用什么改变世界命运的超大型历史事件来展现她左右世界的能力（虽然我相信这将会出现），也没有用堆砌的史料和铺陈来炫耀她的渊博（如安妮·赖斯的《吸血鬼史诗》系列）。

本书的写作风格更趋男性化一些，情感冲突推进了情节的发展，但这种感情冲突比较硬朗而激烈，而没有那种单纯为了表现情感纠葛的卿卿我我、缠绵不绝的文字（如斯蒂芬妮·梅尔的《暮光之城》系列，其实恒殊对描写细腻的情感也很拿手）。

在这不长的篇幅里，我眼前出现的正是我所期待的全景式画面，虽然作为全景画来说，本书的篇幅还略显单薄。但是从宗教到世俗，从政治到商业，从建筑到服装，从戏剧到民俗，从货币到饮食……华丽的依旧闪亮，肮脏的也没有文饰；本书没有刻意去超脱，也没有特意渲染什么。正像书中的角色们一样，真实得那么自然，无法抹煞。根本无需再采用什么第一人称或者书信体这类小说惯用的写作伎俩来增加可信度。

本书竟然没有出现什么著名大人物，虽然某些配角倒可以算是历史上的大人物，只不过不为国人所熟知罢了。但主角们无论从人类历史上来说还是以吸血鬼的历史来说，都可以算是小人物，完全没有那种可作噱头的名人。这一点似乎和其他吸血鬼小说，甚至作者其他的吸血鬼小说（《盗版天鹅湖》三部曲）都有所不同。但这并不意味着本书的人物和情节也流于平凡。

■ 恒殊说，吸血鬼是最后的浪漫主义。

这点我很是认同，早期的吸血鬼小说正是诞生于十九世纪这个浪漫主义最盛行的世纪，直到当代的吸血鬼小说，即使糅合了很多的后现代元素，但植根于吸血鬼血液里的浪漫主义情结依旧。

恒殊的小说也一样。

而人物的激情，则是浪漫主义的重要特征之一。

所以，她笔下的人物是充满激情的。

热血的朱塞佩、风流的迦科莫如是，甚至连一向以冷静旁观者形象出现的安德莱亚，也破天荒地如此感情外露。无论面对的是怎样的惨烈残酷，情感冲突依旧主宰了人物情节的发展。只不过，这种激情带来的并不是毁灭，也不是与命运抗争而不得的悲剧，即使面对死亡与绝境，似乎正因为每个人物心中那一点真情的不灭，带来了峰回路转。

而威尼斯，永远是浪漫主义的代名词之一。

从十九世纪初开始，世界各地的作家就像着了魔一般纷至沓来。著名的佛罗里昂咖啡馆接待过拜伦、狄更斯、果戈理、契诃夫、福楼拜、普鲁斯特，达尼埃里旅馆更是因为住过巴尔扎克、狄更斯、拜伦、雪莱、缪赛和乔治·桑而名气高涨。这些作家中更有不少亲自在威尼斯实践了他们想象中的酒色浪漫与死亡，自己也由此变成了威尼斯罗曼史中的一员，而后再由他们的作品表达出来。就这一点来说，已经分不清究竟是威尼斯激发了他们的创作灵感，还是他们以自己的浪漫行为创造了想象中的威尼斯。

而自十九世纪开始，文字中的威尼斯的形象就定格成了酒色浪漫之后的死亡之地，直至今日也没能逃脱这个诅咒。所以，威尼斯之于吸血鬼，有种性格上的契合。

■ 拜伦说，一边连接天堂，一边通向地狱。

这句话是拜伦描写威尼斯著名的叹息桥，也适用于本书。在威尼斯的吸血鬼们带给读者的，并非只有死亡，与死亡相对的，正是威尼斯的美。

值得一提的是，在作者心底，一直保留着对威尼斯的爱。毕竟是吸血鬼主题小说，虽然没有做作的血腥骇人、庸俗惊悚，但毕竟作者没有吝于描写残酷与痛苦。不论发生了什么，只要一写到威尼斯的环境场景，作者心底最柔软的部分就似乎被触动了，温柔优美的文字就这么流淌出了。仿佛一切的黑暗与冷酷，都与这片亚得里亚海环绕的绿色土地无关。而威尼斯依旧是作者心中那个美丽绝伦的天使。约翰 伯兰特说威尼斯是"天使堕落的城市"，倒也很有点异曲同工之妙。

但作者并没有让作品变为感情沉溺的小家憪悦风格，跌宕的情节之中，结构安排布局极具匠心。其实，每每到峰回路转之时，并不只是情节的起伏，而往往还担负着现实与幻想、理性与感性的变幻之时提醒读者的功能。比如正文开篇不久，小教堂一役的结构相当复杂，现实、幻想、回忆交织，而六次"朱塞佩"却总是能把读者抓回主线。在这点上，作者并不会像现在很多人一样用"让人不懂"来故作高深、忽悠读者。真正的深度，还在于深厚的底蕴和内涵，在作者自然而然的厚积薄发，常看常新，而非"奇技淫巧"。

作者为了还原历史，重现真正的威尼斯，先后去过威尼斯六次，除了数次亲身融入狂欢节的表演队伍中，更细致考察了威尼斯当地的生活。在加上她在欧洲生活多年，展现出的是真正的欧洲，而非一般作家笔下常见的东方化的欧洲，更非大多数读者所熟悉的那种"仙侠"风格的所谓"奇幻作品"。读者看此书时确实需要对西方历史有点基础，并对西化的语言有所熟悉，否则恐怕会迷失在历史全景画里，失去了方向。

吸血鬼小说我看过很多，不久之前刚刚做过《暮光之城》系列的修订工作，现在也正在承担其他吸血鬼小说的翻译工作。

这本《威尼斯之石》我也看了很多遍，但每次看都是不同的感受。《威尼斯之石》这个标题来自约翰·罗斯金的美学名著，我第一次见到这本书正是在亲身去体验威尼斯狂欢节之前的几个月。当时，阳光下，那本书安静而庄严地躺在羊皮垫子上，有种神圣之美。

虽然罗斯金的书内容并没有那么沉重，但要作为吸血鬼小说的标题，却似乎有着能够让一般读者退却的嫌疑。但当静下心来，慢慢了解罗斯金和他的《威尼斯之石》，一边再慢慢阅读恒殊的《威尼斯之石》，才能明白这个标题作为恒殊的这部小说的书名有多合适。

看过小说之后，读者自然会发现"威尼斯之石"是小说的关键词之一，与情节的发展有着重大的联系，不过这只是表面联系，更重要的，还有一种内在的精神气质的联系。

罗斯金是十九世纪英国著名的学者、作家、艺术评论家，本身即是一位多才多艺的艺术家，他不仅是一位才华横溢的艺术史家，而且还是建筑、意大利文艺复兴史方面的专家。他是英国维多利亚时代艺术趣味的代言人。他在牛津大学教授"佛罗伦萨美学与艺术学派"时，日后著名的奥斯卡·王尔德成为了他学生。看到这里的时候，对哥特文学艺术稍微有些了解的人，大约就可以明白以《威尼斯之石》为题的本小说和吸血鬼有着怎样千丝万缕的联系了。维多利亚、威尼斯、王尔德、艺术……又有哪个词不是我们所追求的唯美浪漫主义吸血鬼的关键词呢？

徐懿如
《暮光之城》中文版修订

吸血鬼女王·恒殊

■ 文文（特约编辑 缪文）

刚认识恒殊的时候，我们在MSN上聊天，我打错了她的名字，她很认真地告诉我应该是永恒的"恒"，特殊的"殊"。她是一个吸血鬼论坛的负责人，被人称作"吸血鬼女王"，那时候我们在做一本女生哥特类的杂志，恒殊很热心地提供了一些稿子，还帮忙写了一些专题，她的《欧洲游记》，她的《偶像王尔德》，以及她的中短篇小说《盗版天鹅湖》受到了读者的一致好评，在纷至沓来的读者来信中，我看到了读者对恒殊的喜爱，对恒殊作品的欣赏。

这次，恒殊的作品《威尼斯之石》正式在国内出版，希望这位中国的吸血鬼女王可以为吸血鬼文学在中国掀开新的篇章。

✝ 哥特是一种风格

文文：我们因为"哥特"杂志而认识，那么对你来说，哥特是什么呢？

恒殊：哥特是建筑，是音乐，是诗，就好像朋克，哥特也是一种风格，涉及到文学艺术，服饰，化妆，生活方式等等，只是更加优雅。不过我并不是传统意义上的哥特，因为我本人一点也不黑暗。

文文：那么哥特这种风格给你的最大触动是什么？

恒殊：主要是在建筑和文学上面。我听哥特音乐很少。我很喜欢中世纪的修道院和教堂，哥特式的尖拱顶，那种与上帝无限接近的庄严感。文学上就是吸血鬼文化了。

文文：说到文化，那么对你影响最大的哥特文化是什么呢？

恒殊：当然就是吸血鬼文化咯。不过痴迷吸血鬼，并非痴迷他们的恐怖嗜血，而是"永生"这个理念。

✝ 永生并不痛苦

文文：请你用自己的方式描述一下吸血鬼。

恒殊：这是虚构的文学产物，他完美，强大，人们凭借想像赋予了他一切的美好：优雅，神秘，美丽，高贵。而更重要的，是他们永远不老不死的生命。

文文：如果你是真正的吸血鬼，你希望自己是怎么样的？

恒殊：还真没想过，我总认为自己是创世神，哈哈。

文文：你很喜欢吸血鬼文化，那么你是如何看待吸血鬼作品的，谈谈影视和小说作品吧。

恒殊：我最喜欢的吸血鬼小说是Poppy Z. Brite的《Lost Souls》，我曾经翻译过一部分，但是内容太边缘了，我估计国内永远也不会引进。Anne Rice的12本吸血鬼纪事我大都看过，我觉得她很NB，当之无愧的"现代吸血鬼小说之母"，但其实并不是每一本都具有可读性。主要是我不喜欢她第一人称的叙述，还有永远要死要活的人物性格。

关于吸血鬼永远涉及的"永生"话题，我不觉得永生是痛苦孤独的，你有永恒的时间去探索宇宙的奥秘，去探索存在的真谛，去实践所有你以前想都没想过的所有体验,去创造财富,无论是物质上还是精神上的,这才是我的永生理念。因此我的作品中不会出现痛苦挣扎的吸血鬼,因为这已经过时了。

基于此,我不喜欢《暮光之城》,但是我感谢它。我2000年开始写吸血鬼小说,但那时候国内没有人知道吸血鬼是什么。现在吸血鬼全球流行,我的作品才有机会出版,为此我衷心感谢斯蒂芬尼·梅尔和她的《暮光之城》。

<u>文文</u>:你有个吸血鬼论坛,你被称为"吸血鬼女王",这应该是个很有意思的论坛吧?

<u>恒殊</u>:我2006年夏在北京和上海创立了吸血鬼联盟(中国)。起因是当时我参加了很多伦敦吸血鬼组织的活动,就想国内也应该有一个。06年初的时候我先是在豆瓣上建立了一个吸血鬼联盟小组,后来夏天回国,开办聚会,找了网站服务商(也是朋友免费给我的空间),论坛就这么建立起来了。四年里论坛会员已经超过一万人(豆瓣小组也超过了7000),很受大家欢迎,而且有蓝鬼(徐懿如),古玩店主(周黎)这样的人来主持,是当之无愧的中文吸血鬼第一站。

与此同时,我也向朋友广泛征集稿件,自费出了国内第一本吸血鬼文学杂志,现在已经有四期了。

✝ 她一直想建立一个吸血鬼帝国

<u>文文</u>:你是什么时候开始写小说的,为什么会写小说呢?

<u>恒殊</u>:我记得我最早的创作经历是小学六年级写的一篇惊悚小说,讲得是半夜独自在家有人来敲门后发生的凶杀案。具体我也不记得了。正式开始创作是16岁,和同学一起开始写武侠小说,那时候就已经用了"恒殊"这个笔名。至于为什么,我想是希望创造一个属于自己的世界吧。

文文: 那么你的灵感来源是什么呢?

恒殊: 现在的《二十二长老书》系列,灵感主要来源于塔罗牌和欧洲历史,还有我这些年来去过的地方,我在家里待不住,基本每个月都要去旅行。最爱的地方是意大利,我先后去过八次。这些地方的历史文化,风土人情是我主要的创作来源。

文文: 你的小说最想表达的是什么呢?

恒殊: 我一直想建立一个吸血鬼帝国,一个宏大的,我们所不知道的世界。我深爱我所创造的这个世界,希望我的朋友们一同帮我来完善它,让大家想到吸血鬼,除了Anne Rice和德库拉之外,也能想到我的设定,这就是我的愿望。我的大结局叫做《无神的乐园》,其实我是个彻底的无神论者,不相信任何超自然力量。我想表达的是,世上本没有神祇,如果你想要得到某种东西,就要自己去奋斗。当你明确知道自己要的是什么,那个时候,整个世界都会联合起来帮助你实现自己的愿望,你就是创世者自身。

文文: 可以谈一谈你的创作计划吗?

恒殊: 目前我主要致力于《二十二长老书》的创作。二十二长老并非二十二本书,有可能是十本,有可能是二十本,但这是一套完整的系列。大部分长老的故事我已经心中有数。比如"命运之轮"发生在二战时期的伦敦,"太阳"是去印加帝国寻找黄金湖,而我最心爱的"隐者"泽拉则是一个文艺复兴时期的炼金术士。

† 吸血鬼女王私生活

文文: 你出国好多年了,谈谈你的留学经历吧。

恒殊: 我在国内大学读材料科学与工程,2003年毕业后去了英国,读平面设计。我的大学生活很风光,我是我们那一届唯一拿到一等学士学位的亚洲人,论文成绩也是全班最高的。我的海报作品还获得英国最有名的设计大赛提名。后来我去了伦敦传媒学院读出版，读书期间去了很多英国顶级时尚杂志社实习，但是我发现自己还是喜欢写小说。因为所有这些事情，包括我学了10年的绘画，都是有人可以去做的，而我小说中的理念，除了我之外没有人可以完成。

文文：你的身边有很多有趣的朋友，古玩店主曾和我们说起过你们在伦敦的灵异经历，他们也应该是你生活中很重要的一部分吧？

恒殊：和我这套书联系最为紧密的朋友就是蓝鬼和古玩店主了。

蓝鬼是我近10年的老朋友了，双子女，北师大中文系的高材生，后来又去英国读硕士，主攻儿童文学。她英语很好，接力出版社专门让她修订暮光的精装本（因为简装本的翻译太差了）。因为我长期不在国内，她就是我吸血鬼论坛的主要负责人。她是个学者，什么都知道。欧洲文化历史方面，除了文艺复兴是我强项，其他古希腊古罗马还有法国历史什么的，她都是专家。

古玩店主是我在英国读书时候认识的，天平男，绝对是个不可多得的妙人。他的性格比我细致得多，和我在创作上正好互补。整个《二十二长老书》的大框架都是我和他一起创建的，可以说，没有他就没有《二十二长老书》。

文文：你平日有什么兴趣爱好呢？也会和吸血鬼有关吗？

恒殊：很多年前我是个派对女王，经常出入伦敦大小夜店俱乐部，在伦敦的哥特圈里很红，哈哈。而且经常和朋友化妆成吸血鬼去墓地拍照什么的。但是现在越变越宅了，虽然还是偶尔会给朋友的活动做模特走走台之类的，但基本上来说，哥特已经在我心底扎根，所以我的外表已经越来越不哥特了。

文文：最后再问一下，你是怎么看待"吸血鬼女王"这个称呼？

恒殊：很好啊，当之无愧！（我是认真的）

2010年5月

图书在版编目（ＣＩＰ）数据

倒吊者・威尼斯之石 / 恒殊著.——北京：新世界出版社，2012.4
ISBN 978-7-5104-2180-8

Ⅰ．①倒… Ⅱ．①恒… Ⅲ．①长篇小说－中国－当代 Ⅳ．①I247.5

中国版本图书馆CIP数据核字(2011)第194725号

倒吊者・威尼斯之石

作　　者：	恒　殊
责任编辑：	陈　琼　张　怡
封面设计：	柏拉图
责任印制：	李一鸣　黄厚清
出版发行：	新世界出版社
社　　址：	北京西城区百万庄大街24号（100037）
发 行 部：	（010）6899 5968　（010）6899 8733（传真）
总 编 室：	（010）6899 5424　（010）6832 6679（传真）
	http://www.nwp.cn
	http://www.newworld-press.com
版 权 部：	+8610 6899 6306
版权部电子信箱：	frank@nwp.com.cn
印　　刷：	北京中印联印务有限公司
经　　销：	新华书店
开　　本：	710×1000　1/16
字　　数：	200千字　印张：14.5
版　　次：	2012年5月第1版　2012年5月第1次印刷
书　　号：	ISBN 978-7-5104-2180-8
定　　价：	25.00元

版权所有，侵权必究

凡购本社图书，如有缺页、倒页、脱页等印装错误，可随时退换。
客服电话：（010）6899 8638